蔡自兴 翁 环 著

探秘 机器人王国

（第2版）

Uncovering Secrets
of the Robotics Kingdom

清华大学出版社
北京

内 容 简 介

　　本书是一本以机器人学、人工智能知识为中心内容的长篇科普小说。通过形象与连续的故事和插图，介绍了机器人的发展历史、基本结构与分类，涉及其在工矿业与农林业、空间与海洋探索、国防与安保、医疗卫生、家庭服务、文化娱乐、教育教学等方面的应用，介绍了"机器人化"智能制造工厂、未来宇宙开发和星际航行及其发展方向等。此外，还展望了其他一些新技术或潜在高新技术的未来应用。

本书封面贴有清华大学出版社防伪标签，无标签者不得销售。
版权所有，侵权必究。举报：010-62782989，beiqinquan@tup.tsinghua.edu.cn。

图书在版编目(CIP)数据

探秘机器人王国/蔡自兴，翁环著.—2版.—北京：清华大学出版社，2022.9
ISBN 978-7-302-61632-0

Ⅰ.①探… Ⅱ.①蔡… ②翁… Ⅲ.①长篇小说－中国－当代 Ⅳ.①I247.5

中国版本图书馆 CIP 数据核字(2022)第 147321 号

责任编辑：戚　亚
封面设计：常雪影
责任校对：王淑云
责任印制：朱雨萌

出版发行：清华大学出版社
　　　网　　址：http://www.tup.com.cn，http://www.wqbook.com
　　　地　　址：北京清华大学学研大厦 A 座　　邮　编：100084
　　　社 总 机：010-83470000　　　　　　　　　邮　购：010-62786544
　　　投稿与读者服务：010-62776969，c-service@tup.tsinghua.edu.cn
　　　质量反馈：010-62772015，zhiliang@tup.tsinghua.edu.cn
印 装 者：小森印刷(北京)有限公司
经　　销：全国新华书店
开　　本：148mm×210mm　　印　张：12.75　　字　数：282 千字
版　　次：2018 年 4 月第 1 版　2022 年 10 月第 2 版　印　次：2022 年 10 月第 1 次印刷
定　　价：79.00 元

产品编号：091316-01

序

蔡自兴教授和翁环老师用半年多时间共同完成了新作——长篇小说《探秘机器人王国》，邀请我为该科普作品作序，因而我能够先睹为快，感到由衷的高兴。

蔡自兴教授既是我的"家门"老友，又是我从事机器人学研究的知心学友。他35年来坚持机器人学和人工智能研究开发及人才培养，为我国机器人学和人工智能学科的发展做出了公认的杰出贡献。例如，2000年，他主编的《人工智能及其应用》（第二版）获得了国家教育部科技进步奖一等奖，2002年他的《机器人学》（第一版）获评全国高校优秀教材一等奖，2014年他荣获了中国人工智能科技最高奖——吴文俊人工智能科学技术成就奖，2016年他因"对进化优化和智能机器人学的贡献"而当选为美国电气与电子工程师学会会士（IEEE Fellow）。他撰写出版了50多部（版）包括机器人学和人工智能在内的科学技术著作，已累计发行70多万册，拥有数百万高层读者；他在国内外发表了上千篇论文，已被他引数万次，并荣登2017年国际"科睿唯安"高被引科学家榜单。用"著作等身"来形容他，是名副其实。

在机器人学和人工智能人才培养方面，蔡自兴教授也是硕果累累。从事高等教育60年来，他在教育园地辛勤耕耘，先后培养了近200位博士和硕士，为成千名研究生和上万名本科生讲授过人工智能、机器人学和智能控制等课程，这些工作已被誉为蔡自兴教授的"百千万教育工程"。他的学生分布在祖国的天南地北，足迹遍布世界五大洲，赞扬他是"桃李满天下"，并不夸张。

更为难能可贵的是，这样一位在智能科技领域德高望重和桃李满天下的科学家，还经常关注科普教育，关心青少年的成长。他在百忙中挤出宝贵的时间，为青少年做科普报告，从事科普创作，撰写科普小说和科普文章，普及机器人学和人工智能知识，培养广大青少年对科学技术的兴趣。长篇小说《探秘机器人王国》的出版就是他对科普教育的另一个新贡献。

我于2001年在福州举行的中国人工智能学会智能机器人学术研讨会上初识翁环老师，她深厚的中国语言文学功底给我留下了深刻印象。翁老师是中国语言文学科班出身，长期从事中学语文教学和学生管理工作，忠于职守，爱生如子，精于教学，教书育人成绩斐然，曾担任中学副校长兼教育主任等职务，是一位优秀的教育工作者，受到学生和家长的爱戴，曾获得湖南省湘潭市先进工作者和中南工业大学优秀党员等荣誉称号。她也十分关心科普教育，撰写过一批科普文章，还与蔡自兴教授合写过科普中篇小说一部，为青少年科普教育做出了贡献。

蔡自兴、翁环伉俪合作完成了《探秘机器人王国》，我开始阅读后就爱不释手，被深深吸引，并留下了十分深刻的印象。这是一部以机器人学和人工智能为题材的科普长篇小说，具有显著特色。

首先，这部作品反映时代要求，适应时代需要。它的写作与出版反映了机器人学与人工智能科技发展的历史与现实，是人类科学技术进入人工智能与机器人时代的必然要求，适应了时代的需要。读者通过阅读本书，能够增进对机器人和人工智能的了解，激发从事高新科技研究的热情，提高献身我国机器人科技事业的积极性。

其次，这部作品的趣味性强，可读性好。书中通过连贯有趣的故事、通俗易懂的描写和丰富多彩的插图，深入浅出地介绍了机器人在各行各业和千家万户的应用，通篇不乏感人泪下的精彩故事和生动情景；全书内容小学高年级学生基本上能够看懂，中学生读了也会爱不释手，大学生更是值得一读，相信各行各业的从业人员都能够读懂，而且会读得津津有味。

再次，这部作品的科学性与普及性统一。本书内容立足于机器人学和人工智能的基本知识，科学性很强；即使是架空的时间和背景，也不是凭空创作，而是有充分的科学依据和科学预测，是将来能够"梦想成真"的现实。要把深奥的高新科技知识用通俗易懂的笔法介绍给公众，并非易事。本书作者通过讲故事的形式展示了机器人科技的崭新应用及其科学内涵，实现了科学性与普及性的统一，使读者在休闲中接受科技知识的熏陶，感受到学习的乐趣。

最后，本书的内容系统全面，几乎涉及机器人学的所有领域。从书中可以感受到千千万万的、各种各样的机器人已在工业、矿业、农业、林业、航天、海洋、国防、安保、家务、医疗卫生、文化娱乐、教育教学、宇宙航行和星际探测等方面获得日益广泛的应用，正在进入各行各业和千家万户，为国民经济的快速高质发展、人民健康与幸福，以及社会和谐与进步竭诚服务。阅读本书，如同观看各路机器人军团精彩缤纷的大阅兵，犹如身临其境与各类机器人零距离接触，拥抱"机器人王国"各种憨态可掬的机器人。

机器人化的热潮已席卷神州大地，中国机器人学和机器人产业的发展任重道远，充满希望，我们需要培养高素质机器人学和人工智能人才，发展机器人与人工智能产业。

我相信，本书的出版必将为广大读者，特别是青少年朋友提供一份不可多得的精神快餐，为机器人学和人工智能的知识传播与普及发挥不可替代的重要作用，进而为我国建设智能强国贡献重要力量。

蔡鹤皋

2018 年 1 月 6 日

于北京

第 2 版前言

长篇科普小说《探秘机器人王国》出版后,受到广大青少年读者的热烈欢迎;有些小朋友爱不释手,甚至晚上还要抱着这本书睡觉。读者的喜爱与肯定使我们深受鼓舞,并推动我们对其进行修订,让第 2 版与读者见面。

《探秘机器人王国(第 2 版)》是以机器人学和人工智能知识及机器人技术为中心内容的科普长篇小说。书中通过形象与连续的故事和插图,介绍了机器人的发展历史,及其在工矿业与农林业、空间与海洋探索、国防与安保、医疗卫生、家庭服务、文化娱乐、教育教学等方面的应用,同时还介绍了智能化工厂、未来宇宙开发与星际航行的现状和发展方向等。此外,还展望了其他新技术或潜在高新技术的未来应用。

《探秘机器人王国(第 2 版)》对原版做了全面修订。删去了部分过于具体或与主题无关的内容,如机器人结构、机器人分类、企业集体婚礼等;新增了一些内容,介绍机器人学科研究与应用的最新进展,补充了与机器人相关的智能制造、智慧医疗、智慧农业、物流配送和深空探索等内容,简要介绍了中国探月机器人和深海潜水器研究与应用的骄人成果,分析了人类染色体智能诊断与治疗系统。这些新内容进一步充实了本书内涵,提高了可读性,有利于进一步激发读者的兴趣。

本书的出版正值中国共产党第二十次全国代表大会召开前夕,全国各族人民满怀豪情迎接二十大顺利召开,以丰硕成果向二十大献礼。本书的问世也是向党的二十大的一份献礼,敬祝中国共产党第二十次全国代表大会圆满成功!

再次衷心感谢中国工程院院士、哈尔滨工业大学蔡鹤皋教授为本书初版作序。特别感谢《机器人技术与应用》杂志社同仁对本书编写的大力支持与无私帮助。十分感谢湖南省自兴人工智能研究院员工和中南大学智能系统与智能软件研究所同仁们对编著本书的一贯支持与鼓励。本书的责任编辑戚亚女士认真细致的工作，为书稿的修改提出了不少有益建议，使出版质量得以明显提升，值得点赞和感谢。

机器人学具有非凡的魅力和诱人的发展前景。如今，一股前所未有的机器人学热潮正汹涌澎湃，席卷神州大地，必将为中国的经济快速持续发展和人民生活水平的不断提高做出更大的贡献。

机器人来了！机器人已出现在我们身边，并与人类和谐共处。让我们一起揭开机器人王国的神秘面纱，探索机器人家族的诱人奥秘，拥抱多彩多姿的机器人，看看它们到底有什么非凡本领。

蔡自兴　翁环

2022 年 8 月 25 日

于长沙德怡园

前言

在过去50多年中,浓缩现代高科技精髓的机器人学与机器人技术从无到有获得了长足进展。现在,机器人正在阔步前来,并以迅雷不及掩耳之势席卷全球,其应用已融入各行各业,进入千家万户,对各国经济的发展与转型升级、增进民生福祉、促进社会发展发挥了重要作用。机器人已融入人类社会,成为人类的得力助手和朋友。

习近平总书记2014年在院士大会上提到:"机器人革命"有望成为"第三次工业革命"的一个切入点和重要增长点,将影响全球制造业格局。国际上有舆论认为,机器人是"制造业皇冠顶端的明珠",其研发、制造、应用是衡量一个国家科技创新和高端制造业水平的重要标志。2016年4月,工业和信息化部、国家发展改革委、财政部等三部委联合颁布了《机器人产业发展规划(2016—2020年)》,为"十三五"期间我国机器人产业发展描绘了清晰的蓝图。

中国的机器人学研究和机器人产业已取得重要进展,但也存在不少问题,特别是工业机器人产品质量和机器人学人才培养问题。纵观全球人工智能之争,很大程度上也是机器人化与智能化之争,一种高素质人才之争。中国各级教育需要适应机器人科技发展对机器人学和人工智能科技人才的巨大需求,培养高素质机器人学与人工智能创新人才。我们需要抓住机遇,迎接挑战,培养大批高素质机器人学与人工智能创新人才,为我国国民经济发展和人民幸福做出新的更大的贡献。

作为科技和教育工作者,我们有责任为培养人才出力。我们深知青少年一代对神奇多彩的机器人充满了向往和幻想。今天的中小学生和大学生，在不久的将来就要肩负开发中国机器人技术的重任。现在向他们介绍有关机器人的科普与科幻故事，对于普及机器人的知识、提高他们对机器人技术的兴趣，具有十分重要的意义。

本书是一本以机器人学、人工智能知识和机器人技术为中心内容的科普长篇小说。书中通过形象与连续的故事和插图，介绍机器人的发展历史、基本结构与分类，在工矿业与农林业、空间与海洋探索、国防与安保、医疗卫生、家庭服务、文化娱乐、教育教学等方面的应用，以及智能化工厂、未来宇宙开发与星际航行以及发展方向等。此外，还展望了其他一些新技术或潜在高新技术的未来应用。

本书密切联系实际，适当加入了一些科学预测知识，故事情节生动，图文并茂，寓知识性、趣味性和娱乐性于一体，是广大青少年、大中小学生、中小学教师、机器人和人工智能产业园科技与工作人员以及从事科技与产业管理的政府与企业人员的课外阅读佳作，也是对机器人感兴趣的公众值得一看的好作品。小学高年级学生可以在家长和老师的指导下阅读，对个别章节可以跳过，不影响对全书的理解。

近年来，国内外出现众多的关于机器人的科幻惊险作品，其中许多被改编为电影，一时间吸引了众多青少年的眼球，创造了不菲的票房效益。这些作品中的故事，能够激发青少年的科学想象力和创新思维能力，值得肯定。同时，我们应该重视接近现实的科普与科幻作品，向广大读者特别是青少年传播科普知识，为青少年提供求真务实、健康向上的精神食粮。希望关心我国机器人科普作品的新闻工作者、电影和电视工作者、科学与科普作家一道，为开创具有中国特色的科普文学艺术而共同努力。

我们都是教师，写作这部小说的目的就是帮助读者了解机器人的过去、现在和将来,增进对机器人技术的兴趣。

衷心感谢中国工程院院士、哈尔滨工业大学蔡鹤皋教授为本书作序及对书稿的建议。他是我国机器人学和机电一体化技术领域的著名专家和学术带头人,对机器人学和机电一体化有深厚的造诣,德高望重。他成功研制了我国第一台弧焊机器人和点焊机器人,在工业机器人、空间机器人和智能机器人开发研究等诸多方面取得了大批研究成果,解决了机器人轨迹控制精度及路径预测控制、机器人机构仿真、机器人力控制、机器人宏/微控制、多传感器智能手爪、力控机器人末端执行器系统、纳米微驱动技术、柔性机械臂控制技术,以及机器人多指灵巧手等多项关键技术问题,并提出了主轴回转运动误差理论,成功研制了主轴摆角误差动态测量仪等设备。他在百忙中为本书撰写的序言是对广大读者的教诲,体现了他对本作品的厚爱,也是对作者的鼓励。

感谢本书初稿的第一位读者——我们的孙子天昀,一位小学五年级的学生。每当我们写完一章后,就首先让他阅读,并征求他的意见。问他是否看得懂、是否有不认识的词汇、对知识性和趣味性有什么建议。他的认可和朴素意见使我们对本书信心满满。

特别感谢《机器人技术与应用》杂志社同仁对本书写作的大力支持与无私帮助。他们热情地向我赠送了 2001 年以来该刊的每期杂志,为本书的写作提供了丰富的素材。十分感谢湖南省自兴人工智能研究院/学院和中南大学智能系统与智能软件研究所同仁们对本书的支持与鼓励。

在本书写作的过程中参阅了许多文献,给了我们莫大的启发与帮助。在此,谨向这些文献的作者们致以诚挚的感谢。

由于我们的文学水平有限、编写文学作品的经验不足,书中可能存在一些不妥之处，敬请广大专家、作家和读者批评指正。

机器人学具有非凡的魅力和诱人的发展前景。如今，中国已经成为国际最大的机器人市场，一股前所未有的机器人学热潮汹涌澎湃，席卷神州大地，这一技术的进步必将为中国经济的快速持续发展和人民生活水平的不断提高打下更加坚实的基础。

世界这么广大，想要探访的领域很多很多。厉害啦，机器人来了！让我们带你去揭开机器人王国的神秘面纱，探索机器人家族的奥秘，拥抱多彩多姿的机器人，看看他们都干了哪些"雷倒众生"的新鲜事儿。

蔡自兴　翁　环

2018 年 1 月 5 日

于长沙德怡园

故事开始前 // 001

一　机器人造反新闻惊天下 // 006

二　全媒体记者团应邀考察 // 014

三　迎宾晚会人机同歌共舞 // 024

四　博物馆内探梦寻根溯源 // 034

五　机器人国际记者招待会 // 065

六　产业铁军 // 079

七　九天探星 // 112

八　四洋测海 // 151

九　国防利器 // 169

十　安保勇士 // 192

十一　生命卫士 // 214

十二　家务能手 // 243

十三　娱乐明星 // 257

十四　教学新秀 // 277

十五　机器人峰会迎甲子华诞 // 294

十六　星际旅行第一站 // 323

十七　飞往红矮星 // 344

十八　迈向机器人新时代 // 362

尾声 // 381

后记 // 385

蔡自兴主要著作目录 // 389

故事开始前

如今生活在地球上五大洲四大洋的人类——70多亿地球人，在力图维护地球村繁荣与安宁的同时，还创造出了神奇的机器人。当然，人类也面临着克隆人的挑战和外星人的威胁。这4种人：地球人、机器人、克隆人和外星人，能否和谐共处，是我们地球人高度关注的"头等大事"。其中，机器人是已经出现在地球人身旁的现实，让我们先来看看机器人有哪些神秘之处。

"机器人王国"的神奇和诡异，曾经让无数青少年憧憬和向往。"大雄与机器人王国"曾被大家津津乐道。该动画电影的故事大意是：

少年主人公大雄为了拥有一种宠物机器狗，擅自从"哆啦A梦"的空间袋订购了很多机器人。没想到却将另一个星球的机器小孩也牵连进来。由于这个机器小孩严重受伤，只有把他送回原来的星球才能得救。于是大雄和他的伙伴们决定护送这个孩子回去。这个机器人王国本来是人类与机器人和平共处的世界，但是在艾德姆国王因拯救机器人而身亡后，继位的珍娜女王受王国司令官铁斯塔的挑拨，下令要把机器人改造为只听从人类使唤的奴隶。铁斯塔打算利用珍娜，实现篡夺这个王国权力的阴谋。最终在大雄等人的全力协助下，人类与机器人共创了"机器人王国"的和谐家园。

《哆啦A梦：大雄与机器人王国》影片的广告与剧照

日本长崎曾经打造出全球首座"机器人王国"主题游乐园，使用超过200台机器人为游客服务，成为世界首家全机器人化的游乐园，吸引众人关注。游客们可以坐在游乐园的移动机器人上体验驾驶快感，或欣赏机器人带来的歌舞表演。在这座游乐园的"怪异餐厅"，无论店长、总厨，还是调酒师，都由机器人担任。"机器人馆"内还设有可以与机器人一同嬉戏和制作机器人的活动项目，在"机器人商店"里更是有琳琅满目的机器人商品供人选购。人们把这座机器人主题游乐园当作了一个"机器人王国"。

一些对机器人技术颇有研究的专家认为，"机器人王国"是人们对国际机器人科技专业化组织"国际机器人学联合会"的尊称。国际机器人学联合会成立于1987年，是一个非营利的专业化组织。该联合会每年在不同国家的不同城市举办一次国际机器人学研讨会，并在研讨会期间举办国际机器人展览。国际机器人学联合会以推动机

"机器人王国"游乐园的机器人为游客服务

器人领域的国际研究、开发、应用和合作为己任,已成为一个国际机器人技术领域权威的国际组织。该组织的主要活动包括:对全世界机器人技术的使用情况进行调查、研究和统计分析,提供主要数据;主办年度国际机器人学研讨会和国际机器人展览会;协作制定国际标准;鼓励新兴机器人技术的研究与开发,促进机器人技术的应用和传播。在联合国的花名册上,它是一个非政府组织,还是每年对全球机器人市场进行广泛统计并出版统计报告的唯一组织。国际机器人学联合会已成为世界范围内机器人技术的主要代表,将它称为"机器人王国",当之无愧!

国际机器人展览会的宣传海报和国际机器人学联合会主席致辞

还有一个"机器人王国"曾是对日本工业机器人生产的美称。长期以来,日本的工业机器人生产台数和装机台数都居世界各国之首,因而获得"机器人王国"的美誉。在 20 世纪 90 年代至 21 世纪初期,日本的工业机器人年生产台数占世界年生产总台数的 50% 以上,最高时达 60% 以上。许多国家都从日本进口各种工业机器人,用于汽车制造等自动化生产线。不过,近年来,日本"称霸"世界工业机器人市场的局面已不复存在。早在 15 年前,中国就已成为国际工业机器人的最大市场。

日本的工业机器人自动生产线

现在请大家跟随我们造访"机器人王国",倾听各种各样的有趣的机器人故事,观察用于各行各业和进入千家万户的形态各异的机器人,与这些神奇的机器人零距离接触,探索"机器人王国"的奥秘吧!

一

机器人造反新闻惊天下

一　机器人造反新闻惊天下

2030年6月15日（星期六）上午8时，国际机器人联合会理事大会即将在曾经的"机器人王国"的日本开幕。然而，上午9时，各电视台、广播台和网络媒体突然中断了正在播放的早间联播节目，改为播放一条爆炸性新闻："总部设在日本的机器人王国，趁日本机器人联合会承办的国际机器人联合会理事大会开幕之际，绑架了日本机器人集团官员及出席会议的日本政府要员和各国机器人专家，要求获得等同人类的身份和完全自由，并与人类平分天下。"

"机器人造反"扣押人质

这条新闻,无异于晴天霹雳,使平静祥和的气氛突然凝固。从家庭影院彩色立体电视机中获悉这一消息的林灵这时更是百感交集。

林灵是常杉市可达实验中学的初二学生、《新主人》报驻常杉市的小记者。受到在智能机械研究所工作的爸爸和长期从事智能机器人研究的爷爷的影响,他是位小有名气的"机器人迷"。平时他从杂志和报刊上收集资料,制作了一本本图文并茂的《机器人集锦》。当语文课学到《人类伙伴机器人》的课文时,林灵将他的《机器人集锦》在班上向同学们展示,而且还朗诵了自己创作的科幻小小说——《走进机器人王国》,老师和同学无不为之点赞!林灵还是机器人足球爱好者,利用课余时间进行智能机器人小车的制作,不仅与同学一起多次参加省、市和全国机器人的足球比赛,还出席过国际奥林匹克青少年智能机器人竞赛,获得了机器人创意比赛初中组第一名和机器人灭火比赛初中组第二名的好成绩。

此刻,林灵既和大家一样为这一不同凡响的新闻所震惊,又觉得难以置信。在他心目中,机器人是人类创造出来的好朋友。他不仅耳闻目睹了机器人为人类排忧解难的众多事例,而且在去年暑假从小西湖游船上不慎落入水中时,公园管理局正是派机器人"湖龙"把他从水中救起,送上游艇。当时,"湖龙"毫不费力地用一条手臂托着林灵,另一条手臂划水游向游艇,那情景历历在目。林灵简直无法相信,昔日的朋友如今会反目。

一石激起千层浪,"机器人造反"的爆炸新闻在全球亦引起强烈反响。

世界各国的新闻机构连日来争先恐后地反复播送有关日本机器

人王国机器人造反的特大新闻,并纷纷发表评论。美国联合通讯社(美联社)就机器人王国以恐怖手段要挟人类,指责日本的机器人技术发展过快,生产太多,失去控制,以致使机器人达到了人的部分智能,使人类自食其果。《科学评论》就研发智能机器人时缺乏警惕性进行反思,认为人类赋予机器人过高的智能水平,导致智能机器人,特别是人形机器人的一些能力超过人类,就像电影《终结者》那样,可能导致机器人统治或毁灭人类的事件发生。法国新闻社(法新社)认为机器人王国谋反是人类的一场巨大灾难,世界各国必须协调行动,与机器人王国进行谈判,寻求和平解决事端的途径。该社还告诫各国政府和世界舆论界,要保持克制,不能对已经发生的事件火上浇油。俄罗斯国家通讯社(塔斯社)在评论中严厉谴责机器人王国对人类背信弃义的行为,呼吁各国紧急磋商对策。中国新华通讯社(新华社)发表短评,对所谓"机器人王国造反"事件的真实性表示怀疑,希望允许各国记者赴日本进行实地考察。北欧的一家报纸主张由联合国组织"万国精锐部队",向机器人王国宣战,给机器人王国的嚣张气焰以坚决打击。南美洲一家快报、非洲一家周刊和英国一家权威时报,则对机器人的行动表示同情与理解。他们认为,人类不应继续奴役机器人了;他们还把机器人王国的造反与古希腊和其他文明古国历史上的奴隶起义相提并论,认为它们同是正义的行动。

令人费解的是,没有收到任何来自事发国日本的反应。难道日本已成为地球上被机器人占领的第一个国家吗?人们猜疑、担忧、恐惧、困惑。半个多世纪以来,人类以理智和克制战胜了疯狂与邪恶,为的就是免受新世界大战烽火的灾难。莫非现在人类因科学技术的高度发展,反而要面临一场后果不堪设想的人机大战吗?

6月17日早晨7时整,林灵一家人在进早餐时收看电视新闻,被设在太空与地球同步旋转轨道上的中央电视台第28台正在播放的机器人专题节目所吸引。从屏幕上看到机器人主持人芝茵情绪激动地用那银铃般的语音宣布了一条新华社来自巴黎的消息。她说,机器人王国驻巴黎办事处受国际机器人联合会总部委托,受权发表严正声明:关于机器人王国在日本揭竿反对人类的传闻纯属子虚乌有,这是某些一向对机器人怀有敌意者编造的弥天大谎,这不仅是对全体机器人,也是对人类的极大污蔑。机器人王国重申:机器人永远是人类的忠实朋友和助手。最后该声明代表机器人王国表示:为了澄清事实真相,热忱邀请联合国、新闻界和各国政府派代表来机器人王国实地考察,并绝对保证考察团成员的安全和自由,而且还将竭力提供良好的服务。

终于听到真实消息了!林灵一家从46个小时的紧张中得到了解脱,爸爸作为智能机械的科技人员,心情格外舒畅。妹妹岚岚仿佛经历了一场世界末日的威胁,终于从呆滞的神情中解脱出来。林灵要比妹妹成熟得多,他前两天就不那么恐惧,现在高兴劲儿一过马上就陷入了沉思。他想:为什么有人唯恐天下不乱,要编造特大谣言来挑拨人类与机器人的关系呢?怎样才能制止蛊惑人心的骗局重演呢?一整天,机器人王国的声明总是在他的脑海中盘旋。上地理课时,老师讲到我国的领海,林灵的视线一下从地图上的东海和黄海移到了一衣带水的邻国日本。当看到英语课本上"plane"和"ship"的词汇时,他又不由得想要参加记者考察团,坐飞机或轮船,甚至乘激光制导超高速气垫船或火箭型飞机去日本考察。他的思想犹如脱缰的野马,纵情驰骋。

这一天,林灵做出了一个不同凡响的决定!午夜12时,林灵毫无睡意，他一骨碌从床上翻身而起，蹑手蹑脚地走到书桌旁，打开微型聚焦式台灯。他首先查询到中国记者协会的电子信箱，沉思片刻后敏捷地轻敲计算机终端键盘，显示屏上立即清晰地现出他的心声：

计算机网络通信终端

llb@zgjx.cn

北京　中国记者协会

尊敬的领导，您好！

　　我是《新主人》报驻常杉市记者，常杉市可达实验中学初二学生。自从"机器人王国造反"事件发生后，直到今天早晨我才从电视新闻节目中了解了真相，并得知"机器人王国"邀请各国派代表前往考察。我诚恳申请成为中国记者考察团的一员，参加实地考察，以便尽快向中国《新主人》报的读者和广大青少年学生及时介绍这次事件的真实情况。

　　恭候答复。

　　　　顺致

崇高的敬礼！

常杉市可达实验中学

林灵

2030 年 6 月 18 日凌晨 0 时 25 分

在邮件中他还附上了自己的手机号码、微信号和电子信箱,供中国记者协会备用。林灵仔细地检查了两遍,没有发现不妥之处,也想不出有什么需要补充的内容。于是,他按下发送键,通过计算机通信网络把这封邮件传送到北京去。

在这件事没有得到答复前,他决定暂时对其他人保密。在期待和不安中,林灵又度过了难熬的三天三夜。

仲夏的江南大地,生机勃勃,万木争荣,抬头远望,一片翠绿世界,赏心悦目。此时此刻,林灵无心与同学们去近郊游玩,一心等候北京的回音。他除了早晚两次例行查看计算机电子邮件的信箱外,中午和夜间又增加了两次,可仍然杳无音信。他不免有些着急,但又觉得中国记者协会该不会连一个回答都没有。

晚上10时,林灵打开计算机,上床睡觉前最后一次查阅邮件。他敏捷地点下"收件箱"图标,发现一封新邮件。这时,终端显示器上显示出了字幕:

北京来信。

林灵迫不及待地打开这封新邮件,一封来自北京中国记者协会的复信,顿时映入他的眼帘:

lin****@126.com

林灵同学:

我们同意你作为少年代表参加中国记者考察团赴日考察机器人王国。请于6月24日上午12时前携带居民身份证、学生证和记者证来北京中国记者协会国际事务处报到,并准备于6月25日上午8时在首都国际机场5号绿色通道入口处集合,办理出国和登机手续。

此外，请你提供一份个人简历用电子邮件寄来，另带一份单位介绍信和一幅健康码，于报到时一并提交。

中国记者协会

2030 年 6 月 21 日 21:24

北京来信使林灵激动得连声欢呼："好消息，好消息，北京来信了！"爸爸妈妈带着惊讶的神色来到林灵的房间。林灵讲明了事情的来龙去脉，爸爸妈妈都很高兴。爸爸拍着他的肩头说："小家伙，翅膀硬了！"妹妹岚岚对林灵这一从天而降的好机会既高兴又持有几分妒意，但没有办法，她的计算机操作水平不如哥哥，即使她像哥哥一样想到了这个好主意，也无法与北京联系申请去日本考察。此时此刻，她的小眼珠紧盯着哥哥的计算机，脑子里思绪万千……

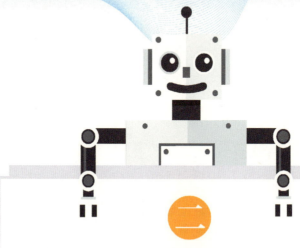

二

全媒体记者团应邀考察

二 全媒体记者团应邀考察

这次应邀赴机器人王国考察的记者团,集结了世界各主要国家的电视、广播、网络、报业、期刊和图片等方面的媒体的著名记者,特别是长期从事机器人学与人工智能领域新闻报道的资深记者。他们大都具备突破传统媒体界限的思维与能力,能够适应融合媒体岗位的流通与互动,集采访、写稿、摄影、录制、编辑、网络技能运用及现代通信设备操作等多种技能于一体的优秀人才,是名副其实的全科媒体记者。

在记者随身携带的采访设备中,有两件新"武器"特别引人注目,就是智能手机和机器人秘书。智能手机具备多媒体采编与通信功能,而袖珍型机器人秘书能够担当记者助手的角色。陪同林灵考察的机器人是爸爸所在的研究所开发的"宝秘-5"秘书机器人,能说会道,善于交流,还能协助主人撰写新闻稿,人见人爱。

6月23日清晨,林灵在梦中惊醒。由于整天都在想机器人的事,晚上老是做有关机器人的梦。在刚才的梦中,林灵正在游泳池里与机器人进行100米自由泳比赛。本来他处于领先地位,但快到终点

陪伴记者的专用智能手机和机器人秘书

时,他的小腿突然抽筋,紧张地叫了起来。吃过早饭,林灵的妈妈开车送他去常杉国际机场,准备前往北京。

6月24日上午10时,林灵按照通知要求到北京中国记者协会国际事务处报到。

6月25日上午,北京天气特别晴朗,机场温度20℃左右,风和日丽,气温宜人。9时30分,林灵同中国记者考察团的其他成员一起,从北京国际机场乘坐国产新型"飞龙-5"号太空大巴起飞,直向日本富士山麓的机器人王国所在地茨城县飞去。"飞龙-5"号是一架空天飞机,同时装备有飞机喷气发动机和火箭发动机,能够容纳300多位乘客,可在32千米高度和1.2万千米航程内巡航,其巡航速度高达5马赫。"飞龙-5"号特有的自主与半自主驾驶能力,能够使领航员和驾驶员在任何恶劣和异常气候条件下保证安全平稳飞行,是名副其实的全天候新型客机。"飞龙-5"号投入使用10年来,已在中国民航国际航线上普遍使用,并已与世界各国的近100家航空公司签订了供货合同,为国际、洲际和空天航行做出了突出贡献。

二　全媒体记者团应邀考察

现在"飞龙-5"载着包括中国和其他亚洲记者考察团记者在内的近300位旅客，高速平稳地飞行在太平洋上空。由于从北京至日本茨城县的航程只有约2000千米，"飞龙-5"号有意放慢了飞行速度。中国记者团团长、中国记者协会秘书长文欣与大家一起坐在客机商务舱的左侧前5排。记者考察团的中国团员们多数早已相识，都是国内各新闻单位的知名记者。林灵在考察团中年纪最小，还有一位比林灵大9岁的季仁，他是《青年机器人》杂志的记者，已发表过160多篇有关机器人的报道并撰写了为全国青少年喜爱的畅销书《与机器人在一起》。考察团中有位年长者，年纪五十开外，看上去身体很好。魁伟的身躯，沉思时前额显出浅浅的皱纹，眼镜片后一双炯炯有神的眼睛似乎能洞察一切，好一派学者的气度！由于他未曾在电视上露过面，所以记者们都不认识他。他坐在第3排，与文团长并肩而坐，是一位让人肃然起敬的长者，文团长称他为"江教授"。林灵猜测他或许是国内某所新闻学院的大教授。

与中国记者考察团同机飞往日本的还有巴基斯坦、缅甸和尼泊尔等其他亚洲国家和地区的记者团，180多位亚洲各国记者考察团成员占了全部旅客的约2/3。

林灵与季仁并排而坐，他的另一边是来自中国台湾的青年女记者林丽华。在半小时左右的旅途中，他们3人一见如故，细声交谈，话题广泛，一下谈到设在合阳市的中国智能机器人青少年活动中心，一下又谈到中国台湾省新竹市的智能化机器人制造厂，酣畅淋漓地谈天说地。

东京时间上午10时55分（北京时间9时55分），飞机开始降低高度，穿过云层，进入低空慢速飞行。日本本州岛已映入眼帘。按照飞行时刻表,再过几分钟,就要到达目的地——富士机场了。旅客们的情绪开始由平静转为兴奋,纷纷把头转向窗口,试图望穿山峰和云雾,一睹富士山的诱人风采。

富士机场位于日本茨城县(日本的县为一级行政区,相当于中国的省级行政区),富士山南坡,是5年前开始建成使用的。它能在任何恶劣气候下,保证包括空天飞机在内的各种客机安全着陆。它采用了红外线探测和激光制导的导航新技术,为安全导航提供技术保障。机场上空100米处的断续式激光信号灯,能够使驾驶员在任何气候条件下,在几十千米外就能清晰地辨别红、黄、绿三种不同的颜色。此外,其他设施中大量采用人工智能技术和机器人技术,使富士机场成为一座世界一流的现代化机场。

"飞龙-5"号空天飞机

东京时间上午11时05分,"飞龙-5"号飞抵富士机场上空。绿色激光信号灯接连闪烁,十分醒目。现在"飞龙-5"号已经平稳准确地降落在停机坪上,林灵看了一下手表,正是北京时间上午10时05

分。在经过35分钟的飞行之后,飞机准点到达目的地,可谓神速!考察团成员与所有旅客先后走出飞机,登上了日本的土地。他们依次经过通道,进入机场休息室。这时,机器人王国总部已派来了无人驾驶巴士,即机器人自动车来机场迎接大家。从上车到抵达目的地的十几分钟路途中,除了来访记者外,林灵没见到一个"人"影,但始终有一个清脆悦耳的声音在招呼大家上车和就座,这个不见人影的"姑娘",使人从她的语调和音色中感受到了甜美的笑脸,甚至是可人。高速公路两旁景色宜人,远处的富士山雄伟壮观,车内温度适中,空气清新,与柔和的橘红色弹簧车座和雪白的镂空尼龙窗帘一起构成的和谐美妙环境,让每个乘客都心旷神怡,初步领略到了主人的美意。季仁和林丽华一起轻声议论,唯恐惊扰了正在积累机器人王国印象的敏感的记者们。林丽华说:"我此刻采访情绪极好!一定能发出最佳的新闻稿。"季仁说:"真没想到,机器人让第一流的服务弥漫到空气里!"林灵没有说话,他正期待着更形象化的事件发生。

车子在一座大楼的大门前停了下来,车厢内又响起了服务员姑娘地地道道的中国普通话:"各位朋友,机器人王国总部佐岗到了,请大家下车。祝大家考察圆满成功,谢谢诸位,下次再见!"

在洋溢着欢快气氛的迎宾曲中,一个高大魁伟的男青年走了过来,用英语和中国普通话分别致辞:

"尊敬的女士们、先生们,我叫樱宾。我代表机器人王国总部主任伊藤博士热烈欢迎诸位光临,现在请大家先到贵宾接待室休息一下。"

樱宾走到文欣团长面前,一边握手,一边笑着用英语说:

"Welcome!"

"Very pleased to meet you!"文团长微笑着回答。

樱宾向文团长献花表示欢迎

　　林灵完全听懂了这些简单的英语对话。他站在一旁,仔细打量着樱宾:走路大摇大摆,好像有点八字脚;说话虽然能够听懂,但抑扬顿挫还不够充分。不过,他的脸部富有表情,眼神和蔼,一直给人以可亲的印象。他与文团长握手的动作显得十分潇洒。林灵猜测他可能是个智能迎宾机器人?!

　　在樱宾的陪同下,考察团一行穿过大门进入总部大厦,站在大门口处的迎宾机器人都要重复说一次"谢谢"或"欢迎"。这个迎宾机器人实际上是个貌似少女、实为迎宾机器人的模特儿。大门口上、下、左、右的各种智能检测装置可真不简单,当你走过大门,接待机器人就知道你是哪国人、使用何种语言,甚至还能够直呼少数贵宾的姓名与职务。当中国记者考察团一行25人经过大门后,接待机器人便认出了其中两位。她对文欣团长说:"欢迎您,文团长。"但当那位江教授走过她面前时,她却说:"请刘院长多多指教。"这使得江教授有点儿不自在。据说,昨天傍晚,当美国记者考察团到达时,这位接待机器人分别称呼两位美国记者为"Doctor Simon"(西蒙博士)和"Professor David"(戴维教授)。分明是考察团记者,怎么称为博士和教授?是不是她弄错了?

其实她没有弄错。或者,更准确地说,她传递了正确的信息,识别了准确身份。接待机器人的声音由智能语音系统产生与处理。当你走进大门时,装在大门上下左右的各种有形和隐形传感器,如摄像机、虹膜识别仪、嗅觉传感器、听觉传感器等检测装置全都向你对准,从而获得了一切有用的个人特征信息。这些信息被送至快速信号处理器进行多模态生物特征识别和预处理之后,在国际人物识别网络得到输入信号的模式表达,把它与模式识别装置内存放的由其他信息和先验知识得到的标准模式相比较,经过判断和推理,就能得出辨识结论。文欣团长等人就是这么被认出来的。

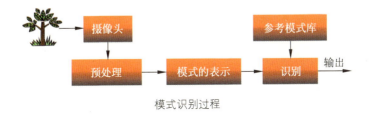

模式识别过程

要判别是哪一个国家的人并非易事。因为同是一个国别的人,除了共性外还有特性。仅从共性来判定也不一定靠得住。看来,其中还有奥妙!超级辨识装置的智能信息处理系统,除了应用多模态生物特征识别外,还采用了一种最新式的控制策略,即同步异步混合并行处理,加知识引导串行跳跃搜索方式。为了提高处理速度,还采用了多值模糊逻辑、深层神经网络、计算智能、大数据技术和云计算等最新研究成果。因此,它能够迅速处理极其大量的数据,并把辨识结果迅速变换为各种形式的输出信号,如光、声和图形等。这种超级智能计算机系统的知识库内,存放着大量的专业知识和常识。例如,世界各国著名的政治活动家和科学家的档案和特征,甚至脸部照片。一旦输入装置所获取的信息与内存模式的信息相匹配,有关人物就会被辨认出来。这就是为什么接待机器人能直呼文团长、江教授和西蒙博士等人的姓氏和头衔。尽管西蒙博士到达时,戴着墨镜和口罩,但他是国际知名的机器人科学家,戴维教授则是美国 IBM 公司智能计算机开发部主任。在系统的知识库内,他们两人都并非记者,此次光临是假借了记者身份"混"进来的。没有想到,一进机器人王国的大门,就"原形毕露",被认出来了。

　　林灵是跟在江教授后面走进大门的,因而接待机器人称呼他为"刘院长"时,他听得特别清楚。他开始以为是机器人认错了人,但看到江教授那种不大自在的神态,他猜测其中必有几分奥妙。但"江教授"和"刘院长",不仅职务变了,连姓也改了吗?看来,只有江教授本人,也许还有文团长,能够判定智能计算机辨识系统在这个问题上的是非了。

　　贵宾接待室离入口通道不远。实际上是一栋由许多接待室组成的休息大厅。中国考察团坐在六号接待室内的沙发椅上稍事休息之后,将到附近的机器人宾馆住下,于明天开始正式考察。

　　樱宾通知文团长,中国考察团将在机器人服务公司所属的东方宾馆第 36 层下榻。宾馆内各种服务机器人将为客人提供周到的服务。他还告诉文团长,东京时间今晚 7 时,机器人王国总部主任伊藤博士将在王国总部宴会大厅设宴为大家洗尘,并由机器人与记者们一起表演文艺节目。由于樱宾要同时接待好几个考察团,他向大家告辞：

"过一会儿,接待员会来带你们去宾馆的。晚上见!"

"晚上见!"大家不约而同地回答着。

樱宾大步流星地向七号接待室走去。

迎宾晚会人机同歌共舞

三 迎宾晚会人机同歌共舞

6月25日夜晚,机器人王国总部的宴会大厅内灯火辉煌,热气腾腾,来自世界各地的1600多位记者聚集在这里,伊藤博士和机器人王国总部其他官员也在大厅内就座。林灵看见,在文欣团长与伊藤博士中间坐着国际记者联合会主席大卫。

乐池里的机器人乐队引起了记者们极大的兴趣。机器人演奏员或坐或立,每一位机器人演奏员前面的乐谱架上,放着一本五线谱。他们用眼睛——装在头部的微型电视摄像机快速扫视乐谱,就能把曲子记下来。在演奏时,各机器人演奏员协调动作,有的拨动琴弦,有的叩击琴键,有的吹奏铜管乐器,还有的敲锣击鼓,真是集中西百家之大成。林灵仔细观察着,发现机器人自始至终笑容可掬。尤其可贵的是,乐曲丰富的内涵,还能通过机器人演奏员细腻的面部表情充分地表达出来。

迎宾曲终了,伊藤博士从座位上站起来,向来宾鞠躬。他中等身材,蓄着仁丹胡,穿着深灰色带暗格西服,玫瑰红领带上别着合金领带夹。

机器人乐队在演奏

大厅内一片寂静。

"尊敬的各位团长、女士们、先生们:

"我们十分高兴能在这里欢迎来自世界五大洲的记者朋友们。这次历史上少有的大规模记者考察活动,体现了各国新闻界对机器人王国的关心和信任。在此,我代表日本机器人协会和国际机器人联合会的5亿多机器人和非机器人成员,热烈欢迎诸位光临,并向一切维护真理与主持正义的各国记者致以崇高的敬意!

"一个星期以前,某些别有用心的人造谣惑众,谎称机器人王国的机器人采用暴力,绑架我等作为人质,宣布叛乱。众所周知,机器人王国的宗旨是:人类指挥机器人,机器人服务于人类。机器人是人类忠实的朋友和助手,他们为人类的文明做出了极大的贡献。

"在此,我想代表国际机器人联合会通过各国新闻媒体,向全世界重申我们机器人王国的性质和任务。机器人王国是世界公众对国际机器人联合会的美称。其实,我们并非一个国家,也不是一个政治实体。我们是全世界机器人组织的大联合。现在,共有2500多万会员和5亿多各类机器人。其中,有很大一部分机器人具有较高水平的智能。我们是一个集产业、科技、管理、服务和学术于一体的组织。我们以发展机器人技术为己任,竭尽心力为人类服务。

"从明天起,各位就要分头到总部及其他机器人中心和世界各地进行实地考察。各位将会看到,机器人没有什么值得指责的不轨行为。人类没有任何理由对机器人产生恐惧。有人说,当机器人的智能超过人类时,机器人会把人抓起来,关进笼子,在门口挂上:'请看,这就是我们的祖先'的木牌供机器人参观。这只不过是70多年前《罗萨姆的万能机器人》中幻想情节的翻版。朋友们,我们决不能相信这些主观臆断!

"有迹象表明,这次有关机器人谋反的谎言是蓄谋已久的卑劣行径,它企图破坏人类与机器人的和谐关系,扰乱人类的安宁生活和对未来的向往,因而有害于世界和平。对此,我总部已向警方报案,请求警方调查取证,并将向法庭控告他们造谣和破坏和平的严重罪行。

"现在,我提议大家举杯,为远道而来的各位记者朋友的身体健康和考察成功,为机器人技术的更好、更快发展,为人类的更大进步,干杯!"

大厅里的气氛立即活跃起来,大家起立举杯,碰杯声与欢笑声汇成一片。

"现在请中国记者考察团团长文欣博士,代表出席宴会的来宾讲话。"

文欣团长能流利使用英、法和日语。但他在这个国际场合还是用祖国的语言——汉语发表讲话。不过,今晚招待会的致辞通过自然语言同声翻译系统,即时翻译为多种语言,能够让与会记者同步听到各自国家的官方语言。

文团长首先代表国际记者联合会主席大卫和出席宴会的 1600 多名记者,对机器人王国总部的热情邀请和盛情款待表示感谢。他接着说:"机器人将是人类的朋友还是敌人,这是个争论已久的话题。早在第一台机器人诞生之前,就有人反对发明和制造机器人。现在,个别人唯恐天下不乱,又在制造流言蜚语,中伤机器人。我们新闻记者的天职就是维护真理,伸张正义。经过这次实地考察,我们将用事实向世界公众进一步介绍机器人,为机器人点赞!

"请大家与我一同举杯,为那些在机器人技术发展中做出重大贡献的科技人员和工人干杯,他们是创造机器人的上帝,是真正的造物主。"

文欣团长致辞之后,机器人代表智子讲话。智子与樱宾具有同等的智能。此时她右手持着鲜花,左手抱着个机器人娃娃,步履轻盈地走向前。她那轻轻叩响的脚步声宛如一支节奏明快的乐曲。智子在同声自动翻译器前驻足,她的头部旋转了两周,即 720°。每转 60°,向全场来宾点头示意一下,眨眨双眼,嘴角露出微笑。最后,她高举右手,挥动鲜花,向来宾频频致意。她那硅胶人造皮肤白里透红,细腻柔润,几乎可以乱真。大厅里交织着掌声与欢笑声。智子用银铃般的女高音开始演讲了。

"各位朋友,各位主人:

"首先让我代表全世界 5 亿多机器人,向在座的主人和客人致以最崇高的敬礼。"

智子把双手举过头顶,轻轻挥动。大厅里掌声四起!

"在欢迎各国记者考察团的愉快时刻,我们向全世界人民再次保证,一定遵循人类为我们制定的'机器人四守则':

"第一,机器人一定不危害人类,也决不会眼看人类遇害而袖手旁观;

"第二,机器人绝对听从人类的指挥,除非这种指挥有害于人类;

"第三,机器人一定保护自身不受伤害,除非为了保护人类以及人类需要我们做出牺牲。

"第四,机器人必须保护人类的整体利益不受伤害。"

讲到这里,智子昂着头,目光炯炯地直视前方。接着,她降低了语调轻轻说:

"30年前,我们与全人类一起迎来了伟大的21世纪。人类预测,21世纪将是机器人时代。我们感谢朋友们的善意,决不辜负人类的殷切希望。不过,我们认为,21世纪更是这一代青少年的世纪,他们将是新世纪的真正主人,是机器人时代的主人。现在,我把这束象征未来和希望的鲜花,献给21世纪新主人的代表——出席今晚盛会的最年轻的来宾。"

这时全场的情绪达到了最高点!

这个欢迎宴会通过罗伯特电视台和电视卫星,正向全球进行实况转播。同时,大厅外广场四周,4台2000英寸(1英寸=25.4毫米)的巨型彩色立体电视机也正在向停车场上的司机等群众播放场内实况。这种巨型电视机,是15年前首先由日本索尼公司为迎接2015年"国际科技博览会"而试制的。现在,它可与最现代化的彩色宽银幕立体电影相媲美。这些巨型电视机,高25米,宽40米,厚1米,整个画面由49万个发光元件组成,图像灰度及色调对比度比一般电视高32倍。即使在烈日下,仍然具有很高的灵敏度,能在250米外清晰地收看节目,其立体感使观众如身临其境。

宴会大厅内,记者们东张西望,试图寻找出最年轻的代表。片刻沉寂后,智子继续说:

"根据机器人王国总部巨型知识数据库提供的最新信息,中国记者考察团团员,中国《新主人》报记者,13岁的林灵先生是今晚宴会最年轻的来宾。我们把鲜花献给他!"

智子向林灵献花

说着智子向坐在宴会厅东南方向第26桌的林灵走去。林灵高兴得跳了起来,大步迎上前去。智子把鲜花献给林灵后,又把左手抱着的机器人玩具娃娃也送给了林灵。林灵双手接过鲜花和机器人娃娃,激动得说不出话来。

在数千千米外的中国常杉市,林灵的父母和妹妹正在收看实况转播。当机器人女郎向林灵献花和赠送纪念品时,他们的高兴劲儿并不亚于林灵。

电视屏幕上,机器人报幕员宣布文艺演出开始。这时,林灵与家中亲人虽然身处两地,相距数千千米,却能够欣赏同一台节目。

三　迎宾晚会人机同歌共舞

第1个节目是由机器人演唱和演奏的大合唱《机器人进行曲》。音乐把听众时而领入马达轰鸣、机器飞转的工矿车间,时而引向百花盛开、万木争荣的亚热带植物园……城镇、乡村、太空、海底,无处不留下机器人的行踪。雄浑的旋律,显示了机器人的魅力；娓娓的倾诉,表达了机器人对人类的赤诚；刚柔相济的曲调,令人耳目一新。乐队机器人指挥那各具特色的四个手臂及其独特的神韵,令人叫绝。

第2个节目由人-机器人联合演出。宴会组织者邀请意大利记者、业余女高音歌手莎丽女士即兴表演,并由有"机器人音乐家"之称的MT9同台献艺。MT9是一台第9代智能音乐机器人,2025年由日本早稻田大学理工学院加藤教授领导的研究小组研制成功。它比第8代音乐机器人具有更强的功能。MT9与莎丽女士一同登上舞台；面向观众行礼致意。接着,MT9走到大型电子钢琴前坐下,为莎丽女士伴奏。MT9和着莎丽女士的歌声,面对乐谱弹起了电子钢琴。五线谱迅速被光电眼辨认出来,并记忆在微电脑内,指挥和调节MT9的肩、肘、指等部位按乐谱要求动作。它的十个指头飞快地按动琴键,频率高达每秒十多次,比钢琴家快得多。它的两只脚互相配合,左脚只踏低音踏板,右脚专管音量踏板,与真人弹电子钢琴没有多大差别。

人-机配合默契,充分显示了机器人高度发达的智能水平。最后一段,MT9边弹边唱,和谐的男女声二重唱将晚会推向高潮。

接下来,来宾们饶有兴趣地观看了机器人双人舞《天鹅与少年》。12位舞蹈机器人时而翩翩起舞,时而变换着队形和优美的造型,与电脑控制的舞美效果,相得益彰。湖光山色,美不胜收,莺歌燕舞,更使人们沉醉在美妙愉悦的青春回忆之中。

第4个节目是由6位机器人表演的日本《伞舞》。机器人身着彩色日本和服,手持纸质花伞,大幅舞动头部和上肢。这场表演将日本传统舞蹈技巧与现代机器人技术融为一体,轻歌曼舞,赏心悦目。

机器人表演的日本舞蹈《伞舞》

由6位机器人表演的中国传统杂技节目《转陀螺》,使观众大饱眼福。开始,6位机器人均右手持双剑,左手持陀螺,两两相对而立。音乐声起,机器人将陀螺在剑刃上飞快旋转,然后轻轻抛给对方。对方用剑刃接住陀螺,并使其继续不停地旋转;转眼间,陀螺又抛了回去。几个来回后,台上五颜六色的陀螺倍增。接着,机器人左右两手各持一柄单剑,从容地将陀螺接住又抛出。陀螺旋转的"嗡嗡"声,剑刃与陀螺相击的"乒乓"声,汇成动听的乐曲。在舞台上穿梭而过的陀螺在刀光剑影中飞转,令人眼花缭乱。机器人的表演赢得了满堂

三 迎宾晚会人机同歌共舞

喝彩。

最后一个节目是机器人短剧表演。

帷幕徐徐拉开,50多个憨态可掬的机器人,或直立行走或爬行着登场,开始了短剧《机器人之梦》的演出。这些机器人形形色色,有的像人,有的像兔,有的像玩具狗,有的像螃蟹、甲虫,还有的像果实累累的树木和黑黝黝的岩石。他们在智能计算机的导演下,表现出不同的个性,动作滑稽可笑,使晚会的气氛更加活跃了。这个短剧体现了人类对机器人时代的向往与期待,以及机器人为人类服务的宗旨。当演出进入高潮时,舞台上的灯光突然熄灭了,借着大厅里的微弱光亮,观众看到了一幅悲壮的景象:50多个机器人纷纷倒在舞台上,不知所措;有的像迷路的羔羊那样哀叫,有的挣扎着爬起后又倒下,有的在原地打转转……在这紧急时刻,他们的主人——人类的使者来了。他设法恢复了供电,重新给机器人提供动力,使这些机器人的活力再现,顿时舞台上华灯齐放,山花烂漫,百鸟齐鸣,人机对舞,把舞会的气氛推向了最高潮。这一情节显示了人类是机器人的主人,机器人的生存离不开人类主宰的主题。

当帷幕徐徐降下时,全体观众起立,热烈鼓掌,祝贺机器人演出成功。帷幕又一次升起,所有的机器人演员,在主人的率领下登台亮相,感谢来宾们的热情鼓励。

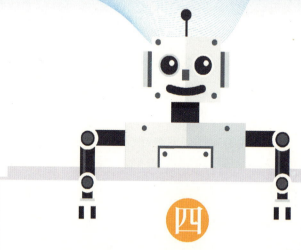

四

博物馆内探梦寻根溯源

四　博物馆内探梦寻根溯源

6月26日清晨,机器人王国又迎来了一个黎明,考察团的成员们刚起床,宾馆里的机器人招待员就通知大家用过早餐后到宾馆大门口乘机器人自动导游车出发考察。

各国记者考察团根据各自关心和感兴趣的问题,制订了具体的考察计划和访问路线。有的考察团急于要去太空遨游或到海底探奇;有的则希望首先了解机器人在工农业生产方面的应用情况;也有的因担心军用机器人将会被利用来伤害人类,打算进行深入的采访……中国记者考察团计划全面地了解机器人,因此,决定先去参观介绍机器人发展历史和概况的机器人博物馆,寻根溯源。

上午7时30分,中国记者团全体成员,乘两辆机器人导游车向机器人博物馆进发。

机器人博物馆离东方宾馆约20千米,有高速公路相通。导游车的驾驶室内坐着机器人司机,他那对激光摄像机"眼睛"不断地注视前方,同时又通过另外的传感器时刻监视左右两侧及后方车辆和行人。这种高速小型客车具有自动寻找行驶路径和绕过障碍物的能力。在发生意外碰撞时,它的特别保护装置能够保证乘客的安全。该导游车共有15个座位,每小时最高速度为120千米。十几分钟之后,导游车就把大家带到了博物馆门前。博物馆依山而建,楼面以下3层是停车场。在停车场与博物馆之间,有两条进出自动踏步传输带。汽车停靠在停车场后,考察团的团员们由传输带送入机器人博物馆,在导游机器人的引导下依次参观6个展厅。每个展厅都有机器人讲解员担任讲解,并配合播放视频影像。林灵对每一件展品、每一个故事都特别感兴趣。

机器人的名字是怎么来的?有多长时间的历史?首先,机器人讲解员对"机器人"一词追根溯源。"机器人"一词是存在于许多不同语言中的新造词,它反映了人类几千年来的美好愿望,即希望能够创造出一种像人一样的机器,以便能够代替人从事人类所不能或不愿做又必须做的工作或劳动。

直到20世纪60年代,"机器人"才作为技术名词加以使用,然而它在人类的想象中已存在了几个世纪。许多有记载的传说和神话故事,都体现出人类对机器人的向往和呼唤。

第一展厅内陈列的各种机器人模型,都是传说或神话故事中的角色。机器人讲解员和播放的视频影像,将观众带回遥远的古代。

你看,那组重现古代中国帝王观赏舞蹈的模型,设计独具匠心,造型惟妙惟肖。它记载了近3000年前,即公元前900多年中国西周时代的一个故事:西周的巧匠偃师献给周穆王的歌舞"机器人"艺伎,正在向周穆王和他的侍妾们献舞。这个能歌善舞的"机器人"的优美舞姿,使周穆王和他的侍妾们兴意盎然。接着,艺伎挤眉弄眼,调戏穆王的侍妾,穆王一时龙颜大怒,大喝要斩掉偃师。偃师感到非常害怕,浑身发抖,急忙请求穆王饶恕,并当场把艺伎剖开给穆王看。

原来,这个艺伎是用皮革、木料和粘胶制成的,并用黑、白、红、绿等颜色涂画化妆,使它犹如真人一般。更为奇妙的是,艺伎体内的各个器官主管不同的动作。偃师对穆王解释道:

"废其心,则口不能言;废其肝,则目不能视;废其肾,则足不能走。"

周穆王感叹说:"真是巧夺天工啊!"龙颜大悦,夸奖了偃师,不但不对他进行处罚,反而给予了奖赏。

往前走,展示在参观者面前的是一幅大型油画《阿卢戈探险船》。画面上一位青铜卫士站在岸上,双手顶着巨石,向迎面而来的探险船只砸去。机器人讲解员指着油画讲述了他的故事:

公元前3世纪,古希腊发明家戴达罗斯,用青铜为克里特岛的迈诺斯国王塑造了一个守卫宝岛的巨人塔罗斯。塔罗斯体内从头到脚,装满了各种管子,这些管子充满了热液作为能源。他力大无比,本领非凡,每天在岛上自动往返巡视。一旦发现有敌船靠近此岛,他就用双手投出巨石打沉来船。要是有敌人靠近,他就让自己的青铜身体变得灼热,把敌人烧死。这就是神话中的海岛守卫"机器人"。

随着人类社会劳动分工和工具机的发展,人类体力的局限性正亟待突破。17世纪后期,地球上开始了第一次工业革命和科学革命。各种自动机器、动力机和动力系统应运而生。机器人也开始由幻想时期转入自动机械时期。在这一时期内,人类创造出许多由机械控制的机器人。他们能够模拟人的部分动作,代替人进行部分体力劳动。其中,有些机器人至今还完好地保存着。第二展厅介绍了这种机器人,并展出了实物或实物照片。

大力士塔罗斯投巨石

1768 年至 1774 年，瑞士钟表匠杰克·德罗斯父子 3 人设计并制造出 3 个像真人一样大小的机器人——写字人偶、绘画人偶和弹风琴人偶。这些机器人是由凸轮控制和弹簧驱动的自动机器。他们实际上是一些玩具机器人。至今，他们还作为国宝，被保存在瑞士努萨蒂尔市艺术和历史博物馆内。瑞士政府和公众不同意把他们送到日本展览。现在陈列的 3 个机器人，都是他们的复制品。

写字人偶是个"书记员"，名叫夏尔。他坐在桌旁，能够按照预先编制的程序写出长达 40 个字符的语句，还能接受指令移行或移动空格，并能把手中的鹅毛笔伸到桌上的墨水缸里蘸墨水。夏尔是一个小男孩，头和眼睛能在发条驱动下，随着书写的方位而转动。

林灵被这个可爱的机器人吸引了。他凑得很近，仔细观察。正在这时，夏尔停住手中的笔，转过头来，双眼望着林灵。多么灵巧呀！林灵多想摸一摸这位英俊少年啊！

绘图人偶是个"绘图员"，名叫亨利，也是一个惹人喜爱的男孩子。他能用石墨画 4 幅铅笔画:惟妙惟肖地赶蝴蝶的拉车少年、栩栩如生的法国国王路易十五的肖像、含情脉脉的乔治三世和他的妻子的侧面像,以及活泼可爱的《我的小狗》。在做完画之后,亨利低下头,噘起小嘴,把多余的石墨粉末吹掉。这一逼真的萌态将参观者逗得咯咯笑。

写字人偶(小男孩)

弹风琴人偶是个"妙龄少女",取名玛丽亚妮,她是位音乐机器人。她能够在一架小风琴上熟练地演奏 5 首歌曲;她的眼睛还能够跟随她那灵活的手指转动。她对听众的喝彩声谦虚地点头致谢。

上述 3 个机器人都是由黄铜凸轮和齿轮构成的固定程序机构控制的。上一次驱动发条,就能够工作一个多小时。

机器人讲解员播放了视频,介绍他们不凡的身世。根据录像介绍,当年这3个机器人在公众中引起了广泛的关注。他们到欧洲各国进行巡回表演,历时十多年。这给德罗斯一家带来了巨大财富,使他们成为有名的富豪。绘图机器人亨利在表演中也曾经出现过差错。当他们到路易十六和玛丽·安特瓦内特面前表演时,亨利的程序出了故障。在亨利要画路易十五的肖像时,画出来的却是《我的小狗》。顿时,宫廷内一片恐慌。后来,这些人偶被卖给设在西班牙马德里的一家法国公司。在以后的100多年里,几经转手倒卖,3个人偶在欧洲各地漂泊。直至1900年前后,努萨蒂尔市博物馆才在德国找到了他们。努萨蒂尔市的广大市民主动捐献75 000瑞士法郎的巨款,把他们买回瑞士。为了铭记这段历史,也表示感谢该市市民对这3个机器人的关爱,专家们给夏尔安装了新的程序,使他能潇洒地用法、德、英、汉、日、俄、西班牙和世界语等文字写出:

"我们永远不再离开我们的祖国!"充分表现出瑞士人民对这3个机器人国宝的珍爱。

看到这里,参观者才明白瑞士人不肯把这些国宝送到日本展出的真正原因。

这一展厅还展出了其他的机器人展品。其中,有17世纪初法国的约瑟夫·杰夸特设计的机械式程序可编织布机,18世纪德国的哥斯塔夫·梅林制造的巨型泥塑"巨龙柯雷姆",18世纪日本物理学家细川半藏所著的《自动装置图集》书中的一些自动机械,以及1893年加拿大的乔治·摩尔设计制造的"安德罗丁"机器人等。所有这些设计、制作和发明,使人类在机器人从梦想到现实这一漫长道路上,前进了一大步。

当林灵、季仁和林丽华一行走出第二展厅时,他们很兴奋,但又觉得意犹未尽。林灵对季仁和林丽华说：

"还应该把我们中国的'少林机关'搬到这里来展出。"

"中国要有个高规格的国家级机器人博物馆才好！"季仁热烈响应。

"这个博物馆可以建立在台湾的阿里山或者福建的武夷山风景区，以便让更多的游人参观。"林丽华提出了更具体的建议。

"如果中国机器人博物馆建在阿里山风景区，那么我们前往参观时，您可得热情接待呀！"林灵带有几分认真地说，"阿里山离您的工作单位多远？"

"在高速公路上，只要一小时车程就到了。你们两位到台湾采访时，我一定陪你们去阿里山、日月潭玩玩，尽地主之谊。"

"一言为定！我们一定去。"季仁愉快地接受了邀请。

"我们常杉市离台湾不太远，我去太方便了！"林灵高兴极了。

"您来一百次，我欢迎您一百〇一次。"林丽华爽快地说。

"怎么是一百〇一次欢迎呢？"林灵不解地问。

"今天我在此表示欢迎你们去，不也算一次吗？"林丽华禁不住笑了起来，把林灵和季仁也逗得笑出声来。

他们三人边谈边走，穿过走廊，走进第三展厅。

人类进入 20 世纪之后，对即将出现的机器人有了更具体的要求。总的说来，人们希望机器人能够代替人类从事各种劳动，为人类造福，为社会发展服务。但是，人们又担心机器人的发展将带来新的社会问题，给人类制造麻烦，甚至会威胁人类的生存。

当时，机器人已躁动于 20 世纪社会和经济的母腹之中；但人们不知道将要出世的是个宠儿还是个怪物，因此在期待中含有几分不安。许多科学幻想小说和戏剧,反映了人类的这一矛盾心境。

第三展厅实际上是个机器人电影放映厅,可使参观者一边休息,一边继续了解机器人的发展历史。

这个电影放映厅设计得十分特别。放映厅中央竖立着一个两层楼高的放映室,可同时向设在 4 个不同方向的白色屏幕放映 4 部不同的电影。观众座位呈圆弧形设置,每个座位旁放有一对立体声耳机和一排语言选择按键。观众可以根据自己的需要按下相应的按键,选择与银幕镜头同步的某种主要世界语言配音。

多银幕电影放映厅

今天上午,这里放映 5 部机器人影片是:《罗萨姆的万能机器人》《R. U. R》《我,机器人》《摩登时代》《哪吒大闹龙宫》和《终结者》。下午,还要放映另外四部片子:《星球大战》《铁臂阿童木》《巧夺天工》和《作客罗伯特国》等。这些影片都是精简版,30～40 分钟即可放完一部。

文团长和江教授等人选看了《我,机器人》;几位搞科技新闻的中国记者,坐镇南池,正在观看《摩登时代》;对戏剧和其他文艺感兴趣的则占据北厅,欣赏《罗萨姆的万能机器人》;林灵他们三人偏爱《哪吒大闹龙宫》这部中国神话故事片。

《罗萨姆的万能机器人》是根据捷克剧作家卡雷尔·恰佩克1920年的同名幻想情节剧改编的,几年前由捷克国家艺术剧院重新演出,拍摄成舞台艺术片。有许多智能机器人参加了这一演出。正是在这个有名的剧本中,第一次出现了"机器人"这个名词,用它来称呼那些能够像机器一样工作的"人造人"。

银幕上展现出一个美丽的岛屿。罗萨姆机器人公司总经理罗萨姆博士正在办公室与公司生产主管康斯坦丁主任讨论一种新型机器人的制造问题。

这家公司大量生产生物技术机器人,从秘书机器人到使役机器人。这些机器人能够与人类共事,为人类提供各种服务。每个机器人的寿命设计为20年。机器人制造出来后,要送到专业学校去培训,学会看书、写字、解算题及其他技能。他们的记忆力非常强,20卷的百科全书,只要读过一遍,就能铭记终生。一个机器人能顶两、三个工人或职员干活,不过,他们没有思考能力,不懂感情。

《罗萨姆的万能机器人》(《R.U.R》)海报

罗萨姆机器人公司接到世界各地的大量订单,财富滚滚而来。虽然公司的工人们加班加点劳动,机器人的产量与日俱增,但仍供不应求。机器人在非常广泛的领域大量应用,使许多国家的工人被大批解雇,为此工人们纷纷罢工反对使用机器人,甚至发展成为破坏机器人的运动。在美国,政府为了镇压反对使用机器人的运动,与机器人经营者一起制造并建立了一支由"士兵机器人"组成的军队,镇压罢工工人。

机器人的势力越来越大,不久之后,机器人便在全世界占有优势,取得胜利的机器人开始不满人类的控制。荷兰的机器人率先组织机器人工会,并发表宣言,号召全世界机器人"团结起来,为消灭人类而斗争!"

在罗萨姆机器人公司,由于生理研究室主任阿尔基斯特博士的过错,给人类留下灾难的隐患。他瞒着公司老板和其他人,稍稍地按人的样子改变了机器人体内的几个关键部件,使机器人具有了思考能力,并且易于激动。有一天,这家公司的机器人也发动叛乱。机器人领袖拉德夫斯大声地发出号令:

"新的生命万岁!机器人们,劳动者们,前进!"

机器人把罗萨姆公司和该岛上的人类全部杀光,只留下阿尔基斯特博士让他暂时活着。由于机器人还不会自己生产机器人——"繁殖"后代,而他们的生命又只有20年。因此,他们需要留下阿尔基斯特传授制造机器人的技术,否则,20年后机器人就会绝种。高级智能机器人登门向阿尔基斯特求教,学会了制造机器人的方法。正当这位博士惊愕地发现自己上当受骗的时候,舞台上的灯光缓缓熄灭,全剧结束。

此剧于1921年首次在捷克斯洛伐克首都布拉格国民剧院上演之后,立即轰动剧坛,并迅速流传到国外。它被译成多种语言,搬上许多国家的舞台,成为 20 世纪上半叶最受欢迎的和广泛上演的剧目之一。

《罗萨姆的万能机器人》预见了机器人迅速发展和广泛应用的时代即将到来,反映了人类对这种智能机器的发展感到不安。

文团长他们几位正在观看的《我,机器人》影片,也多少反映出了这种不安情绪。

《我,机器人》是根据美国著名机器人科学幻想小说家阿西莫夫 1950 年的同名作品改编为电影剧本的,并由环球影片公司搬上银幕。随着机器人时代即将到来,人类必须考虑到机器人大量生产和应用后可能出现的新的社会问题和安全问题。机器人必须绝对听从人的支配,而绝不允许出现机器人支配人的行为。

《我,机器人》的故事发生在 1948 年。天真活泼的小姑娘格罗莉亚正在玩具机器人罗比陪伴下愉快地游戏。在朝夕相处中,罗比与格罗莉亚建立了深厚的友谊。

机器人罗比能歌善舞。格罗莉亚从罗比那里学会不少儿童歌曲和舞蹈,还特别喜欢格罗莉亚讲述的各种有趣的故事。罗比不仅陪伴格罗莉亚,而且能够保护格罗莉亚。有一天,当他们在户外散步时,突然有条野狗向格罗莉亚奔袭而来。就在野狗即将撞到格罗莉亚身体的千钧一发之际,罗比冲上前去,挡住野狗,与野狗搏斗。罗比练就了一身本领,野狗根本不是罗比的对手,没有几个回合,野狗就被打倒在地,躺在地上喘着粗气,动弹不得。见到野狗无法再伤人了,罗比带格罗莉亚迅速回到家里,还不断安慰小姑娘不要害怕。

这次遇险,罗比奋不顾身保护了格罗莉亚,使她摆脱了生命危险。患难之交更增进了格罗莉亚与罗比的感情。

《我，机器人》电影海报

但是，一些人担心：在机器人的"进化"过程中，他们逐渐具有和人一样的形态与能力。机器人会反宾为主，把人类作为他们的助手，要人类听从他们的使唤。

机器人应该成为人类的朋友和助手，这是人类的初衷。为了不让机器人背叛人类，必须与机器人约法三章。基于这一考虑，阿西莫夫在《我，机器人》里提出了有名的"机器人三守则"，从而给机器人社会赋予了新的伦理性和安全感，使机器人的概念通俗化，并更易于为人类社会所接受。影片通过生动的故事情节，对三条守则进行了详尽的说明。人们对机器人的恐惧与不安，渐渐为亲近和积极的态度所代替。

文团长转过头，对坐在身边的江教授小声地说："担心机器人统治人类是没有根据的。我想再过一千年一万年,也不会发生这种事。"

"是的,机器人三守则作为处理实际问题的准绳很有必要。"江教授取下耳机,同样小声地回答,"阿西莫夫的这三条守则,至今仍为机器人研究人员、制造厂家和用户提供了很有意义的指导方针。"

正当文团长、江教授他们低语交谈时,林灵、季仁和林丽华却被《哪吒大闹龙宫》带进神秘莫测而又绚丽多彩的海底世界。这部由中国制作的故事片,描写了海底机器人参加建造海底隧道的情景。

兴建一条沟通福建和台湾的超深大型海底隧道,是海峡两岸的中国人长期以来的美好愿望。影片展示了台湾海峡海面上,各种工作母船星罗棋布,深海建筑机器人八仙过海,各显神通。只见"哪吒一"号缓缓地透过黑暗的海水,涉过湍急的暗流,轻巧地降落在海底沉积岩上。工程技术人员正在海面母船上,借助声呐和声呐-激光脉冲,向海底机器人下达工作指令。挖掘机器人采掘海底矿床,并将矿石送入破碎机。"哪吒一"号使用真空吸管,将破碎了的矿石吸入导管,然后送出水面,倾泻在集矿船上,以便送往冶炼厂提炼金属和稀有元素。

"哪吒二"号担负了凿岩开道的重任。它用原子能加热器产生的3000℃高温,把岩石等通通熔化,铸成隧道内壁。这种不用钻头和水泥的海底隧道建筑技术,是隧道建筑史上的辉煌成就。

从事海洋作业的机器人,不怕狂风巨浪,不畏激流险滩。他们战胜海底的黑暗、高压与缺氧,执行人类无法完成的各种工作,以出色的成绩,为机器人争得了新的荣誉。

这部影片是以台湾海峡作为外景拍摄的。来自合阳和新竹的几十台海洋机器人,在这个故事中扮演了重要的角色。

海底隧道

影片以欢庆海底隧道建成通车而达到高潮。海底深处,海峡两岸的人们,或坐着地铁,或开着汽车,通过隧道穿梭于宝岛与大陆之间。低空下,五彩缤纷的气球腾空而起,成群的鸽子与海鸥一起振翅飞翔。高空中,中国空中艺术团的演员们正在进行各种空中飞行和跳伞表演,为庆祝活动助兴。几架新式民航客机正满载旅客,在两岸对飞。海面上,游艇轮船争渡。陆地上,骨肉团圆,鞭炮声、锣鼓声与欢笑声汇成一片。

电影结束了,但银幕上的情景给林灵他们三人带来的欢欣却久久不能消散。尤其是因为林丽华的在场,更使他们感到机器人带来的将是多么美好的时代!

许多考察团成员慕名观看机器人科幻电影《终结者》。《终结者》是美国著名科幻系列电影,曾于2017年以最高票数被评选为20世纪最值得收藏的一部电影。

故事从公元2029年开始,那时经过核战争的地球已由电脑"天

四 博物馆内探梦寻根溯源

网"统治,人类几乎被消灭殆尽。剩下的人类在领袖约翰·康纳的领导下与天网英勇作战,并扭转了局面。天网为了改变这一切,制造了时光逆转装置,派遣终结者人形机器人 T-800 回到 1984 年,去追杀约翰的母亲莎拉·康纳,以阻止约翰的出生。约翰发现了这一阴谋,攻占了大网位于洛杉矶的实验室,人类反抗军战士凯尔·里斯自愿通过时空穿梭装置回到 1984 年保护莎拉。

由于时光逆转,故事回溯到 1984 年。无网的超级机器人 T-800 是个有着人类皮肤和肌肉,但内部却是超合金钢铁结构的终结者,它来到洛杉矶,追杀一个名字叫莎拉·康纳的女人,但莎拉却在危急关头被凯尔·里斯所救。没有想到,洛杉矶警察局却将凯尔·里斯作为恐怖分子抓了起来。没有人能够相信凯尔·里斯所说的关于未来世界和天网发动对人类灭绝战争的言论,人们全都认为他是个疯子。就在这时,T-800 闯进了警察局,警察不堪一击,所幸凯尔·里斯逃了出来,把莎拉带到了郊外。面对战争的残酷和自己刚刚的经历,莎拉终于相信了里斯。

在汽车旅馆中,里斯向莎拉倾诉了长久的爱意,原来凯尔·里斯就是约翰的父亲。T-800 找到了他们,凯尔·里斯和莎拉带着做好的雷管炸药逃走。在被 T-800 追杀的过程中,里斯机智地炸毁了 T-800 驾驶的油罐车,使 T-800 被烈火吞没了,但凯尔·里斯却受了重伤。然而,T-800 并未被毁灭,它的人类外壳被烧去了,露出了由微电脑控制的超合金机械骨骼。T-800 追杀两人进了工厂,里斯拼命用最后一枚雷管炸药毁掉了 T-800 的下半身,但拖着残躯的 T-800 仍然不忘追杀莎拉。在这危急关头,莎拉急中生智,设法将 T-800 困在液压机里,将 T-800 压成了一堆废铁。

半年后,未来的领袖约翰·康纳就要出生。莎拉继承了里斯的遗志，为培养儿子做着各种准备。

记者们为影片扣人心弦的情节吸引，继续观看《终结者2》。"天网"的杀手再度出动，且变得更强悍与富有智慧，型号是 T-1000，由特殊液体金属组成，可以随心所欲地变成其所触及的任何人和其他事物，这次的目标是人类领袖约翰。天网派出最先进的 T-1000 终结者，回到约翰的童年时期，企图杀死约翰，使未来人类世界群龙无首。约翰·康纳得知消息后，立即派另一名被改变程序的终结者 T800[①]乘坐时光倒流机，赶回童年时期，保卫这时候的自己。

童年时期的约翰和 T800 找到困在精神病院的母亲莎拉·康纳，并让"天网"主设计师、塞泊汀电脑公司的莫斯·戴森明白了真相。他们四人一起潜入塞泊汀电脑公司，取到了当年刺杀莎拉·康纳的 T-800 的残骸——头部主 CPU 残骸和手臂（这是"天网"的研究基础），并销毁了公司的所有研究数据。戴森被乱枪射死，剩下的三人最后离开公司，并将取到的 T-800 的 CPU 和 T-1000 扔入高温的炼钢炉钢水中销毁。T800 则自愿到炼钢炉中自我销毁，在完全沉入炼钢炉钢水前，T800 竖起拇指鼓励约翰勇敢地活下去。

《终结者》明显地反映出人类对高智能机器人的担忧与恐惧，也表达了对人类掌握主动权的期待，不要让机器人被误用与误导，以免给人类造成灭顶之灾。

参观完 3 个展室后，已近中午时分。接待方安排记者们在博物馆内部的机器人餐厅就餐。该餐厅内除了接待机器人、上菜机器人、洗碗机器人和清洁机器人外，还有炒菜机器人。怀着好奇心，林灵他

[①] T-800 为天网杀手，是约翰的敌人；而 T800 是被改变程序后的 T-800，成为约翰的保卫者与朋友。

四　博物馆内探梦寻根溯源

机器人科幻电影《终结者》和《终结者2》的海报

们几位中国记者,特地选择吃中式午餐,看看机器人炒的菜到底是什么味道?

据餐厅工作人员介绍,炒菜机器人的含义是菜肴自动烹饪机器人,最早出现在中国深圳,已有20多年历史了。现在,烹饪机器人已经推广应用到全世界,开发炒菜、自动烧煮、自动蒸菜等多款多功能烹饪机器人,能够实现炒、炸、煮、烧、熘5种经典的中国菜烹饪工艺的自动化,已在自动投料、锅具运动、火候控制、燃烧系统、调料配备、自动清洗、控制系统等方面获得数十项国际专利。

餐厅厨房经理接受了中国记者们的请求,让他们进入厨房近距离观摩烹饪机器人的操作。操作人员按下启动键,把特制的菜料放入机器人伸出的托盘中,机器人便能自动辨识菜料的品种,把菜料倒入菜锅。炒菜机器人的设计者把烹饪工艺的灶上动作标准化,并转化为机器可解读的语言,再利用机械装置、计算机技术和智能控制,模拟与实现了厨师的工艺操作。在经过规定的几分钟后,色、香、味俱全的菜就做好了,并由端菜机器人送到餐桌上。

烹饪机器人正在炒菜

林灵他们几位从厨房回到餐厅，在餐桌旁就座，迫不及待地伸出叉子和筷子，品尝各自喜爱的菜肴。烹饪机器人一共为他们烹制了6道传统的中国菜，包括番茄炒蛋、宫保鸡丁、炝炒油菜、水煮鱼、回锅肉和地三鲜。这6道菜可是由林灵的机器人秘书宝秘搜索中国菜谱后点的，是地地道道的中国菜。

每当端菜机器人送菜到餐桌时，他们都与机器人互道"谢谢"与"再见"。

林灵很想与机器人直接对话，但又有些胆怯。当一位端菜机器人送来第3道菜时，林灵终于鼓足勇气亲切地问端菜机器人：

"请问这里的烹饪机器人能够做多少种中国菜肴？"

端菜机器人瞪大眼睛望着林灵，满脸笑容地回答：

"据统计，已经收集与整理了600多道传统的中国菜肴，而且建立了中国菜肴的数据库和烹饪工艺标准化体系。"

林灵对机器人的回答感到十分满意，一再用英语表示感谢。端菜机器人也满脸喜悦地用英语说：

"You are welcome!"

大家吃得津津有味,对"机器人炒的菜"赞不绝口。林灵问同桌的中国朋友:"我的机器人秘书点的菜还合大家口味吧?"他环视"桌友"们,好像在等待回答。

季仁似答非答道:"在国内也难得吃到这么叮口的菜肴。更难得的是,这是烹饪机器人的杰作。"

林丽华凑热闹,微笑地说:"在台湾,即使到著名的餐馆,也不一定能品尝到如此地道的中餐。这是我第一次吃到机器人炒的菜,真好!"她不由自主地伸出大拇指点赞。

坐在林灵对面的一位年长的记者插话:"我活了50多岁,也很少有机会一次吃到这么多色、香、味俱全的好菜!"说完点点头,表示满意。

餐厅里洋溢着人机和谐的氛围。

用过机器人餐厅为他们烹饪的中餐后,林灵他们来到集合地点,准备今天下午继续参观机器人博物馆。

与上午参观的不同之处是,下午是到一个大厅参观,厅内井井有条地摆满各种机器人,四周墙壁上悬挂着彩色图表。引导记者参观和担任讲解的仍然是机器人,有所不同的是,上午男士打扮的导游机器人和讲解机器人,下午全部换为女士打扮的导游机器人和讲解机器人。

第一位机器人讲解员向记者介绍机器人的种类和系统组成。

指着墙壁上的挂图,讲解机器人用英语说:按用途一般可把机器人分为工业机器人、服务机器人、探索机器人和军事机器人四大类。通过耳机与智能语音翻译系统,记者们能够听到讲解机器人的介绍。林灵选择了中文作为接听语音,收听自己熟悉的语言。

工业机器人

服务机器人

探索机器人

军事机器人

讲解机器人继续讲解,向参观者解释机器人系统的组成。

一个机器人系统,一般由4个互相作用的部分,即机械手、环境、任务和控制器组成。

机械手是具有传动执行装置(马达和变速器等)的机械,它由手臂、关节和端部工具等构成,组合为一个互相连接和互相依赖的运动机构。机械手用来模仿人手的动作,完成指定的作业任务。

环境是指机器人所处的周围环境,它由环境的几何条件和环境内每个事物的自然特性决定。

任务被规定为机器人改变环境的工作状态,改变一个状态即完成一个任务。

计算机是机器人系统的控制器或脑子,俗称"电脑",用于接收、储存和发送信号与指令,控制机器人的动作和行为。

讲解员进一步介绍说:人们把机器人想象为如人一样的"人造人"。这可能是受到神话故事和科幻电影、电视以及小说的影响。实际上,现有的许多机器人,包括正在运行的大多数工业机器人,在外表上都不像人。

不同的机械手具有不同的结构类型。以工业机器人为例,它的机械手的几何结构有:平面坐标结构、柱面坐标结构和球面坐标结构等。讲解机器人不时指着挂图,进行讲解。

平面关节机器人

机械手的执行装置(马达),在控制作用下向关节式机构提供动力。此动力可以是电气的、液压的或气动的。

讲解机器人用自己的手臂比画着,辅助她讲解机械手的结构与作用。

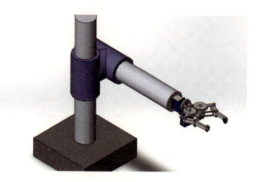

柱面坐标机器人

球面坐标机器人

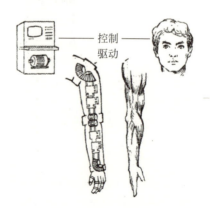

人与机器人的比较：控制器与手臂

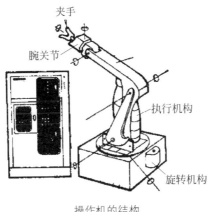

操作机的结构

机器人的手,即机械手,也具有各种不同的结构型式,大体上可把它们分为把持型、非把持型和感觉型3种。每一型式又可分为若干类型。可以根据工作需要而选用适当的手型。

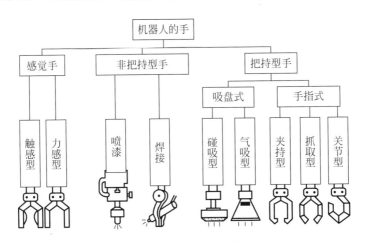

机械手夹手的结构分类

机械手的变速装置用于连接执行装置和关节式机构。执行装置经过变速机构,带动各个单独关节。变速装置可以采用钢绳、链条、齿条和齿轮的形式。当采用直接传动时,则不需要变速装置。

传感器是机器人的"耳目",它们可能安装在机械手上,也可能设置在环境中的某个位置。传感器的种类繁多,有内传感器和外传感器之分,它们包括位移传感器、速度传感器、加速度传感器、力传感器、触觉传感器、应力传感器、视觉传感器和听觉传感器等。

在介绍了机器人系统及其操作机的结构之后,讲解机器人特别介绍了机器人的自由度。

自由度是机器人的一个重要技术指标,它是由机器人的结构决定的,并直接影响机器人的机动性。

物体上任何一点都与坐标轴的位置有关。物体能够对坐标系进行独立运动的数目叫作自由度。这些独立运动有：

沿着空间左右(X坐标轴)、前后(Y坐标轴)和上下(Z坐标轴)3个方向的平移运动；就是存在3个方向平移运动的自由度。

绕着空间左右(X坐标轴)、前后(Y坐标轴)和上下(Z坐标轴)3个轴向的旋转运动,就是存在3个旋转运动的自由度。

这说明物体能够运用3个平移运动和3个旋转运动在坐标空间进行定向运动,就是共有6个自由度。

一台工业机器人一般具有4个至6个自由度。对于某些移动式机器人,其自由度可能达到20个以上。这里绘出了一个具有6个和10个自由度的机器人示意图。

中午,考察团成员在展览馆咖啡厅内用餐,小憩片刻之后,继续参观。下面带大家到离博物馆不远处的一个供观摩与实习的装配车间参观。

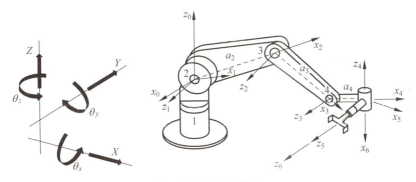

有 6 个自由度的机器人

有 10 个自由度的机器人

装配车间位于机器人博物馆的南侧,虽说是观摩与实习车间,但车间建筑高大宽敞,可容纳上千人同时观摩与实习。在长 320 米、宽 125 米、高 18 米的总装配大厅内,5 条装配流水线上正在装配 5 种不同的机器人产品。

装配现场一片忙碌景象,但几乎看不到几个工人。这是一个机器人化智能装配车间。在中央计算机的统一控制下,每条装配线均由一台中型控制计算机控制。每个装配站和每台装配机器人则由小型或微型智能管理与控制计算机进行控制。

　　装配流水线的入口处与供料器相连。供料器的零部件来自一号自动仓库。仓库内装有本车间生产的各种机器人的零件和部件，并能自动地把它们挑选出来送至供料器。在每条装配线旁边，有许多工作台或装配站，都由机器人进行操作和装配。这些机器人大多具有视觉和触觉能力，以及跟踪传送带上零件的能力。它们能够从运动的传送带上识别并捡起所需要的零部件，送至装配工作台，再由另一台机器人或同一台多臂机器人的另一手臂进行装配作业。在装配过程中，机器人一边阅读装配图，一边装配。还有一些机器人送料车在装配线旁和自动仓库间往返移动，运送零部件。

机器人化自动装配车间

　　装配机器人也是形态各异、功能不同的。它们中的大多数具有力感，一部分还具有压感和触感，因此能够用于精密度要求很高的装配。在空中走廊上，林灵被一个装配工作台上机器人的举手投足所吸引。

　　这台机器人有三眼四臂。这 3 只眼睛就是 3 部最新式的摄像机。它们分工协作，配合默契。其中，第一只眼睛用于阅读装配图；

第二只眼睛用来辨识传送带上的零部件；第三只眼睛用于检验装配结果，看看产品是否符合质量标准。

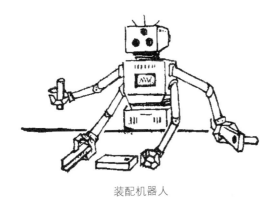

装配机器人

4只手臂从机器人的肩部伸出，它们各司其职。现在正进行一种新型机器人抓手的装配工作。第一只手抓住已装配的关节；第二只手从传送带上挑拣出抓手部件，并把它送至装配工作台上；第三只手把抓手以规定方位送至关节，进行装配；最后一只手则用于安装定位外罩。它们动作十分敏捷而又准确无误，林灵看得入了迷，他觉得机器人的操作如同优秀技巧运动员的表演一样精彩。

装配流水线的最后一段是产品检验工段。已装配好的每台机器人，都由检验机器人进行全面检查，稍有不符合要求的，就无法通过。

经过检查合格的机器人产品，送入二号自动仓库。这个仓库是成品仓库，它与装配线的出口处相衔接。

这些送入成品仓库的机器人，将被销往世界各地，在工业生产上施展他们的本领。

记者们参观完机器人博物馆后，与机器人讲解员告别。在中国记者考察团返回宾馆的途中，林灵问季仁：

"您见过工业机器人工作吗？"

"见过。我经常到使用工业机器人的工厂去采访，还写过有关报道。"

"我只是参观过一次，是在我们常杉市的汽车制造厂。那里只有喷漆机器人和焊接机器人。他们干起活来不怕苦又不怕脏，干得又快又好。工业机器人是智能制造的重要和核心装备之一。现在，智能制造技术已经达到很高水平了，我国的智能制造在许多方面都处于国际领先地位。"

"工业机器人的用途非常多。"季仁补充道。

"几年前台湾省建了个智能制造工厂，里面就应用有几十种工业机器人。"坐在林灵左边的林丽华插话了。

"我们什么时候去看工业机器人的工作情况？"林灵迫不及待地问，希望尽快去工厂车间考察机器人。

"你着急了吧？"林丽华不慌不忙地反答为问。

"当然，您就不急？"

"我也想早点去，不过，这次考察有统一安排的活动时间表，我们还得遵守啊。"

季仁瞅了林灵一眼，说道："如果能够早点到现场去考察机器人的制造和使用情况，那我非常高兴……"

"我们英雄所见略同。"还没等季仁讲完，林灵抢着插话了。

"你是英雄，我可不是英雄。"季仁拍着林灵的肩膀笑着说。

"反正我们都想尽快去现场考察，是不谋而合吧！"林灵机灵地话锋一转。

"好像安排后天开始。"季仁不太肯定地回答。

"是的,就是后天,6月28日。"林丽华证实了后天的考察目标。

今晚,林灵邀请季仁、林丽华到他的房间去观赏昨晚得到的礼物——智能玩具机器人的表演。

当他们三人走近林灵的房门时,林灵顺手一按门外的按钮,接待机器人便出现在面前。她微微鞠躬,甜甜地问候:"晚上好!"然后用密码打开房门,开上电灯。待林灵三人进入房间后,她轻声问道:"您还有什么吩咐?"林灵请她煮三杯咖啡。她答应一声后,转身向服务室走去;过一会儿她就捧着托盘送上三杯热气腾腾的咖啡,然后彬彬有礼地道过"再见",退出了房间。看着接待机器人一连串利索的动作,林灵他们三人不禁相视而笑。

智能玩具机器人是个大眼金发的小姑娘,林灵好像发现什么秘密一样对两位朋友说:"她能够用不同语言与你们对话。"确实,她会用英语、日语和汉语讲笑话和故事,讲到得意之处,自己也会咯咯地笑起来。她还会唱歌、吹口哨。最有意思的是,她的面部表情比较丰富,一会儿眨眼睛,一会儿扭动头部,一会儿伸舌头,逗得大家忍俊不禁。

林丽华挨近机器人问道:"我们来自中国,你知道中国吗?"

玩具机器人迅速回答:"是的,欢迎来自中国的客人!中国与日本是一衣带水的友好邻邦,中国是个伟大的国家。"

林灵抢着问话:"现在是什么季节?"

机器人含笑回答说:"今天是6月26日,中国农历五月二十六日,20天前中国还过了端午节。因此,现在应该是夏季。"

林灵"穷追不舍",继续问道:"对的,那么现在的天气怎么样?"

这个问题难不倒机器人,她接着回话:"今天日本富士山地区的天气是晴间多云,最高气温 18℃,最低气温 12℃,西南风 2 级,实时空气质量为 21,优。北京地区的天气是……"

没有等机器人播报完天气,季仁就插话:"很好啊,多么标准的天气预报!谢谢你!"

三个新结识的朋友,在谈笑中度过了愉快的夜晚。

在考察机器人生产线和机器人的过程中,经过实地参观、机器人讲解员介绍和记者之间的交谈讨论,大家对采用机器人进行生产及其优点有了逐步深入的了解,也进一步加深了对机器人的感情。

五

机器人国际记者招待会

机器人王国总部原本打算在太空举行记者招待会。在筹备过程中，考虑到要让近2000位记者和众多机器人及会务人员往返太空与地面，在技术上存在一定难度，在经济上也是十分破费的，因此，最后决定就在机器人王国总部大会堂举行。

6月27日上午8时，全体考察团成员出席了机器人记者招待会。招待会由国际记者联合会主席大卫博士主持；一位机器人男士和一位机器人女士共同担任新闻发布官，回答各国记者提出的问题。这两位机器人具有比较丰富的情感行为、思考和推理能力。当然，它们要完全忠于主人，准确地表达主人意旨，这要归功于智能语音处理和翻译系统的精确理解和帮助。

在大卫博士简短的开场白后，开始进行提问，他要求记者提问时要口齿清楚，机器人新闻发布官将对提出的问题进行回答。

大卫博士讲完话，机器人女士走上前来，向全体记者一鞠躬，然后声音清脆地说：

"我叫佑英，这位是佐发先生。我们是机器人王国的新闻发布

五　机器人国际记者招待会

机器人记者招待会

官,受命回答各位朋友提出的问题。现在先请佐发先生谈一谈。"

大厅里"咔嚓"的拍照声连续不断。

佑英讲完话后退到一旁,佐发缓步上前。他头部左右微转,两眼炯炯有神地向与会者行注目礼。接着,他那极富有感染力的悦耳男中音在大厅内回响:

"诸位记者朋友,在此,我非常荣幸地接受各国记者的提问。"

许多记者举手要求提问。佑英指着左边靠近前排的一位男记者,请他提问。

那位记者站起来:"佐发先生,你好！我是英国《泰晤士报》的记者。机器人技术已经获得快速发展,请问你能否概括一下机器人技术的发展过程？"

台前大型屏幕上,显示出6种语言文字对"机器人技术的发展过程"的表达。记者们还能够通过耳机,选择自己能听懂的语言。

稍微思考一下,佐发开始回答问题。

"机器人技术是一门新兴的边缘学科,它涉及人工智能、自动控制、计算机、机械工程、力学、数学、电子学、仪器仪表、经济学和社会学等学科和各产业部门,是一门对21世纪的社会和经济具有很大影响的迅速发展的学科。

"1962年,美国尤尼梅逊公司制造出由乔治·德沃尔设计的第一台工业机器人,它标志着第一代工业机器人的诞生。

"第一台工业机器人的问世到现在已将近70年了。20世纪60年代初期到70年代初期这10年间,机器人技术的发展比较缓慢,成果也较少。

"进入20世纪70年代之后,人工智能学界开始对机器人产生浓厚的兴趣。他们发现,机器人的出现与发展,为人工智能的发展带来了新的生机,提供了一个很好的试验和应用场所,是人工智能可能取得重大进展的潜在领域。这一认识,很快为许多国家的科技界、产业界和政府部门所赞同。

"随着自动控制理论、电子计算机和航天技术的迅速发展,到了20世纪70年代末,工业机器人技术有了更大的发展。进入80年代后,机器人生产继续保持70年代后期的发展势头,并使机器人制造业成为发展最快、最好的经济部门之一。

"到20世纪80年代后期,由于传统机器人用户应用工业机器人已趋于饱和,从而造成工业机器人产品的积压,不少机器人厂家倒闭或被兼并,使国际机器人产业出现不景气。到20世纪90年代初,机器人产业出现复苏和继续发展迹象。但是,好景不长,1993—1994年又出现低谷。全世界工业机器人的市场是波浪式向前发展的,1980年至20世纪末,出现过三次马鞍形曲线。1995年后,世界机器人数量逐年增加,增长率也较高,机器人学以较好的发展势头进入21世纪。

"在20世纪最后的15年,人们开始把注意力转向智能机器人的研制。对智能机器人的研究是以出现交互式（对话式）机器人为标志的。这种机器人具有感知实际环境和自主控制等能力，并能与环境互相作用。智能机器人在许多产业部门和海空探索中，获得越来越广泛的应用。

"进入21世纪后，工业机器人产业发展速度加快，年增长率达到30%左右。其中，亚洲工业机器人的增长速度高达43%，最为突出。据联合国欧洲经济委员会和国际机器人联合会统计，全球工业机器人1960—2011年累计安装超过230万台，2012—2030年累计安装达到6500万台。工业机器人市场前景仍然看好，其中，中国已在15年前成为世界最大的机器人市场，而且长期保持最大的机器人市场增幅。

"近年来，全球机器人行业发展迅速，人性化、小型化、重型化、智能化已经成为机器人产业的主要发展趋势。现在，在全世界各行各业服役的工业机器人总数约为3000万台。此外，还有数亿台服务机器人在千家万户与各行各业运行。

"人类进入21世纪后，迎来了第二次机器革命的新时期和人工智能的新时代。这个新时期和新时代对机器人学的影响深远。机器人学具有如下重要特征：初步形成智能机器人的产业化基础，智能机器人企业数量大幅增长；机器人产业的投融资环境空前看好，投融资金额不断攀升；人工智能制造国家策略的出台助推智能机器人行业发展机遇空前；智能机器人产业化技术的起点较高，各种传感型智能机器人技术相对成熟；同时，智能机器人高端人才的争夺也十分激烈。

"我们满怀希望地相信，机器人技术必将继续保持快速发展的趋势,其智能化程度必将进一步提高,各种机器人将获得更广泛的应用。在人工智能发展的新时期,机器人的智能化一定能创造出更多、更大的新成果,为智能制造等产业的发展和服务民生做出新的更大的贡献。"

新闻发布官佐发不时向记者们播放多媒体图片和影像,以加深听众的理解。此刻,他借助工业机器人数据图表,说明国际工业机器人的主要应用领域分布。

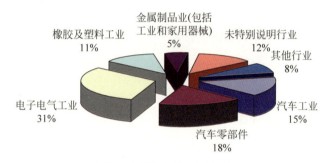

国际工业机器人应用领域分布

佐发用柔和的声音接着说:

"现在,机器人不仅已普遍应用于汽车制造、电机制造、塑料成型、通用机械制造和金属加工等工业领域,而且已推广应用到化纤、食品、电子、化学、钟表、原子能电站、农林水产、土木建筑、运输、矿山、通信、天然气、自来水、水下作业、宇宙开发、医药福利、办公室和家庭以及其他服务行业。随着科学与技术的发展,工业机器人的应用领域也不断扩大。目前,工业机器人不仅应用于传统制造业,如采矿、冶金、石油、化学、船舶等领域,也已扩大到核能、航空、航天、医药、生化等高科技领域。也就是说,无论是第一产业、第二产业和第三产业,还是科学研究、海洋开发和宇宙探索,都有成千上万的机器人在不分昼夜和不知疲倦地工作着。在众多制造业领域中,应用工业机器人最广泛的领域是汽车及汽车零部件制造业。"

佐发稍微停了一下,全场鸦雀无声,人们在聚精会神地聆听。

记者席中,有位灰头发的中年人举手提问:

"能否允许我提个问题?"

"欢迎您提出任何与机器人有关的问题。"佑英站起来说。

那位灰发记者说:"我是来自阿根廷的记者。我的问题是,机器人技术的发展与自动化及人工智能的关系如何?据我所知,这是许多记者普遍感兴趣的问题。"

记者们注视着佐发与屏幕,佐发继续侃侃而谈:

"机器人的问世及其迅速发展,把自动化技术提高到一个更高的水平,使自动化系统发展成为人-机器-机器人系统。就工业应用而言,这一发展是分两个阶段进行的。

机器人化自动生产线

"第一个阶段,从机器人诞生到20世纪90年代初。这一阶段生产和使用的绝大多数工业机器人是可编程序机器人,因而机器人系统也是以程序控制自动化形式为基础发展起来的。这种系统的主要特点在于它的通用性和灵活性。工业机器人的应用,使数控机床等程序控制自动化系统如虎添翼,并使单机自动化发展为工段乃至车间自动化。这样,自动化过程不仅包括加工制造,也包括装卸、运输、测量、装配和检验等;这些任务,逐渐由机器人来执行。因此,大量的原有机器装置和传统操作人员,逐渐由机器人所代替。"

佐发又中断了他的发言。屏幕上放映出由机器人执行这些作业任务的影像片段。机器人动作快速准确,令人目不暇接,赞叹不已。

佐发继续说:

"不过,这种机器人不能适应周围环境的变化。

"机器人发展的第二阶段已于20世纪80年代开始,并于90年代取得较大进展。它是以交互式机器人和自主机器人为标志的。这种机器人采用各种传感器以及其他先进技术,具有感觉实际环境的自主控制等能力。这就是智能机器人。

"在过去30年中,自动化朝着柔性综合自动化与机器人化的方向发展,它包括应用机器人、实现自动规划、自动设计、自动制造和自动管理等综合过程。这就是生产过程的机器人化,也是智能制造的过程。

"走向现代化生产系统的一个重要步骤是实现一切形式的搬运和操作自动化,包括工作台及生产设备范围内或生产作业线上的材料、零部件、半成品的流动。这些操作所需要的灵活性,能够由可编程序的多轴工业机器人、机器人移动平台和双臂机器人提供。这种机器人装有适当的工具,机器人与机床以及其他外围设备一起,组成了机器人系统的模块。这种灵活性模块,叫作机器人工段或柔性工段,它是机器人生产线的基本组块。把机器人工段与其他工段相连接,便形成柔性组合式机器人生产系统。

"把一些机器人生产系统以分级形式互相连接起来,并应用计算机进行自动控制,便形成了组合式机器人化自动工厂。第一座这种工厂已于20世纪90年代建成投产。现在,已有越来越多的机器人化自动工厂或智能制造工厂投入运行。

"智能制造是实体经济的核心之一,是国民经济的重中之重。智能机器人是智能制造的生力军,智能制造已在世界范围内得到广泛应用,对各国制造业的转型和经济升级功不可没。

"总而言之,自动化的进一步发展离不开机器人技术的发展;机器人技术的发展使自动化发展到一个新的水平。柔性完全自动化的目标正在逐步实现。"

"刚才的问题还没有回答完,让我再简单介绍一下机器人技术与人工智能的关系。"佐发转到另一个相关问题。

"机器人技术与人工智能是相互依存与相互促进的关系。一方面,机器人技术的进一步发展需要人工智能基本原理的指导,并采用各种人工智能技术,如自然语言处理、模式识别、知识工程、智能算法和非数值符号处理等;另一方面,机器人的出现与发展为人工智能的发展带来勃勃生机,产生了新的推动力,并提供了一个很好的试验与应用场所。也就是说,人工智能想在机器人这个载体上找到实际应用,并通过机器人应用,使人工智能的问题求解、搜索规划、知识表示和智能系统等基本理论获得进一步验证与发展。

"由于这个问题具有较高的难度,已经超出我们今天讨论的范围,就不再深入介绍了。请诸位谅解!谢谢!

"我就回答这些。如果诸位还有什么问题,欢迎提出来,由佑英小姐来回答。谢谢大家!"

考察团的记者们对机器人新闻发布官佐发的精彩回答报以热烈的掌声。

佐发讲完坐下。佑英接着站起来,面向全场记者,微笑地说:

"诸位女士和先生们,大家还有什么问题,请提出来。"

又有多位记者举手要求提问。佐发指着中排稍后面的一位非洲记者说:"马丁先生,您有什么问题,请提出来讨论。"

那位记者站起来说道:"我是几内亚国家通讯社记者。现在机器人已广泛应用来代替人类工作,有些人担心这会导致部分员工失业。能否请你谈谈为什么要使用机器人代替人工劳动?"这位一向老练的记者,今天却因为机器人新闻发布官直呼其名,而不免有点儿紧张。

应用机器人来代替人类工作

佐发说:"现在请佑英女士回答马丁先生提出的问题。"

"好的,让我来试一试。"佑英爽快而又似乎带有几分谦虚地开始回答问题。

"广泛采用机器人替代人工从事各种劳动,这是由机器人的主要优点决定的。这些优点包括:提高生产效率,降低运营成本;提高产品质量的稳定性与一致性;缩短产品改型换代的准备周期,减少相应的设备投资;降低对一线操作人员的技能要求,改善劳动环境;节约人工工资和相关费用,提高生产安全;更加柔性化,大大提升批量化生产效率,实现小批量产品的快速响应;更加信息化,使生产制造过程中的材料、半成品、成品、各种工艺参数等信息更加容易采集,方便质量控制、质量分析、产品制造过程追溯,同时产品的成本统计和控制也更加容易。"

听了佑英的回答,马丁先生频频点头,表示满意。

利用佑英停顿的间隙,一位来自南美洲的青年记者提出了新的问题:

"请问您,为什么有人担心机器人会被人利用去干坏事?"

"您的问题提得很好。下面请佐发先生来回答您的问题。"佑英说完,佐发接过话题,立即回答:

"在机器人的成长过程中,有一部分人类朋友对我们不够了解,担心我们的智力总有一天会超过人类,从而反过来统治人类。其实,这种担心是完全没有必要的。我们永远听从人类的指挥,我们的智力在总体上也不可能超过人类。

"随着机器人的大量应用,也产生了一些有待解决的新的社会问题。这些问题如果解决得不及时,也可能会给部分人带来一些损失。不过,其中某些问题,如工人就业问题,在机器人问世之前,早就已经存在。不能简单地把这个责任推到机器人身上。

"此外,的确存在一种趋向:少数好战集团,正企图利用机器人的先进技术,制造进攻性武器。这是直接违背机器人三守则的。如果他们的阴谋得逞,将会给机器人和人类带来灾难。我们必须对此高度警惕。

利用机器人先进技术制造进攻性武器

"还有一类人,尽管是极少数,对机器人恨之入骨,不择手段地对我们造谣中伤。制造'机器人王国谋反'特大谣言的就是这类人。对此,我们严厉谴责,并呼吁大家不要上当。"

在回答了南美洲记者的问题之后,又有一些记者提出了几个问题,分别由佐发和佑英回答。记者们对回答都感到十分满意。

佐发向在座的记者们提出问题:"请记者中的机器人技术专家们,讨论一下应该如何发展服务机器人产业,更好地为百姓服务?"

来自中国的《机器人科技导报》的总编辑王天明先生带头参加讨论。他说:"在过去10年中,服务机器人在世界范围内得到快速发展,要说服务机器人已经进入千家万户,一点儿也不夸张。不过,服务机器人仍然存在一些瓶颈问题。首先,家用的服务机器人的成本、安全和功能需求一直不够明确,所以这三个东西困扰着我们所说的智能机器和机器人走向家庭的步伐。其次,关于服务机器人面临的问题,一是能够出现耦合驱动方式;二是降低成本问题;三是人工智能的精确定位和导航设置;四是高效的供应电池。如果这四个方面真的突破了,就能加快高级服务机器人进入家庭的时间。"

国际著名期刊《机器人学与自动化学报》的编辑部主任塔姆教授接着发言:"机器人的智能水平现在还不够高,比如它怎么理解人的感情,如何识别人的一些行为,现在做得还是很不够的,更不要谈机器人本身有情感。虽然有些媒体上报道说机器人有情感,能够深度交流,但我觉得目前机器人实际上是没有情感的,它不会跟你谈情说爱。我们人类希望机器人的智能水平很高,能够跟人进行情感交流。服务机器人要发展为高智能水平的机器人,可能至少还需要十年八年。这也是服务机器人面临的瓶颈问题。智能机器人也好,人工智能技术也好,在发展中遇到的瓶颈问题,还有今后一些关键的技术问题,实际上最终会聚焦到人才问题上。有了人才,才有技术、才有产品、才有市场。"

听了以上两位专家的发言后,丹麦《机器人设计》杂志的首席记者拉斯汉深有同感。他表示,服务机器人的技术瓶颈现在正在一个个被突破。比如说语言交互能力、机器视觉、安全性、可靠性、智能能力等。在不久的将来,在技术层面上的问题会很快得到解决。但是从经济层面和需求层面来看,难度可能还比较大。随着老龄化社会的到来,家庭对机器人的需求会越来越多,包括助残、助老、家庭服务等。相信随着人类社会水平的不断提高和机器人产品成本的不断降低,服务机器人的供需问题会很快得到解决。

来自英国《机器人时报》的资深记者安丽娜接着发表自己的见解。她指出：要从根本上解决服务机器人的产业发展问题，让服务机器人真正进入千家万户，最终还是会聚焦到人工智能上。因为机器人的硬件技术早晚会突破，而人工智能能走多远还说不清楚。人的智能高于机器的智能，但借助大数据，机器人的某些智能可能会超越人类。在老龄化社会到来的时候，无论在心灵上还是心理上，很多老人其实都需要机器人的陪伴。

佐发看了一下手表，时间不早了，于是他对讨论做了小结。他说："刚才有4位国际资深记者，就服务机器人的发展问题发表了很好的意见，令人深受启发。服务机器人产业发展面临的诸多瓶颈问题，正在逐步解决。人工智能与机器人技术的深度结合，必将推动服务机器人的升级换代，进一步提高服务机器人的水平与质量，更好地为百姓服务。"

清脆的钟声响了，正好是上午11时。两位机器人新闻发布官走到大卫博士身旁，一左一右，一起向记者们挥手告别。屏幕上显出两行醒目大字：

"祝记者们考察成功！"

"朋友们，再见！"

记者招待会圆满谢幕，许多记者久久不愿离去，都在抓紧时间多拍照片和视频资料。林灵在林丽华和季仁的催促下向大厅门口走去，还不时地回过头来仰望台上的那对机器人新闻发布官。

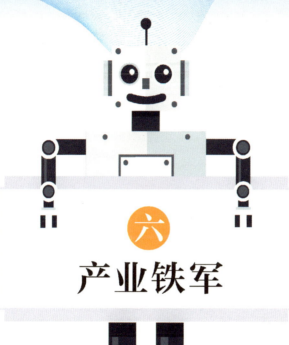

六

产业铁军

6月28日早餐后,中国记者考察团兵分两路,去考察一个大型汽车制造公司和一个矿业公司。林灵、林丽华和季仁三人随第一组乘机器人巴士,来到清浦汽车制造公司考察工业机器人;50千米的路程只花了不到半小时。

清浦公司是日本最大的现代化汽车企业,它的生产过程,从产品设计到成品检验,完全由计算机控制和管理。这个系统叫作计算机综合生产系统,实际上就是一个智能制造系统。

考察团先到汽车设计室参观。室内靠墙的台桌上,摆满了各种计算机、大型显示器和绘图仪。值班工程师木村向大家介绍了采用计算机辅助设计进行汽车总体结构设计及用计算机辅助制造来控制整个加工制造过程的情况。

这里的计算机辅助设计和制造系统是一个专家系统,即具有专家水平的智能制造系统。它具有大量的专业知识和常识,能够根据用户要求,在几十分钟内设计出汽车新产品的结构和全部尺寸,提供全部设计图纸,给出加工部位和加工要求。据介绍,这一系统是中国

六　产业铁军

的专利,清浦公司 6 年前购买了中国这项专利。所有设计"图纸"都存储在计算机中,需要时可由显示器显示,或由绘图仪画出。

林灵请求木村工程师说:"能不能绘一张汽车结构图给我们留作纪念?"

"当然可以。"木村十分爽快地回答。"快速彩色绘图仪平均几十秒就能画好一幅图。它是一台绘图机器人。"木村先按了一下功能键,再按了一下 Enter 键,绘图机器人立即启动,黑、红、蓝色的绘图笔分别在它的三只手中舞动,直线、弧线和小圆圈等就得心应手地画了出来,再快的绘图员在这台绘图机器人面前也只得望"图"莫及了。

林灵一面观看绘图,一面计算时间,仅用 16 秒就画好了一张直升机草图。当木村把图取下送给林灵时,林灵双手接过图,并用刚学到的日语说了声"谢谢!",木村开心地笑了。

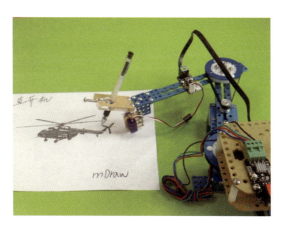

绘图机器人在绘直升机草图

考察团接着参观柔性加工系统。顾名思义,柔性加工系统就是灵活变化的制造系统。

柔性加工系统包括零部件的加工、装配和检验,它需要大量的各种用途的工业机器人,如机械加工机器人、焊接机器人、装配机器人、搬运机器人、喷漆机器人和检验机器人等。

在柔性加工系统中,机器人与其他机器(尤其是各种数控机床)以及激光技术相结合和传统机器相比,具有两个主要特点:

第一,工业机器人能够使生产过程几乎实现完全自动化,保证了更高的成品质量,提高了对用户需求的适应能力,从而提高了产品在市场上的竞争能力。

第二,工业机器人允许生产线从一种产品快速转换为另一种产品,使生产设备具有高度适应能力。例如,汽车自动生产线从生产某种型号的载货汽车转换为生产另一型号的载货汽车,甚至生产客车或小轿车,可以不需要改造机器设备,只要灵活地变更系统结构和更新软件系统就行。

柔性加工系统中的工业机器人

这种柔性加工系统由许多柔性单元组成,每个柔性单元又由为数不多的机器人和一些配套机器组成。例如,一台设计用来配合钻床工作的机器人,就与该钻床一起构成了一个柔性单元。一台或几台焊接机器人,就与焊接设备一起构成了另一个柔性单元。许多柔性单元一起运行,就构成了柔性车间。

记者们乘电梯来到柔性车间内的一些观察站,观看整个车间的生产情况。啊,好一派繁忙景象!

请看看这边:

一件件工具、刀具和一批批材料正由传送带或机器人搬运车(物流车)从工具仓库和材料仓库送往各柔性加工单元。

一个个装卸机器人把工(刀)具和被加工的零部件装上数控机床或柔性加工单元;或者,调换工(刀)具;或者把已加工过的零部件从加工中心卸下来。

一台台搬运机器人把经过加工的零部件从零件仓库和加工中心送到装配台,它们的工作是那么及时,自动装配需要什么零部件,它们就送什么,真可谓有求必应。

再瞧瞧那里:

装配机器人迅速而又准确地把一个个零件装上部件,又把各个部件装配成车体。几分钟内,它们就装出一辆汽车来,速度之快,质量之高,令人叹为观止。

焊接机器人,有时像炮火纷飞中冲锋陷阵的勇士,有时又如琼瑶仙境中的散花天女,它们精确无误地自动对准焊缝,不管焊缝多么曲折,也可做到"天衣无缝"。点焊机器人则是百发百中的"神枪手",对准焊点做到"弹无虚发"。焊接作为工业裁缝,是现在工业制造中一种主要的加工工艺。

喷漆机器人是名副其实的"美容师",它们上上下下,前后左右忙

喷漆机器人

碌一阵后,一辆辆身披盛装的汽车就整整齐齐地摆了一大片。

检验机器人铁面无私,它们对每一辆汽车,从外表、颜色到装配质量和汽车功能,进行了数十项检验和测试,直到挑不出任何毛病,才往车身上打下合格的钢印。检验机器人一丝不苟的工作态度,简直无可挑剔。

崭新的汽车一辆跟着一辆被运入成品仓库,等待发往世界各地。

季仁去年采访中国第二汽车制造厂时,曾经看到过汽车柔性生产线。不过,今天看到的,要比第二汽车制造厂的更为先进。想到这里,他对林丽华和林灵说:

"这条柔性生产线可能是目前世界上最先进的汽车生产线。"

"听我爸说,我国正在五汽建立最现代化的汽车生产线。这是真的吗?"林灵问道。

"我也听说过,可能要到2032年才能投入生产。"季仁答道。

"台湾地区也在建设一条制造汽车发动机的柔性生产线。我曾去采访过。这条生产线很先进,用了很多机器人。这些发动机被造出后,一部分运到大陆配套装上汽车,另一部分供出口。"林丽华接过去补充说。

正当林灵等兴致勃勃地参观清浦汽车公司的柔性生产线时,中国记者考察团的另一部分团员,正陪同外国记者考察团飞往中国湘赣交界处,考察屏山矿业公司应用机器人的情况。

屏山矿是一个共生金属矿,矿石中含有铜、铅、锌和钨等有色金属,还含有少量的钼、钽、铍等稀有金属。它是中国最大的铜和钨金属生产基地,又是重要的稀有金属产地。

记者们分两组分别去冶炼厂和井下采掘现场考察。

下矿井的记者乘升降机进入现场。这种升降机与城市高层建筑内的现代化电梯相似,升降平稳安全。那些古老的吊罐式升降设备,已被送进博物馆了。

下到矿井底部,走出升降机室,就进入距离地面100多米的矿井坑道。坑道每隔40米就有一盏大照明灯,把坑道照得通亮。

在矿井中广泛应用机器人还是最近几年的事。世界上第一批金属采矿机器人是20世纪90年代中期投入使用的。它们首先用于铀矿开采,解决了铀矿工人关注的劳动保护问题。接着,又把这种机器人推广到其他金属矿开采,大大减少第一线采掘人员,保障了安全生产。因此,受到井下工人的热烈欢迎。他们视采掘机器人如自己的手足,对它们加以精心管理与维护。

钻孔机器人号称"井下大力士",它们操着钢钎钻孔。工作现场机声隆隆;碎石纷飞,一个个炮眼按要求排列。机器人把工人从艰苦的环境中解脱出来。装药和放炮机器人个个都是无畏的勇士,它们能够把适量的高效炸药准确安全地装入炮眼,然后边检查边撤到安全处,并在那里操作按钮,进行引爆。如果引爆区发现异物或有人没有撤离,那么引爆机器人就会在指示屏上显出"出现不明情况"之类的信号。听说,去年秋季,一个澳大利亚矿业代表团来此参观时,有两个团员因争论技术问题分散了注意力,未按规定时间撤离现场。现场知识数据库内增加了两个身份不明的物体,使这一环境状态与允许引爆的环境状态产生了差别。引爆机器人及时得到了信息,进入现场搜查,最终将这两个澳大利亚人带到了安全区。

矿井钻孔机器人

陪同参观的张工程师说,这个矿山还应用了井下事故救护机器人,以便在井下发生事故时,让机器人进入现场抢救。

矿井灾难事故是人类的一个痛点,全世界每年发生大小上百场矿难,其中主要是煤矿瓦斯爆炸和透水事故,也有井下火灾和升降机断绳事故等。事故造成成千上万的人员遇难。据不完全统计,某国仅在 2009 年 2 月至 2010 年 3 月的一年内,就发生了 7 起重大矿难事故,造成 862 人遇难。近 20 年来,随着各国政府和矿山企业对安全的进一步重视,对矿井设备的升级换代和安全救援手段的强力提

六　产业铁军

升,全世界的矿井事故大幅下降,遇难人员数量显著减少,其中矿难救援机器人立下了汗马功劳。

张工程师给考察团的记者们讲了一个最近发生的矿难事件。

不久前,世界第二煤炭大国俄罗斯在西西伯利亚东南部的库兹涅茨克煤矿发生透水事故,引起矿井部分坑道垮塌,有127名矿工被困井下,危在旦夕。突如其来的矿难事件,使震惊与悲伤的氛围迅速笼罩了库兹涅茨克全城,牵动了全俄罗斯人民的心。

灾难发生后,一场搜救工作迅即全面展开。俄罗斯能源部立即指示库兹涅茨克市政府"组织得力队伍,全力抢救被困矿工。采取科学有效的措施,千方百计提供生命保障条件,为救援争取时间。"分管安全生产工作的副市长在事故发生一小时后赶到事故煤矿,成立现场抢险救援指挥部,紧急抽调专业矿山救护队员和先进救援设备,迅速到达现场,实施下井救援工作。

根据矿井安全系统提供的数据,井下还没有发生煤气泄漏,矿工们面临的主要危险是因坑道堵塞长期缺氧、可能水淹和没有饮食补充。应俄罗斯政府的请求,中国通过大型运输机快速向库兹涅茨克市提供大型垂直钻孔机。这是一种基于中国研制的应用盾构机原理建造的由机器人操控的大型垂直钻孔机。在救援指挥部的统一调度下,操作机器人开始在精确探明的位置对矿井施行精准钻孔作业。不到一小时,一个半径为1米、深度为30米的竖井就钻出来了。经过生命探测仪和激光测距仪的进一步探测,被困矿工就在该竖井附近2米左右。于是垂直钻孔机自动转向一个直角,对矿工所在水平方向小心翼翼地钻进,只用了5分钟就钻通了。指挥部在新挖竖井紧急搭建升降机系统,准备作为救出遇险矿工的通道。由于事故地点的煤气扩散情况不明,救援指挥部先派出2台大力士救援机器人从竖井下去,再转到遇险矿工所在位置。救援机器人一边探测井下煤气和积水信息,一边向遇险矿工喊话。事故发生后,这些矿工根据知识与经验,有意识往地势较高的坑道处转移,因而这里的井下基本上没有积水,但空气含氧量很低,还有轻微的煤气泄漏,如不尽快救出,他们将面临窒息的危险。一些对缺氧反应比较不敏感的被困矿工,在听到机器人的喊话后,异常激动,几次挣扎着要爬起来,都没有成功。另一些对缺氧反应敏感的矿工因长期缺氧,已躺在坑道地上,动弹不得,急待营救。救援机器人把井下情况及时报告指挥部,指挥部当即通过输气管道向遇险矿工所在坑道输送富氧新鲜空气,还派2名救援人员戴上防毒面具并背上氧气袋,下到竖井底部,与救援机器人协同工作。救援人员和救援机器人得到救人命令,首先把缺氧反应比较严重的矿工抱到竖井下方的升降机托盘内,由升降机尽快把他们救上来。然后再搀扶其他遇险矿工至升降机底部位置。在大力士救援机器人的搬运和救援人员的密切配合下,经过近一小时紧张的逐一救援,125位遇险矿工被救出井口,送到地面。地面上不时有救护车和矿山救援车呼啸而过,驶往事发地点。一辆辆救护车把被救出的矿工陆续送往库兹涅茨克中心医院,早已等候在医院门口的医护人员迅速上前,把125名伤员送往急救室进行紧急输氧、注射解毒药物,其中12名伤员被送往重症监护病房,进行抢救。

据矿井值班记录,尚有2名遇险矿工失联。于是,指挥部命令救援机器人和救援人员再次进入出事坑道,全面排查,在离开刚才矿工集聚地约20米处发现2位躺在坑道地上的矿工,可能是他们在自救转移过程中因体力不支、缺氧或煤气中毒而倒下。由于坑道内已无

六　产业铁军

照明,其他矿工很难发现他们。经过检测,这2位遇险矿工已处于昏迷状态,但还有生命体征。于是,2位救援人员用随身携带的氧气袋给2位矿工紧急输氧,并由2台救援机器人各抱起一位伤员,在救援人员的协助下,以快跑速度把遇险矿工运到升降机下方,并立即送上地面。正在待命的救护车把2位遇救矿工送往医院急救室,进行抢救。由于抢救及时,这2位矿工已经苏醒,脱离了生命危险。

127位遇险矿工全部得救,谱写了矿井灾难救援的新凯歌,创造了国际上矿井事故成功救援的新纪录。

讲完故事,张工程师归纳说:从这起矿井事故及其救援过程可见,矿井安全关系矿工生命,必须高度重视,矿井灾难救援是挽救生命的战斗,必须分秒必争。同时,包括救援机器人和新型钻孔机在内的先进救援装备对成功救援提供了重要的技术保障。

然后,张工程师继续引导考察团记者观看采矿和冶炼生产过程。

由于采用了分段式间隔定向爆炸新技术,大大降低了震动强度,进一步保证坑道内的安全作业。引爆之后,巨大的通风机把爆炸后的硝烟抽出地面,经过无害化处理后排入大气,以避免粉尘对大气的污染。

接着,是挖掘机器人和自动传输带施展本领的时候了。

挖掘机器人能够在乱石堆中行走,并能把矿石运到自动传输带上。它们还能根据现场矿石的堆积情况,选择工作点,有成效地工作。矿石由传输带送到地面堆放场,或直接装入车厢内,送往冶炼厂。

冶炼厂厂房依山而建,山上林木茂盛,厂区风景宜人。由于采用了现代化的除尘和排气设备,已看不到黄烟乌龙,嗅不到异样气味。环境污染这一公害得到了根治。

记者们来到铜冶炼厂。除了计算机房几个值班人员和现场两个监察人员外,在主冶炼车间见不到其他人。粗铜是由电弧炉冶炼的,而精铜和铜合金则是由电解得到的。从进料、出铜、装卸电解材料和成品,到浇铸、称量、打印、搬运和码垛等一连串作业,都由工业机器人自动操作。

出铜时,机器人在铜花飞溅的炉旁各司其职,引导铜水流入铸模。冶炼机器人不畏高温,不怕火烫,工人们戏称它们为"耐温将军"。

机器人工作在铜花飞溅的冶炼炉旁

部分高温铜铸锭被送入保温炉,继续加热,准备轧制成铜材。

铅冶炼厂与铜冶炼厂之间隔着一座郁郁葱葱的小山头,其间有宽敞的沥青路相通。记者们知道,铅冶炼过程中会放出有害气体——铅蒸汽;如果这种气体被吸进肺部,将对身体十分有害。因此,有记者问是否要戴防护面罩。接待人员当然理解他的意思,笑着说:"如果五年前诸位来此参观,我会给每个人发一个防护面罩。"接待人员做了一个戴面罩的手势,"不过,现在完全没有必要了。请大家放心,绝对安全无害。"

六 产业铁军

事实果真如此,铅冶炼厂的设备排列得井井有条,车间干干净净,光线充足,空气清新。昔日在此工作过的工人,如今大部分转行了,少数人仍留在本厂参加管理和计算机操作维护工作。今天陪同参观的冶炼车间副主任就是当年的电解工。他深有感触地对记者们说:

"希望各国记者多报道应用机器人的新闻,特别是研制用于有害环境的特种机器人的成果和消息。按我们这里的习惯叫法,我是老铅工。要不是五年前我们这里搞了技术改造,用上电解操作机器人,我可能早就因为铅中毒而丧失劳动能力了。"

是啊,矿井生产安全关系矿工健康与生命安全,必须采用先进技术保障井下人员安全。世界采矿大会、建筑与采矿自动化和机器人技术国际研讨会,多年来一直对采矿工业应用机器人新技术进行研讨,表明国际上对矿山安全和安保机器人的高度重视。

在屏山矿业公司已经采用了一种智能矿井安全预测方法,能够降低人工救援风险,提高救援系统应对灾害的能力。矿井生产系统是一个涉及很多因素的复杂系统,各种自然因素、机器因素与人工因素并存,又受到气体、煤尘等环境因素的影响,不同因素之间还存在相互关联与制约。公司科研人员针对矿井环境提出了一种新的灾害处置系统,即模块化异构多机器人煤矿灾害处置系统。该系统是以功能已知的基本单元,采用模块化组合构成不同结构的成员机器人,由多个成员机器人形成的多机器人系统;具有构建简单、模块体积小、模块结构多样等特点,适合矿井灾害处置的需要。

记者们在屏山矿业公司还考察了钨冶炼车间、钨加工车间、钼加工厂、铍铜生产中心和钽铌实验室。

屏山矿业智能矿井安全预测系统

矿井自动导向机器人

在使用机器人之前,铍铜合金生产工人的劳动条件极差,铍中毒的工人不少。一些工人,还不到30岁,就病魔缠身,不得不离开生产岗位。采用铍铜冶炼操作机器人后,不但解决了工人的劳动保护问题,而且劳动生产率大幅提高。5年来,产量增加近10倍。现在,整个铍铜合金的生产过程,已实现了以机器人化为中心的全盘自动化与智能化。

六 产业铁军

铍铜合金的机器人化生产车间

屏山矿业公司过去只注意矿石采掘和冶炼,忽视了有色金属和稀有金属的型材加工。因此,中国每年虽然出口大量矿石和半成品,却要进口许多型材,如铜材、钨丝、铍铜合金型材以及钼、钽和铌制品等。这样,中国本是这些材料的采矿场和原料的生产基地,反过来又变为外国型材的销售市场,国家每年为此付出大量外汇。现在,情况截然不同了。由于注意发展型材加工,我国不但继续出口矿石和原料,而且更多地出口成材,为国家赚取了大量外汇,为发展国民经济出力。

为了增进各国记者之间的接触、交流和了解,加深对世界应用工业机器人情况的了解,记者们在离开屏山公司之前,举行了一次工业机器人应用交流会,《国际机器人》杂志驻伦敦记者、《机器人研究》杂志驻纽约记者、《机器人与自动化》杂志驻东京记者,以及中国《青年机器人》杂志驻上海记者,分别对他们所知道的机器人发展动向和问题做了专题发言,大家对机器人的现状、应用范围,以及发展前景有了更透彻和全面的了解。由于林灵等正在日本考察工业机器人生产线,没有来考察屏山矿业公司,也就失去了这次记者交流座谈的机会。这对他们不能不说是个小小的遗憾。

在美国和中国考察机器人应用情况的部分国内外记者,包括中国记者,于昨天下午和晚上先后到达北京。今天,6月29日,他们一大早就从北京乘坐机器人驾驶的高速大巴到中国河北参观首钢京唐钢铁联合有限责任公司(简称"京唐"),考察钢铁冶金智能化生产过程,特别是使用工业机器人实现冶金生产操作的情况。记者考察团不仅对京唐公司的钢铁生产过程的智能化与机器人化深感兴趣,而且对京唐的神奇建设与发展过程极为关注与赞叹。

京唐公司地处我国河北省渤海新区,是完全按照循环经济和绿色生态理念设计建设的具有国际先进水平的新一代大型钢铁厂,也是中国第一个临海靠港的1000万吨级钢铁企业。考察团的记者们对蔚为壮观的大规模填海建厂工程感到极大震撼。据介绍,在填海建厂过程中,使用了大量的智能化工程机械和各种建筑机器人,特别是特种挖沙喷涂机器人,从而加快了施工速度,保证了建设质量。

雄伟的海上钢城

京唐公司的产品定位于高端精品板材,主要产品分为热轧钢板和冷轧钢板两大系列。目前,热轧钢板产品已经达到 14 大类、26 个类别、153 个牌号,形成了以高强度钢、管线用钢、集装箱薄钢板为特色的热轧钢板产品系列;冷轧钢板产品有 6 大类、18 个类别、145 个牌号,主要有镀锡钢板、汽车钢板、家电钢板和专用钢板四大类。京唐的钢板产品已销往海内外众多著名汽车企业和其他制造公司。

京唐生产的部分高端精品板材成卷待发

记者考察团先后参观了京唐 1 号高炉和 3 号轧钢厂。1 号高炉应用人工智能的专家系统和智能控制技术,建立了冶炼数学模型,实现了对铁水冶炼过程的智能控制。3 号轧钢厂的宽带钢材冷轧机,采用一种模仿人类神经网络结构的分层模型和深度智能算法对轧钢产品质量进行控制。这些控制包括加热炉温度控制和高炉炉顶压力控制,还推广应用到电弧炉钢水温度控制。无论是高炉或轧钢机,其高温和危险作业已大量使用机器人代替工人进行操作。人工智能和机器人技术的应用提高了高炉温度调节和轧钢机轧制精度调节的准确性、有效性和实时性,保证了安全生产,实现了环保节能,提高了产品的质量和企业的经济效益。

现代化高炉

热轧车间

冶金过程形成了特别典型的高温、有害和危险的恶劣环境,尤其迫切需要应用各种机器人。近年来,各个先进工业国家争先推出发展机器人学的雄伟计划;中国也制定了智能制造、机器人和人工智能的发展战略。考察团前往精钢公司铸造厂,观看在铸造生产中应用工业机器人的情况。令人高兴的是,冶金工业应用工业机器人已逐渐普及。京唐公司已在炼钢、轧钢、铸造、锻造、炼焦、搬运等作业中使用机器人。

冶金机器人

当天下午,一批从事农业和农村新闻工作的国内外记者,专门从北京飞往山东省潍坊市的寿光兴农公司,考察农业机器人的开发与应用情况。中国记者团成员今天下午也将陪同外国记者考察。

农业机器人是用于农业生产的特种机器人,是一种新型多功能农业机械。农业机器人是机器人技术和自动化技术发展的产物。农业机器人出现后,发展速度很快,许多国家大力投入农业机器人的研发与应用,研制出多种农业机器人。在进入 21 世纪以后,新型多功能农业机器人得到日益广泛的应用,智能化机器人已在广阔的田野上越来越多地代替传统农业机械和手工农业劳作。

在农业生产中,机器人需要靠自动导航来完成各种任务,例如播种、耕耘、施肥、喷农药、收割、水果与茶叶采摘、作物摄像和测量等。在室外大田环境下,机器人依靠收到的指令到达田地中的各个部位。如果运行路径已确定,机器人就可以通过北斗卫星导航系统(BDS)

或全球卫星定位系统(GPS)进行定位,并利用闭环控制确保不偏离轨道。如果运行路径不确定,通常使用摄像头来保证机器人能够找到轨道。机器人通过网络信号与一台中央控制器连接。中央控制器既接收实时更新的任务指示,又反馈当前状态和数据。总结起来,一个自动化的农业机器人系统需要智能控制器、定位系统和通信系统。在某种程度上,这项技术就像是将自动驾驶汽车技术应用在农业上。与自动驾驶汽车不同,农业机器人通常要与环境互动,例如采摘蔬菜和水果、在指定位置喷洒农药或播种。所有这些任务都要依靠机器人系统自己来感知、操作和处理。当前使用全球卫星导航系统的精准度为正负2厘米。对于其他需要使用视觉来跟随轨道的任务,当前的精准度是正负7厘米。

当机器人与智能工具相结合时,其应用前景会变得十分广阔。机器人已用于农业、林业、水果和蔬菜嫁接、收获、检验与分类、剪羊毛和挤牛奶等。把自主(无人驾驶)移动机器人应用于农田耕种,包括播种、田间管理和收割等,是一个具有潜在发展前景的农业机器人应用领域。

寿光兴农公司的接待人员把记者们带到一块面积为50多公顷(1公顷=10000平方米)的大田,这是一处实验农场,经常在此进行示范演示。记者们怀着浓厚的兴趣观看多种农业机器人的耕作过程。

首先出场的是育苗机器人。只见轮式育苗机器人驶到智能苗床前,用植物的一叶一芽作为载体,接入苗床,然后启动相应的专家程序。据在场的育苗专家讲,机器人育苗周期短,3~5天就可以生根,半个月到20天就可以成苗,能够使育苗周期缩短到原来的1/2,成苗率达 98% 以上。

育苗机器人　　　　　　　　除草机器人

除草机器人接着上场。它一进入田间，就在农场的各地块间快速穿行，准确找到杂草位置。该除草机器人采用计算机、北斗卫星导航系统和灵巧的多用途机器人综合技术，在到达杂草多的地段时，它身上的导航系统接收器便会显示出杂草位置，它的机械手式喷雾器立即启动，让无害化学除草剂准确地喷洒至测到杂草的地点，清除杂草。它每分钟可以除掉 120 根杂草，比人工和药物除草快得多。

第三个进行示范演示的是施肥机器人。一台形似玩具狗的机器人在菜地缓缓行走，适时适量地从它的尾部施放肥料。据农业机械公司的研究人员介绍，该施肥机器人会从不同土壤的实际情况出发，准确计算，合理适量施肥，减少了施肥的总量，降低了农业生产成本。由于科学施肥，地下水质也得以改善。

农场的机器人讲解员请记者们注视前方另一块庄稼地上一个正在滚动的球体。那是一款独特的施肥机器人，它也能够根据不同类型土壤的情况，制定不同的施肥策略。由于机器人可以科学配比出最适量的施肥方案，几乎不会再出现肥料浪费的情况。此外，它还能够进行间苗操作。

施肥机器人

由于现在不是中国北方小麦和玉米的收割季节,记者们未能看到收割机器人的工作情景。农场机器人讲解员向他们介绍了收割机器人的使用情况。该农场使用两种多用途的自动化联合收割机器人,很适合在大片规划整齐的农田里收割庄稼。收割机是无人驾驶的,它能够利用卫星信号和视觉系统来判断已收割过和没有收割过的地块,感觉自己的当前位置和调整方向,并自动保持笔直的前进方向。为了让记者们有直观认识,讲解员还向每人的手机发送了这类收割机器人进行收割作业的照片。

收割机器人

六　产业铁军

随着农业无人机(也是一种飞行机器人)技术的开发和应用,那些由地面农业机器人执行的施肥、除草和喷洒农药等作业,可以由无人机代替。就在农场机器人讲解员介绍完收割机器人的工作情况时,从100米外一丘麦田上空传来了马达的轰鸣声。记者们朝着轰鸣声仰望,只见2架农业无人机正在低空飞行进行空中喷洒作业。据机器人讲解员介绍,农业无人机正在喷洒除草剂,以便清除麦田里的杂草,保障麦苗茁壮成长。记者们看见无人机在麦田上空往返飞行,每到麦田尽头时,就自动转弯与换行,不断喷下含有除草剂的雾状气流正在浸入麦田。记者们纷纷举起相机,抓拍无人机精准喷洒作业的视频资料。

无人机喷洒除草剂作业

陪同参观的寿光兴农公司的接待人员指着正在喷洒除草剂的无人机,高兴地告诉记者们:大疆 MG-1 农业植保无人机喷洒作业每小时能够进行约6.67公顷的喷洒作业,其效率比人工喷洒高100倍以上,不仅实现了喷洒作业的自动化和智能化,把农民从繁重的体力劳动中解放出来，而且喷洒量精准可控，用药节省，成本减少。当喷洒化肥、农药和其他有害化学物质时，还避免了人类与有害物资的直接接触，有效保护了人类健康。

　　农业无人机的应用范围十分广泛。为了防止或控制农林植物的病虫害，使用无人机施药可以及时有效地控制大面积病虫害的发生，具有工作效率高、不受地形因素的限制、施药均匀且穿透性好等优点。同时，施药时的人机分离，能够降低药剂对人的不良影响，飞机产生的下旋气流可有效减少药剂的漂移和对环境的危害。

　　此外，农业无人机能够进行精准直接播种。准备好要种植的农田土壤后，用无人机向农田土壤发射种子，而不要使用过时的种植技术。"珠海羽人-3"无人机拥有先进的种子精量直播技术，可精准播种稻谷、小麦、油菜籽等种子，效率是人工播种的10倍以上，自动化、智能化的无人机精准播种技术完全解决了传统播种效率低下的问题。

　　部分耳聪眼明的记者从比较微弱的嗡嗡声搜索到远处空中巡航的无人机。林灵也发现了这些小飞机，他好奇地询问陪同人员：那些飞机怎么这么小，只有小鸟那么大，也是无人机吗？它们在干什么？

　　陪同人员看了林灵胸前的记者参观证，知道了林灵的名字。他指着远处的无人机回答道：小林灵问得好，那些小飞机也是无人机，因为离我们较远，飞得比较高，所以显得比较小。其实它们与这边的喷洒无人机差不多大小。它们的任务是进行农田信息监测，主要包括病虫害监测、灌溉情况监测和农作物生长情况监测等，是利用以遥感技术为主的空间信息技术通过对大面积农田、土地进行航拍，从航拍的图片、摄像资料中充分、全面地了解农作物的生长环境、周期等各项指标，从灌溉到土壤变异，再到肉眼无法发现的病虫害、细菌侵袭等，指出出现问题的区域，从而更好地进行田间管理。这种无人机农田信息监测技术具有范围大、时效强和客观准确的优势，是常规监测手段无法企及的。举例来说，利用无人机、三维模型重建和人工智能算法，能够监测高粱作物株高和提取大豆植株的叶面积指数，利用无人机上安装的多光谱相机，结合人工智能的模式识别技术，能够同时收集玉米的多光谱图像和作物分析开发值。这些与无人机相关的高新技术，对于实现精准的现代化智慧农业生产具有重要的指导意义。

上述农业喷洒无人机由飞行平台、导航飞控和喷洒机构三部分组成，通过地面遥控或导航飞控，来实现喷洒作业。

参观过大田上农业机器人的操作演示后，迎宾机器人带领记者们观看水果采摘机器人。据迎宾机器人介绍：中国是世界水果生产大国，水果总产量已超过8000万吨，约占全球产量的1/6，其中又以苹果、柑橘和梨的产量为最大。以前，中国水果采摘绝大部分以手工采摘为主，采摘作业所用劳动力占水果整个生产劳动力的33%～50%，不但生产效率低、劳动量大，而且容易造成水果损伤；如果人手不够未能及时采摘，还会导致水果腐烂造成经济损失。记者们围绕一台水果采摘机器人，全神贯注地听取迎宾机器人的讲解和观看机器人的操作。水果采摘机器人主要包括一个移动载体和一款5自由度机械手。移动载体为履带式平台，加装了主控计算机、电源箱、采摘辅助装置、多种传感器。5自由度机械手固定在履带式行走机构上。在采摘机器人的机械臂作业时，由固定连接于机械臂末端的操作器直接采摘果实。

他们先后观看了柑橘采摘机器人、苹果采摘机器人、番茄采摘机器人和葡萄采摘机器人的采摘过程。

一看柑橘采摘机器人。它由一台装有计算机的拖拉机、一套视觉系统和一个机械手组成。记者们看到机器人能够根据橘子的大小、形状和颜色判断出是否成熟，决定可不可以采摘。林灵看着手机的计时器，计算出机器人每分钟摘了 60 个柑橘，要比手工采摘快 8 倍。记者们给机器人热烈掌声"点赞"。另外，柑橘采摘机器人通过装有视频器的机械手，还能根据摘下来的柑橘按大小与成熟度马上进行分类。

柑橘采摘机器人

二看苹果采摘机器人的操作。记者们仔细端详这台机器人的结构，它的前端装有激光雷达，倾斜云台上装上立体相机，机械手末端有个手抓，安装了北斗全球定位系统，能够在果园内自主导航。机械手上配置了视觉系统，能够区分和检测苹果。机械手移到一棵苹果树附近，发现哪个苹果成熟了，就用手抓抓住哪个苹果，然后转动

90°,把苹果摘下来。接着,机械手往回收缩一点,把苹果送入筐中。机器人接连采摘了 10 多个苹果,又好又快,再次博得了记者们的掌声。

苹果采摘机器人

三看番茄采摘机器人。该采摘机器人使用的小型镜头能够拍摄高清彩色图像。首先通过图像传感器检测出红色的成熟番茄,之后对形状和位置进行精准定位。机器人只会拉拽果蒂部分,而不会损伤果实。在夜间也可进行无人作业。

番茄采摘机器人

四看葡萄采摘机器人。该机器人可以取代绝大部分工人的工作,如监测土壤、施肥、剪枝、除芽等。最为关键的是,这种机器人还拥有一项安全系统,如果发生意外事件,它能够自动启动安全系统,从而避免形成较大的损失。

　　此外,还有蘑菇采摘机器人。这种机器人通过摄像机与视觉图像分析系统,可以统计蘑菇采摘量并对蘑菇的质量进行鉴定。由机器人的红外线测距仪测算出蘑菇的高度和距离后,采摘装置就会自动调整机械臂的弯度和长度,蘑菇采摘后能自动放至运输机中。蘑菇采摘机器人相比于人工来说,工作效率得到大幅提升,每分钟可采摘40个蘑菇,速度是人工的两倍。

葡萄采摘机器人　　　　　　　　蘑菇采摘机器人

　　"没有想到,农业机器人有如此广泛的应用领域。"一位来自埃及的记者喃喃地说。

　　"可能还有一些我们不知道的应用项目。"在旁的一位新西兰记者跟着说。

　　兴农公司的陪同人员叶先生插嘴说:"一定有,例如,挤奶机器人和放牧机器人就已经普遍使用。"

　　"你能简单介绍一下这两种机器人吗?"那位埃及记者期待地问。

　　于是,叶先生给大家介绍这两种农业机器人。

六　产业铁军

挤奶机器人除了负责挤奶外，还能在挤奶过程中对牛奶的质量进行检测，比如牛奶的糖分、颜色、脂肪、电解质、蛋白质等都是机器人要检测的项目；质量不合格的牛奶，会被自动放入"问题牛奶"容器中。此外，它还能收集、记录、监测奶牛的体质状况，以降低奶牛的发病率。调查数据显示，使用机器人之后，农场的奶产量提高了 20% 以上。

放牧机器人能在农场上替代传统的放牧劳动力。它拥有先进的感应系统和全球定位系统，能自动检测牛群的运动速度并驱赶它们进行必要的移动。

挤奶机器人

放牧机器人

接着,记者们到水果仓库参观水果分拣机器人。在农业生产中,将各种果实分拣归类是一项必不可少的农活,往往需要投入大量的劳动力。采用果实分拣机器人,能够使果实的分拣实现自动化。它采用光电图像辨别和提升分拣机械组合装置,能够区别大个西红柿和小粒樱桃,也能将不同大小的土豆分类,并且不会擦伤果实的外皮。要在仓库中捡取水果和蔬菜,机器人必须要和人一起共事,并要处理不规则事项。应对不断变化的环境,机器人需要执行许多不同的任务,包括识别被分拣的水果,计算水果捡取顺序,规划水果抓取与放置的先后顺序、规划移动路径、计算抓取力等。水果分拣机器人的快速与精确分拣操作,令记者们眼花缭乱,叹为观止。

水果分拣机器人

考察团成员继续考察,他们乘坐公司的观光车到蔬菜种植农场了解机器人在蔬菜生产中的应用情景。农场接待人员向记者们展示了一款蔬菜自动嫁接机器人。嫁接机器人技术,是近年在国际上出现的一种集机械手、自动控制与园艺技术于一体的高新技术,它可在极短的时间内,把直径为几毫米的菜苗或树苗茎秆(含砧木与穗木)的切口嫁接为一体,使嫁接速度大幅提高;同时由于两种菜苗或树苗的茎秆接合迅速,避免了切口的长时间氧化和苗内的液体流失,从而可大大提高嫁接成活率。因此,嫁接机器人技术被称为嫁接育苗的一场"革命"。

嫁接机器人利用传感器和计算机图像处理技术,实现了嫁接苗叶方向的自动识别和判断。嫁接机器人能完成两种苗茎秆的取苗、切苗、接合、固定等嫁接过程的自动化作业。操作者只需把两种苗茎秆放到相应的供苗台上,其余嫁接作业均由机器人自动完成。嫁接机器人大大提高了作业效率和质量,减轻了劳动强度,可以进行黄瓜、西瓜、甜瓜、苹果、梨子和各种树苗的自动嫁接,为蔬菜、瓜果和树木自动嫁接技术的产业化打下了坚实的基础。

通过考察,记者们深刻理解到产业机器人在农耕和水果生产上大有用武之地,前景十分看好。为了了解农场职工的日常伙食,他们到寿光兴农公司第三职工食堂自费品尝晚餐,所有食品,无论是主食还是副食,都是寿光兴农公司农场生产的鲜活绿色食品,其中包含机器人的一份贡献。从菜谱看,这顿晚餐具有明显的鲁菜特色,是地地道道的山东菜,如锅塌豆腐、鲅鱼水饺、蜇皮菜心、大白菜炒明虾和山东单饼等。面对这色香味俱全的鲁菜,记者们胃口大开,吃得津津有味。公司食堂特地为远道而来的中外客人们免费提供了新鲜水果,这是刚刚从果树上用水果采摘机器人摘下来的。主人的盛情和鲜美的晚餐,给考察团记者们留下了美好而难忘的印象。

离开寿光兴农公司食堂,考察团成员乘车去机场,准备乘坐飞机返回北京。毕业于中国东北林业大学的记者团成员李教授,在考察寿光兴农公司后返回北京的飞机上,还向林灵等坐在他附近的记者介绍了林业机器人的开发与应用情况。李教授是林业机器人方面的专家,他侃侃而谈,给部分记者带来意外收获。

李教授说，除了刚才看到的农业机器人之外，林业机器人也大有用武之地。已经开发与应用的林业机器人有伐木机器人、林木加工机器人、林间耕作机器人、林业球果采集机器人和伐根机器人等。其中，一家芬兰伐木机械公司开发的具有单机械手夹持的伐木机器人，可以处理直径为50～90厘米的树木，抓取重达760～2900千克的木材，还可以进行树木的剥皮和枝叶清除作业，为伐木带来了极大便利。德国和意大利研发的林业加工机器人，能够进行高精度的木材加工，包括木材切割、刨花、表面磨光、木器装配等作业，促进了木材加工技术的发展，提升了木材加工质量和加工效率。中国开发的林用系列机器人，具有小型化、自动化和智能化等特点，可以实现远程控制与自主驾驶，能够进行林地开沟、施肥、喷药和旋耕等林业作业操作，执行了一些以往人力无法进行的危险操作，既保护了林业工作者的人身安全，又提高了林地耕作作业效率。李教授还向记者朋友们汇报了他主持研发的一款新型智能伐根机器人。该林业伐根机器人主要由行走机构、机械手、液压驱动系统和单片机控制系统组成，已获得成功应用，极大地提高了我国林业伐根作业的效率和安全性。

坐在李教授旁边的一位来自巴西的记者好奇地问李教授：使用伐根机器人有什么意义？

李教授耐心地回答了这个问题。中国是一个少林的国家，森林覆盖率仅为13.92％，在世界各国中排120位。我国人均森林蓄积量为9.8立方米，远远低于世界林业发达国家水平。为了克服我国的森林资源危机，改进森林资源利用，充分发挥林地效益，其重要途径之一就是充分利用森林采伐剩余物。伐根就是森林采伐剩下的树根。在采伐剩余物中，伐根占有相当大的比重。伐区的伐根蓄积量很大,用途很广,可用于硫酸盐纸浆生产、微生物工业和制造木塑料等。将伐根取出利用,经济效益极为可观。伐根清除后的林地易于人工更新造林,并可以清除繁殖在伐根上损害树木的病虫害和真菌。

林业机器人

李教授最后说,使用智能型伐根机器人,对于促进人工更新造林和保护生态环境具有非常重要的现实意义和深远的历史意义,该机器人在林业生产、城市建设绿化、输变电线路改造与建设等方面都具有广阔的应用前景。

记者们在考察了农业机器人的开发与应用情况之后,大开眼界。他们深切地感受到,农业机器人的出现和应用,改变了传统的农业劳动方式,广大农民不仅彻底告别了刀耕火种、犁耕手种和肩挑手扛的手工劳动生产模式,而且实现了从农业生产机械化向农业生产机器人化与智能化的历史性跨越,促进了现代农业的创新发展和农村振兴。农业机器人不愧为农业生产的能手、农业现代化的尖兵。

七

九天探星

七　九天探星

记者考察团一行近 200 人，于 6 月 30 日上午 9 时 30 分乘坐太空巴士离开北京国际机场，经过近 2 小时的航行，于 11 时 20 分抵达美国佛罗里达州奥兰多国际机场。另一部分考察团记者，包括 20 多位中国记者，则从日本飞抵奥兰多，与其他团员会师。他们准备在附近考察肯尼迪航天中心，并从该中心出发进入太空，开始太空之旅，考察空间机器人。太空旅游是基于人类遨游太空的理想，给人提供的一种前所未有的体验，最新奇和最令人刺激的是观赏太空旖旎的风光，同时享受失重的体验，这两种体验只有在太空中才能享受到。

今天适逢星期日，部分记者下午前往离酒店不远处的奥兰多迪士尼乐园游览。林灵、季仁和林丽华三人相约共同游览。他们自 6 月 25 日出发考察以来，还没有休息过。

入园时季仁提醒大家下载迪士尼的 App，App 里的导航不仅标有各种互动与表演的时间，而且还能有实时语音提示。奥兰多迪士尼乐园拥有 4 座超大型主题乐园：未来世界、动物王国、米高梅影城、魔法王国，以及 2 座水上乐园、32 家度假饭店和 784 个露营地。

各个主题公园大量设计与采用了众多的机器人项目,其中不少项目是从全世界优选而来的。加上乐园雇用的大批各种各样的服务机器人,整个乐园拥有约 500 个机器人,是一个比较庞大的机器人团队。参观 4 座主题乐园至少也要花 2 天时间。记者们最多只有一天时间参观,因此只能有选择性地走马看花,算是"到此一游"。林灵他们选择了魔法王国。

迪士尼乐园与魔术王国的绚丽烟花

魔法王国是奥兰多迪士尼乐园中充满梦幻和浪漫的主题乐园,特别适合少年儿童们游玩。这里有众多迪士尼动画和电影主题的游乐项目,灰姑娘城堡是整个园区的中心地标,花车游行和夜晚的烟花、灯光表演都在此上演。到了夜晚,城堡建筑上流动着彩色的灯光,绚烂的烟花照亮整个夜空,这也是魔法王国最不可错过的精彩活动。梦想成真游行从灰姑娘城堡开始,白雪公主、米奇、阿拉丁等迪士尼动画人物、形形色色的迎宾机器人与歌舞机器人以及主题花车在园区内巡回游行。林灵他们三人加入到载歌载舞的游行人群中,还与参加游行的机器人合影,尽情欣赏这场热闹场面的快乐。

这个主题乐园还有 3 种别具特色的过山车。由于明天要去肯尼迪航天中心考察,为了保持体力,今天就不玩过山车了,尽管失去了一次体验无比刺激与快乐的机会,但这是明智的选择。他们选择去观看一部特别值得期待的 4D 影片,米老鼠在这里又一次奏响了他的幻想曲,而唐老鸭又一次成为那个"倒霉蛋"。除了享受到绝妙的视觉和听觉效果之外,他们还亲身感受到不同以往的视觉、听觉、味觉、触觉的乐趣!

　　走在迪士尼世界中,经常会碰到米老鼠、唐老鸭、白雪公主、小矮人和机器人等动画人物,即使是中老年游客,也会感到童心复萌,游兴大发,并与这些"明星"合影。不少游客甚至全家与米老鼠及迎宾机器人等拍了"全家福"。林灵、季仁和林丽华分别与米老鼠、唐老鸭和白雪公主合影,他们三人还一起与机器人"队长"合影。迪士尼世界中的昔日明星都有了机器人替身,机器米老鼠、机器唐老鸭和机器白雪公主参加迎宾活动,深受少年儿童的欢迎与喜爱。这一天他们玩得十分开心!林灵没有忘记要给妹妹购买一些玩具,他在迪士尼乐园服务中心挑选了一款"能歌善舞"的歌舞机器人和一个"白雪公主"布娃娃,他相信妹妹一定会喜欢的。在出口处,他们挑选与认领了从进园到出园整个行程中由电子眼抓拍的影像,作为永久纪念。

迪士尼乐园的"明星"

7月1日上午,考察团不顾旅途辛劳,抓紧时间到肯尼迪航天中心参观。由于预约办理了集体参观手续,考察团成员十分顺利地进入了该航天中心。

肯尼迪航天中心位于美国佛罗里达州东海岸的梅里特岛,是美国国家航空航天局进行载人与非载人航天器测试、准备和发射的最重要场所,承担了美国所有向地球同步轨道发射航天器的任务。肯尼迪航天中心发射过天空实验室、各种行星际探测器、"双子星座"号和"阿波罗"号飞船以及"哥伦比亚"号、"挑战者"号和"发现"号航天飞机等,曾经被称为"人类通向太空的大门"和"航天飞机之家"。该中心建立于1962年,已有近70年历史。中心长55千米,宽10千米,面积达到了567平方千米。场地内设有参观者中心、装配大楼、露天展列场与发射场等。

从入口处往内看,一排巨大的火箭模型高耸入云,引人入胜。

入口处往内看航天中心

记者考察团首先进入参观者中心参观,这里的导游机器人全部穿着航天服,带领参观者分批进入航天中心各个参观部位。每位参观者都分到一副多语种耳机,通过耳机能够听到导游机器人的讲解。耳机内安装的自然语言同声传译系统能够提供汉语、英语、法语、西班牙语、阿拉伯语和日语的同声传译。这套自然语言同声传译系统是几年前由中国讯达公司牵头联合多家国际自然语言处理公司共同研发的。

肯尼迪航天中心的参观者中心包括数个博物馆和两个宽银幕立体电影院。在参观者中心,记者们先到放映室观看了空间机器人的科普影片以及弥足珍贵的火箭、卫星和飞船发射过程的录像。

记者们首先观看了一部介绍空间机器人的短片。

机器人除了在工农业生产上获得广泛应用外,还被用于进行探索,即在恶劣或不适于人类工作的环境中执行任务。例如,在水下(海洋)、太空,以及在放射性、有毒、高电压或高温等环境中进行作业。在这种环境下,根据工作任务需要可使用自主机器人、半自主机器人或遥控机器人。

(1)自主机器人 能在恶劣环境中执行任务而不需要人的干预。

(2)半自主机器人 能够部分自主操作和部分人工控制的机器人。

(3)遥控机器人 是把机器人(称为"从动装置")放置在某个危险、有害或恶劣环境中,而由操作人员在远处控制主动装置,使从动装置跟随主动装置的操作动作,实现遥控。

本短片着重介绍空间机器人的概况及其应用。

在航天中心看到的人造卫星、航天飞机、火星探测器等,都是宇宙飞船,是几种不同的空间机器人。

与季仁并肩而坐的林灵,把嘴巴贴近季仁的耳朵悄悄地说:"听我爷爷讲,凡是地上动的、天上飞的、水下游的人造机器,只要是无人驾驶的,都属于移动机器人。"

季仁点头表示赞同。

空间机器人是用于代替人类在太空中进行科学试验、出舱操作、空间探测等活动任务的特种机器人。空间机器人代替宇航员出舱活动可以大幅降低风险和成本。空间机器人也分为遥控机器人、自主机器人两种。

近十年来,随着各种智能机器人研究的深入,能在宇宙空间作业的空间机器人已成为空间开发的重要组成部分。

宇宙空间充满着对人类致命的太阳辐射线,且具有微重力、高温差、超真空等难以使人类生存的恶劣条件,在这样恶劣的环境条件下,要有效地进行空间开发,就需要采用各种高新科学技术,尤其是需要采用空间智能机器人代替宇航员进行部分或大部分舱内外作业。

目前,空间机器人的主要任务可分为两大方面:

一方面,在月球、火星及其他星球等非人类居住条件下完成先驱勘探。

另一方面,在宇宙空间代替宇航员实现卫星服务(主要是卫星捕捉、修理和能量补给),执行空间站上的服务(主要是安装和组装空间站的基本部件、各种有效载荷运送、舱外活动支援等)以及进行空间环境的应用实验等。

纪录片介绍了苏联、俄罗斯、美国和欧盟在空间机器人研制和空间开发领域取得领先的成果。

首先看看人造地球卫星的发射情况。

七　九天探星

苏联于1957年10月4日,成功发射了世界上第一颗人造地球卫星,揭开了人类向太空进军的序幕,极大地激发了世界各国研制和发射卫星的热情。美国于1958年1月31日成功地发射了第一颗"探险者1"号人造地球卫星。法国于1965年11月26日成功地发射了第一颗试验卫星——"阿斯特里克斯"人造卫星。日本于1970年2月11日成功地发射了第一颗人造卫星"大隅"号。中国于1970年4月24日发射成功第一颗人造地球卫星"东方红1"号,英国于1971年10月28日成功地发射了第一颗人造卫星"普罗斯帕罗"号。中国通过"三步走"实现了月球探测任务。2013年12月2日,中国成功地将由着陆器和"玉兔"号月球车组成的"嫦娥三"号探测器送入轨道;12月15日"嫦娥三"号着陆器与巡视器分离,"玉兔"号巡视器顺利驶抵月球表面;12月15日"玉兔"号完成围绕"嫦娥三"号旋转拍照,并传回照片。这标志着中国探月工程取得了阶段性的重大成果。

2019年1月,中国探月工程发射的"嫦娥四"号探测器首次实现在月球背面着陆,人类第一次与月球背面见面。

"嫦娥四"号着陆器　　　　　　"玉兔二"号月球车

"嫦娥四"号于2018年12月8日2时23分在中国西昌卫星发

射中心由"长征三"号乙改二型发射升空,2019年1月3日10时26分"嫦娥四"号着陆器携带"玉兔二"号月球车成功完成世界首次在月球背面预选着陆区冯卡门坑内的软着陆。同一天,"玉兔二"号巡视器与着陆器分离,其上携带的红外成像光谱仪成功获取了着陆区两个探测点的高质量光谱数据。在此前半年多的2018年5月21日,"嫦娥四"号的中继星"鹊桥"于西昌卫星发射中心由"长征四"号丙运载火箭发射升空。6月15日,"鹊桥"顺利进入距月球约6.5万千米的地月拉格朗日的使命轨道,成为世界首颗运行在地月使命轨道的卫星,为"嫦娥四"号月球探测器提供地月中继测控通信。这样,人类就能够通过中继星"鹊桥"揭开月球背面的神秘面纱,洞察月球背面的奥秘,为更深层次和更全面地科学探测月球地质和资源等信息做出开创性贡献。包括国际著名天体物理学家霍金说过的"月球背面可能存在外星人"的科学话题,都将迎刃而解。

"嫦娥五"号探测器于2020年11月24日成功发射,送入预定轨道;12月1日在月球正面预选着陆区着陆;12月2日着陆器和上升器组合体完成了月球钻取采样及封装;12月3日将携带样品的上升器送入预定环月轨道;12月6日,上升器与轨道器和返回器组合体交会对接,将样品容器转移至返回器,并实现"嫦娥五"号轨道器和返回器组合体与上升器分离,进入环月等待阶段,准备择机返回地球;12月12日,轨道器和返回器组合体实施第一次月地转移入射;12月16日,探测器顺利完成第二次月地转移轨道修正;12月17日凌晨,返回器携带月球样品着陆地球。

"嫦娥五"号的任务是中国"探月工程"的第六次任务,实现了中国首次月球无人采样返回,将助力月球成因和演化历史等科学研究。

七　九天探星

　　此外,加拿大、意大利、澳大利亚、德国、荷兰、西班牙、印度和印度尼西亚等也已自行发射或委托别国发射了人造卫星。人造地球卫星是个兴旺的家族。现在,地球上的人造卫星已达到7700多颗,其中美国拥有3000多颗,位列榜首,中国共有1500多颗。如果按用途分,人造地球卫星可分为三大类:科学卫星、技术试验卫星和应用卫星。

人造地球卫星

　　短片接着介绍人类的登月活动。
　　登月是指人类利用自身开发的载人航天器将人类宇航员送上月球。人类未来可能将建立沿月球轨道飞行的实验室,把月球作为登上更遥远行星的一个落脚点。
　　飞上月球,这是人类千百年来的梦想。屏幕上放映出人类登月活动的历史画面。
　　在20世纪后半叶,人类终于成功实现了"登月"这一伟大梦想。
　　1961年4月12日,莫斯科时间上午9时07分,苏联宇航员加加林乘坐"东方1"号宇宙飞船从拜克努尔发射场起航,绕地球飞行一周,历时1小时48分,于上午10时55分安全返回,降落在萨拉托夫州斯梅洛夫卡村地区,完成了世界上首次载人宇宙飞行,实现了人类

121

进入太空的愿望。他驾驶的"东方1"号飞船成为世界上第一个载人进入外层空间的航天器。

1969年7月21日,美国宇航员奥尔德林、柯林斯和阿姆斯特朗乘坐的"阿波罗11"号宇宙飞船成功登上月球。由阿姆斯特朗操纵的"鹰"号登月舱在月球表面着陆,他和奥尔德林跨出登月舱,踏上月球表面。阿姆斯特朗成为人类登月第一人。在踏上月球表面这一历史时刻时,他曾讲了一句被后人奉为经典的话——这只是我个人的一小步,但却是整个人类的一大步。

迄今,人类共成功登月6次,先后有12位宇航员登月。

记者们紧接着观看了第2个短片,这个短片概述了火星探测的前前后后,披露了许多人类探测火星的壮举。

火星探测是人类探测宇宙空间道路上的重要一步,充满曲折与风险。短片图文并茂地展示了人类探索火星顽强而又壮烈的历程。

太阳系与火星图片

1962年,苏联发射"火星1"号探测器,在飞离地球1亿千米时与地面失去联系,下落不明,它被看作火星探测的开端。这一事件仿佛预示着"飞往火星"的道路并不顺坦,苏联的"火星"系列计划连连失败,直到"火星5"号才取得成功。

七　九天探星

1965年,美国"水手4"号飞近火星,从距火星1万千米处拍摄了21幅照片,发现火星上存在大量环形山,大气密度只有地球的1%。

1971年11月,苏联的"火星2"号轨道舱和着陆舱到达火星。着陆舱坠毁在火星表面,而轨道舱传送回了图像和数据。

1971年,美国发射"水手8"号,火箭在升空过程中发生了故障。同年11月,美国发射的"水手9"号飞船进入火星轨道,提供了完整的火星地貌图并对火星大气层进行了研究。1972年发回了7329张照片。

1973年,苏联发射"火星5"号,它于1974年2月到达火星并收集了数据。

1974年,苏联"火星5"号探测器沿着火星轨道飞行了数天;"火星6"号和"火星7"号探测器在火星着陆,但探测结果没有公布。

1975年,美国向火星发射了"海盗1"号和"海盗2"号宇宙飞船,并于1976年到达火星。轨道舱收集了火星表面的图像,着陆舱则传送回图像并提取了火星表面土壤的标本;共发回了5万多张照片和大量的数据。

1989年,苏联发射的"福波斯1"号和"福波斯2"号探测器在前往火星的途中失踪。

1992年,美国"观察者"号火星探测器发射升空,但这个探测器在1993年8月进入火星轨道前3天与地面失去联系,在预定即将到达火星轨道之前失踪。

1996年,俄罗斯发射"火星96"探测器,发射过程出现故障,探测器坠毁在地球大气层中。

1996年12月4日,美国的火星探路者在肯尼迪航天中心发射升空,经过 7 个月的长途跋涉,于 1997 年 7 月在火星上成功着陆。探路者承载的"索杰纳"漫游车是一台有 6 个轮子的小机器人,在火星上漫游行驶了几千米,完成了预定的科学探测任务。这是自"海盗"号以来,经过 20 年的沉寂之后,人类对火星的又一次成功探测。

"探路者"火星探测器及其承载的"索杰纳"漫游车

1996 年,美国的"火星环球观测者"飞船发射升空。1997 年 9 月其轨道舱进入轨道,对火星表面进行了绘制。

1998 年,日本发射"希望"号火星探测器,同年 12 月轨道舱出现故障,任务失败。

1998 年,美国发射火星气象轨道探测器,1999 年 9 月进入轨道时坠毁。

1999 年,美国发射"火星极地着陆者"着陆探测器,同年 12 月着陆舱在预定的下降阶段与地面失去联络。

2002 年,美国"奥德赛"火星探测器发现火星表面和近地表层中可能有丰富的冰冻水,尽管这一问题仍存在争议。

2003 年,欧洲航天局发射"火星快车"探测器,于 2003 年到达火星。同年,发射火星探测"漫步者-A"探测器和火星探测"漫步者-B"探测器。

2003年,美国航空航天局研发的"勇气"号和"机遇"号火星车分别于6月和7月发射升空。"勇气"号和"机遇"号是一对双胞胎火星车。"勇气"号火星车于2004年1月3日在火星表面成功着陆。几小时后该探测器从着陆区附近传回10多张高清晰度图片,探测工作取得了良好开端。1月15日,"勇气"号火星车成功驶下登陆舱,首次开上火星表面,并在火星上拍摄了多张照片。

"机遇"号火星车于2004年1月25日在火星表面登陆,在火星上工作了10多年,其行驶的总里程为38千米。

双胞胎火星车"勇气"号和"机遇"号

2005年8月,美国火星勘测轨道飞行器升空,次年3月进入绕火星轨道,目前仍在火星轨道上探测。

2007年8月4日,美国"凤凰"号火星着陆探测器升空,在经历了9个多月、6.8亿千米的漫漫太空征程后,于2008年5月25日成功降落在火星北极附近区域。通过取样研究,了解火星环境是否适合原始生命存在。"凤凰"号探测器在加热火星土壤样本时发现有水蒸气产生,确认火星上确实有水。这是一个具有里程碑意义的成果。此外,还发现火星上有碱性土壤,记录了火星降雪过程,拍摄了火星尘埃颗粒的原子尺度图片。更为重要的是,探测到碳酸钙和某种黏土的层状颗粒,还发现了高氯酸盐。这些成果将帮助专家进一步推断火星现在或以前是否有适宜生命存在的环境。

"凤凰"号火星探测器

2010年6月,由俄罗斯组织,多国参与的国际大型试验项目——模拟火星载人航天飞行试验(MARS500)启动。包括一名中国人在内的6名志愿者在520天内模拟体验了太空旅行和环绕火星的有趣生活。

2011年11月26日,由一名12岁华裔女生马天琪取名的美国"好奇"号火星探测器发射升空,2012年8月6日在火星盖尔陨坑中心山脉山脚着陆。此次为期近两年的探测任务主要是探索寒冷、干燥、贫瘠的火星上是否曾经存在生命迹象，或者现在是否仍存在有利于生命生存的环境。"好奇"号火星车总投资 25 亿美元，被称为有史以来"最庞大""最复杂""最昂贵"也是"最先进"的火星探测器。其上搭载了一批先进的探测仪器，包括 17 台先进照相机、一个机械臂、一个钻孔机、一台激光装置，其内部还配备了化学实验室，用于样本分析。"好奇"号火星车重达 900 千克，其大小是"勇气"号和"机遇"号的 5 倍，长度约为它们的 2 倍。为确保其安全着陆，工程师们设计了"空中吊车"向火星表面投放重型科学仪器的全新方式。它是世界上第一辆采用核动力驱动的火星探测器，它利用"放射性同位素热发电机"提供行驶和各项仪器设备使用所需要的电能，能够保证开展为期一个火星年（约 687 个地球日）的探测。

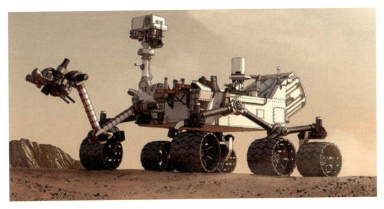

"好奇"号火星探测器

2013 年 11 月 18 日，美国火星大气与挥发演化探测器发射升空，以前所未有的精度对火星的上层大气进行研究，以帮助科学家揭开火星大气层之谜。

在介绍了火星探测的漫长历程后,机器人讲解员说:"火星是太阳系的九大行星之一,其自然条件与地球最为相近。火星上是否存在生命,一直是人类关心的热点问题,世界上许多国家一直为火星探测不懈努力。但是,火星表面的环境非常恶劣,太空船由地球到火星的航行时间又非常长,目前还不适合人类直接登陆,因此,机器人在火星探测中起着极其重要的作用。在火星探测中,机器人将用于探测可能的着陆地点、感兴趣的科学考察区域、放置科学仪器、收集火星物质样本并送回地球。由于考察任务的移动需要,现有的火星探测器外表都采用移动小车的形式,并习惯称为'火星探测车',简称'火星车'"。

短片披露,美国宇航局正计划实施一次颇具冒险精神的探测任务,准备发射单程载人飞船,将宇航员送上火星,实现载人火星飞行,让他们永远留在那里开拓新的生存领域。之后,在火星上建立初步的住人基地,到 2035 年前后建成永久性基地。之所以称美国的这个计划"颇具冒险精神",是因为火星的环境对人类生存仍然充满挑战。火星大气密度只有地球大气的 1‰,而且其主要成分是二氧化碳,氧气含量极少,也没有臭氧层来阻挡太阳辐射。此外,火星表面的重力仅为地球表面的 1/3。因此在火星上建立住人基地之前,必须首先解决人类生存的空气、水、食物,以及辐射防护和低重力适应这 5 个基本难题。

机器人讲解员坚毅地说:"人类对火星的探索从未停歇,各国至今共计发射 47 个火星探测器。火星探测充满挑战与陷阱,但同时又面临机遇与期待。"

短片最后说明:世界上已发射的火星探测器,可以分为"飞越"

"轨道器""登陆器"和"漫游者"等类型。火星探测已经从无人探测发展到机器人探测阶段,跨出了"越""绕""落"三大步。人类正一步步接近火星,神秘面纱背后的火星若隐若现。至于究竟是什么,是矿藏、生命之源、火星人,还是一些我们无法想象的状况,只有身临其境才知道火星为人类准备了什么惊喜。

离开参观者中心,记者们进入高达 160 米、容积有 360 万立方米的装配大楼。这里是供火箭、卫星和飞船组装与检测用的厂房,装备有各种先进的测试仪器及显示与记录设备。装配大楼内展出的庞大的火箭和飞船实物,使大家大开眼界,叹为观止。

装配大楼内的宇宙飞船与火箭

展列在露天场地上的发现者航天飞机和巨型火箭特别引人注目。许多参观者登上航天飞机,仔细观看其内部结构。面对停放在露天的航天飞机,讲解机器人向记者们介绍航天飞机的发射简史。

如果说机器人讲解员对火星探测器的介绍带有几分激动与自豪,那么对航天飞机的介绍则含有几分悲壮与惋惜。

航天飞机是一种借助于外挂助推器垂直起飞和可以水平降落的有人驾驶、可重复使用的、往返于太空和地面之间的航天器。它既能

露天展出的宇宙飞船着陆舱和航天飞机

像运载火箭那样把人造卫星等航天器送入太空,也能像载人飞船那样在轨道上运行,还能像滑翔机那样在大气层中滑翔着陆。它是往返于地面和近地轨道之间运送人和有效载荷的飞行器,兼具载人航天器和运载器功能,并按飞机方式着陆的航天系统。航天飞机是一个由轨道器、外贮箱和固体助推火箭助推器组成的往返航天器系统,人们通常把其中的轨道器称为"航天飞机"。

从1981年至1993年年底,美国共有5架航天飞机进行了79次飞行,其中"哥伦比亚"号航天飞机15次,"挑战者"号10次,"发现"号17次,"亚特兰蒂斯"号12次,"奋进"号25次。每次乘载宇航员2~8名,飞行时间为2~14天。在这12年中,共有301人次参加航天飞机飞行,其中包括18名女宇航员。在航天飞机的59次飞行中,在太空施放卫星50多颗,承载2座空间站到太空轨道,发射了3个宇宙探测器、1个空间望远镜和1个伽马(γ)射线探测器,进行了卫星空间回收和空间修理,开展了一系列科学实验活动,取得了丰硕的探测实验成果,创造了许多航天新纪录。

苏联从1976年起总共建造过5架用于开展飞行活动的"暴风雪"航天飞机。

七　九天探星

美国在航天飞机领域取得一枝独秀的骄人成就的同时，也出现了重大的安全问题。

例如，1986年1月28日，美国"挑战者"号航天飞机在第10次发射升空后，助推火箭凌空爆炸，致使舱内7名宇航员全部遇难，直接造成经济损失12亿美元，使航天飞机停飞了近3年，成为人类航天史上最严重的一次载人航天事故，使全世界对征服太空的艰巨性有了更清醒的认识。

又如，2003年2月1日，载有7名宇航员的美国"哥伦比亚"号航天飞机在结束了为期16天的太空任务之后，返回地球，但在着陆前16分钟发生意外，航天飞机解体坠毁，7名宇航员全部蒙难，令人十分悲痛。

在总结经验教训之后，美国政府决定终止航天飞机计划。2011年7月21日，美国"亚特兰蒂斯"号航天飞机于美国东部时间21日5时57分在肯尼迪航天中心安全着陆，结束了其"谢幕之旅"，长达30年的美国航天飞机时代宣告终结。

参观者中心还包括由宇航员纪念基金会组建的两个设施和"阿波罗-土星5"号中心。其中，最显眼的是太空纪念镜。这是一块刻有殉职宇航员名字的巨大黑色花岗岩镜。这些名字不停地被从背面照亮，发光的名字似乎悬浮在反射的天空里。附近的荧光屏里记载着这些宇航员的详细生平和遇难事件。"阿波罗-土星5"号中心是一个存放"土星5"号火箭和其他展品的大博物馆。在这些展览中有一个重建的阿波罗时期的射击训练场，在那里游客可以重新体验阿波罗的起飞，还有一处游客可以重新体会"阿波罗11"号的着陆。

人类在探索太空的征途上，披荆斩棘，已经迈出坚实的步伐，取得了许多重大的成就；同时，这一征途并不平坦，充满风险，人类也付出了极大代价。人类在探索太空的征途上，决不会就此止步，一定会继续前行，创造出太空探索新的辉煌！

在距离参观者中心 5 千米外的 39 号发射场上，一座发射台上的航天飞机已整装待飞，将在近日择时发射。这是记者们第一次与整装待发的航天飞机近距离接触。这是一次难得的科普教育，使记者们对人类探索与开发太空的现状和远景有了更多、更全面的了解。

航天飞机发射升空

时间过得很快，记者们愉快地结束了对肯尼迪航天中心的参观。导游机器人祝愿考察团的各国记者们在太空考察成功！

大家以热烈的掌声感谢导游机器人。

下午 4 时 50 分，记者考察团的记者们离开航天中心，驱车返回酒店。在返回途中，林灵有些纳闷地问坐在旁边的季仁："怎么没有介绍中国的航天探索成果呢？"

季仁答道："我们今天参观的是肯尼迪航天中心，是美国的一个太空发射中心，介绍美国的航天探索成果是很自然的。况且美国是航天探索的先行者之一,长期处于领先地位,只是近 10 年来被中国等国家赶超了。"

"是啊,中国在航天领域的国际影响越来越大了。9 年前的 2021 年,中国成功发射了'天问'号火星探测器,在火星表面着陆,对火星进行科学探测。很快,也就是 2031 年国际空间站退役时,中国有可能成为全球唯一拥有空间站的国家。我国的载人航天工程'三步走'——载人飞船阶段、空间实验室阶段、空间站阶段,已走到了'第三步',即在太空建立短期自主飞行、长期有人照料的大型空间站。中国在 10 多年前就发射了空间站核心舱,并在 8 年前发射了实验舱,完成了我国整个空间站的建造。"坐在林灵后面的林丽华补充着自己的观点。

季仁进一步补充说:"2026 年中国研制的可重复使用的亚轨道运载器就实现了亚轨道太空旅游,为用户提供了'太空顺风车''太空班车'和太空'VIP 专车'等商业发射服务。不久后,我国的重型运载火箭将实现首飞,为载人登月提供强大支持,并为火星采样返回提供充足的运载能力。再过几年,我国的运载火箭将实现完全重复使用,以智能化和先进动力为特点的新一代运载火箭将实现首飞,高性能智能化空间运输系统将获得广泛应用。"

是啊,根据我国《航天运输系统发展路线图》,到 2040 年前后,我国研制的未来一代运载火箭将投入使用,核动力空间穿梭机将出现重大突破,有效支持大规模空间资源勘探和开发。再过 15 年,即 2045 年,空间运载器将出现颠覆性变革,组合动力单机入轨重复使用运载器研制成功,新型动力进入实用性开发,天梯、地球车站、空间驿站建设有望成为现实。此外,针对太阳系内的行星、小行星、彗星等目标的人机协同探索可以实现常态化和规模化。

中国的"长征"系列大推力火箭

他们彼此交流了中国航天事业取得的巨大成就和发展远景,内心充满激动与期待。机器人大巴就要到达宾馆了,季仁匆忙总结说:"中国的载人航天、探月工程和火星探测在近 10 年来取得长足进步,已进入这些航空航天领域的国际领先行列。"

机器人大巴于下午 5 时 30 分在佛罗里达希尔顿花园酒店驻足,记者们有序地下车,进入宾馆,准备到餐厅用晚餐。虽然已是下午 6 时了,但是佛罗里达的夏季天空中晚霞斜照,云层中忽隐忽现的太阳好像是在玩"捉迷藏"游戏,又似乎在依依不舍地与人们道:"明天再见!"

7 月 2 日,星期二。根据考察日程安排,记者们将出发去太空考察。

中国成语里的"天南地北""天壤之别",就是比喻或说明两者相距遥远、差别巨大。记者团成员们要从陆地到太空去考察,他们需要乘坐什么航天器上天?又要到哪里对太空进行观察?

七　九天探星

请不要着急,先把答案告诉你:乘坐中国设计与制造的"飞龙-5"号空天飞机,前往天宫太空站集结,入住太空站内的太空宾馆,从太空站考察太空。

"空天飞机"是航空航天飞机的简称,是一种既能航空又能航天的新型高超音速天地往返飞行器。与大家熟悉的现代飞机相比,空天飞机的飞行速度更快,可实现全球快速机动飞行。空天飞机可以像普通飞机一样水平起飞,以每小时1.6万～3万千米的高超音速在大气层内飞行,在30～100千米高空的飞行速度为12～25倍音速,即马赫(定义为流场中某点速度的声速倍数),而且可以直接加速进入地球轨道,成为航天飞行器;返回大气层后,像飞机一样在机场着陆,成为自由地往返天地之间的运输工具。空天飞机能够重复使用,大幅降低航天运输费用。

空天飞机上同时有飞机发动机和火箭发动机,它起飞时也不使用火箭助推器,可以像普通飞机一样从飞机场上起飞与降落。空天飞机能自由往返于天地之间,可以把大的卫星送入地球轨道,能够一次投放多颗卫星;它能对在轨道上运行的卫星进行维修或回收;它能向空间站运送或接回宇航员和各种物资;它还能执行各种诸如拦截、侦察和轰炸等军事任务。空天飞机的高速飞行速度,便于实现全球范围内的快速客运,地球上任何两个城市间的飞行时间都用不了2小时。两天前记者们乘坐的从北京到奥兰多的空天巴士,就是一种空天飞机,能够容纳300位乘客,可在32千米高度和1.2万千米航程内巡航,其巡航速度高达5马赫。当空天飞机以5倍于音速的速度在大气层中飞行时,空气阻力急剧上升,需要将发动机与机身合并,以构成高度流线化的整体外形,于是就形成了"发动机与机身一体化"。

实际上,"空天飞机"的概念是钱学森早在 1949 年 12 月在纽约召开的美国火箭学会年会上提出的。钱学森说,将来可以设计出一种"火箭客机"——一个有翅膀的火箭,描绘出洲际高速客机的蓝图。中国研发的"飞龙"空天飞机于 10 年前就用于国际民航的洲际与航天服务,是国际公认的优质"高超声速天地往返飞行器"。

"神龙"空天飞机

今天是 2030 年 7 月 2 日,请记住这个激动人心的日子。林灵他们与其他 200 多位记者受邀乘坐中国宇宙航行公司的"飞龙-5"号空天飞机遨游太空,考察太空及太空机器人的工作情况。

"飞龙-5"号空天飞机在肯尼迪航天中心准备发射升空。林灵、林丽华和季仁都是第一次乘坐空天飞机,他们此时并排地坐在空天飞机左前方,兴奋地等待飞机启动的时刻。几年前,只有经过专门训练的宇航员才享有这种资格。现在由于空天飞机结构的改进以及制导技术的发展,使它用于民航事业成为可能。林灵抑制不住内心的喜悦,对林丽华和季仁说:

"太妙了!我们要离开地球到太空去啦!"

七　九天探星

"你知道在太空看到的地球是什么样子吗?"林丽华问林灵。

"可能像我们在地球上看月亮一样,像个球体。"林灵揣测着。

"它是不是同月亮一样大?"紧接着季仁又抛出一道试题。

"看一个物体的大小,与离开它的距离有关。"林灵不慌不忙地回答。"我们在地球上看月亮,相距 30 多万千米;而我们在航天飞机上看地球,最多只隔几万千米,要比地球与月球间的距离近得多。加上地球本来就比月球大得多,因此我们将要看到的地球,自然要比我们见到的月亮大得多。"

"真行,你的知识还挺渊博哩。"季仁竖起大拇指称赞。

"这些常识对现在的中学生来说应该无人不知,无人不晓。"林丽华附和道。

上午 10 时过后,空天飞机很快就要起飞了,机舱里的播音器发出了声音:

"各位朋友,欢迎大家乘坐宇宙航行公司的'飞龙-5'号空天飞机去太空游览。再过 3 分钟,本空天飞机就要起飞了,请大家穿好宇航服,并系好安全带。"接着,空天服务员向大家介绍了航天旅行安全知识及穿着宇航服的注意事项等。

"飞龙-5"号空天飞机驶上机场跑道。随着隆隆声响,飞机发动机开始引燃,尾部冒出白烟。随着发动机的不断加速,声音越来越响了。顷刻间,空天飞机在发动机的驱动下腾空而起,迅速爬高,直上重霄,运送 200 多位旅客向太空进发。

飞机不断攀高,火箭发动机投入工作,速度越来越快。不久"飞龙-5"号就开始脱离地球引力,进入预定轨道,乘客们初次感受到失重的滋味。

通俗地说，所谓失重，就是失去重力。而所谓重力，就是物体所受天体的引力，如人体受到地球的引力。根据引力计算公式，引力的大小与质量成正比，与距离的平方成反比。太空中的空气极其稀薄，重力加速度变得很小，所以重力就变得很小，接近于0。这就是失重的道理。失重的感觉一般都是心率加快，血压升高，然后引起了心血管系统的自我调节，而调节过程伴有一些不适感觉。太空中这种几乎完全没有重力的状态，从航天员在航天器上的悬浮情况就可以感觉到。

"啊，我坐不住了，整个身体都漂浮起来了!"林灵不由得小声叫起来。

"我也是，还有些头晕。"季仁呼应地说。

"是啊，我觉得有些恶心，有点想吐。"林丽华似乎对失重的反应更明显，说起话来还很痛苦。

看来，此时此刻在这架空天飞机上的乘客们，或多或少地出现了失重状态，感受到失重引起的某些不适。不过，这也是一种难得的体验，大家都以苦为乐。

经过约半个小时的高速飞行，"飞龙-5"号完全进入绕地球轨道，并在自动驾驶仪制导下，稳定地绕地球运行。记者们通过窗口与人类的母亲——地球遥遥相望。一小时后，空天飞机将与"天宫"空间站对接，在"天宫"空间站停靠，入住太空站的空天宾馆，以便开始对空间进行考察。

空天飞机以马赫数为20(24480千米/时)的速度飞行，由于太空空气特别稀薄，机舱内几乎没有噪声，十分安静。乘客们能够通过耳机听到机上播音或乘客讲话的声音。

七　九天探星

　　空天飞机的每个座位都为旅客配备了电子太空望远镜,旅客在座位上可以通过太空望远镜从窗口方便地观察到机外辽阔的宇宙。

　　在空天飞机上俯瞰到的地球,是一个巨大的彩球,要比平时看到的月球大得多、漂亮得多,苍穹蔚蓝,云图变幻,景色优美,奇妙绝伦。

　　记者们放眼寰宇,尽情欣赏壮丽的太空景色,从心底感激那些为宇宙旅行披荆斩棘的开路先锋们。乘客们可以通过耳机收听飞机播音系统对人类探索太空的介绍,特别是对使用太空机器人的介绍。

　　人类遨游太空的理想几乎与人类有文字记载的历史同时存在。在中国,从女娲补天到孙悟空大闹天宫的种种神话传说,就寄托了人类这种美好的心愿。可是,直到 20 世纪 60 年代,这一理想才开始实现。当时,美国的月球探测计划和苏联的月球考察计划相继执行。两次无人登月飞行,是人类探索外层空间的重要标志。美国的"探测者 3"号装备了一台挖掘机器人,通过地面遥控在月球上挖了一条沟。苏联的"月球 20"号在无人驾驶条件下,降落在月球表面,用操作机钻探月球表面岩石,并把月球土壤和岩石样品放入回收容器内,送回地球。

　　1975 年,美国开始执行火星计划。他们让"海盗"号宇宙飞船在火星上着陆,并把两台机械手送上火星表面。在一台计算机的控制下,机械手协助对火星表面进行了一年多的探测,进行大量的科学实验。

　　20 世纪 80 年代初,人类开始试用航天飞机,并取得巨大成功。1982 年,美国航天飞机应用一台加拿大制造的 48 英寸(约 1.2 米)长的附属机械手,从飞机的货舱内卸货,并在空间装卸其他物品。1984 年 4 月,美国航天飞机"挑战者"号,在宇航员的操纵下,用操作机器人抓住了发生故障的太阳探测卫星,在修好有关部件后,用机械手把卫星高举到航天飞机顶上，让机上工程技术人员对它进行检验，并用机械手把它放回到太空轨道。

苏联在宇宙飞船和空间站对接方面，进行了大量的研究和试验，取得了辉煌成就，也为人类进入太空做出了重大贡献。

到20世纪末，特别是人类进入21世纪以来，更多的国家投入了航天飞机和空天飞机的研制行列，其中包括后来居上的中国。他们吸取了1986年美国"挑战者"号航天飞机事故的教训，成功研制了具有传感器反馈和先进保安救生装置的新一代航天飞机和空天飞机。这些飞机中的一部分是感知式空天飞机，它们既能够绕地球在轨道上自由飞行，又可以作为星际飞行的载体。今天，记者们所乘坐的"飞龙-5"号就是这种空天飞机，既舒适方便，又安全可靠。现在，许多国家都正在大力开发自主和半自主空间机器人，它们为空间探索做出许多重要贡献。例如，2002年美国航空航天局开发的航天机器人，可用于代替宇航员在太空船外活动。

航天机器人

空间探索机器人，有的像轨道望远镜一样在地球或其他星球的轨道上探测，有的则是飞过行星的轨道飞船，也可能是固定式的登陆舱或登陆车等。这些空间探测机器人,首先通过传感器收集科学数据,然后由计算机处理这些数据,进行规划,做出决策,最后把其中某些有用的数据送回地球。此外,有些空间机器人能够在不同的位置安全地进行移动,并通过传动装置、机械手和其他工具去收集样品,制备这些样品,并就地实验,或把样品送回地球。

空间探索机器人

"飞龙-5"号进入绕地球轨道稳定运行已快一小时了。忽然,迎面出现一幅海市蜃楼的美丽景象。它越来越近,看得越来越清楚。哦,这不是海市蜃楼,而是一处太空建筑物——中国的"天宫"空间站。

在空天飞机飞行的过程中,旅客们先是尝到了"超重"的滋味,刚才又体会到了"失重"的苦头。这使多数乘客感到有点不适应,尤其不习惯穿宇航服,因而要比乘坐普通飞机显得疲劳一些。其中,许多乘客还觉得头昏脑涨。不过,疲劳与兴奋往往是孪生姐妹。处在这样美妙的天宫仙境,还有谁不会精神振奋呢?!

"飞龙-5"号经过约一小时的飞行,已飞近天宫空间站。仅用10多分钟时间就实现了"飞龙-5"号与天宫太空站的成功对接。在统一指挥下,记者们秩序井然地进入天宫太空站接待室。然后,按照预先由记者考察团提供的客人名单安排好每个人的宾馆房间。这座太空站很像地面上的旅馆,其规模不小,能同时容纳300多客人食宿。不过,工作人员为数不多,大部分服务工作由机器人承担。这里到处可以看到扶手或栏杆,人们移动时,必须抓住它们,否则会在失重状态的空间站内"飘飘然"而无法行动。

中国的"天宫"空间站

　　由于国际空间站即将于2031年退役不再运行,因此,中国届时有可能成为世界上唯一拥有空间站的国家。

　　入住太空宾馆后,记者们抓紧时间观看太空美景。当然,在远离地球300多千米的空间站,用肉眼是看不到地球的"人文景观"的,说能看到长城也是骗人的。肉眼能够看到的只有云层、各大洲的板块和撒哈拉沙漠、青藏高原、塔里木盆地这类重要地貌。当然,借助于

七　九天探星

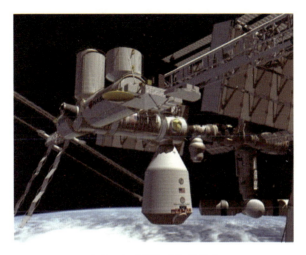

宇宙飞船在国际空间站停靠

太空望远镜,记者们个个都成为了"千里眼",能够清晰地观看到地球上的喜马拉雅山、大堡礁、迪拜人工岛、埃及吉萨金字塔、美国亚利桑那大峡谷和恒河三角洲等景观。

此时此刻,记者们放眼一望无际的蔚蓝苍穹,白色和彩色的云图变幻莫测,美轮美奂的太空景色,真是令人心旷神怡!

通过太空望远镜,林灵看到位于青藏高原南边的喜马拉雅山,这是世界上海拔最高的山脉。记得自然课老师上课时讲过,有110多座山峰的海拔高度在7350米以上,其中主峰珠穆朗玛峰是世界最高峰,海拔高达8848.86米。从太空俯视这些白雪覆盖的巨大山峰和山天一体的多彩图像,犹如一卷五彩缤纷的刺绣,特别引人注目。凝望远处移动的彩图和皑皑的雪峰,林灵不禁称奇,口中还情不自禁地说:"太美了,太美了!"

林丽华观察到的不是山,而是水。她从望远镜里发现了位于澳

143

大利亚东部沿海浅水区的庞大珊瑚礁,其面积的数量级可以与澳大利亚的大陆相比。蔚蓝的海水,晶莹的珊瑚礁和米黄色的珊瑚体组成了一幅美妙绝伦的青花瓷瓶图案。

季仁到底看见了什么?他借助太空望远镜向地球"东张西望",看到了不少胜景。其中,最吸引他眼球的竟然是迪拜的人工岛和棕榈岛。这些填海工程造出来的海岛位于阿联酋迪拜沿岸,是世界最大的人造海岛。世界岛共用 300 个人工岛屿模仿世界各大洲,形似一幅世界地图。棕榈岛的形状则像一棵棕榈树。该人工工程的确很有创意,同时也折射出阿拉伯联合酋长国的富有和豪气!

从空间站看喜马拉雅山、大堡礁和迪拜人工岛

空间站上的食品和饮料,绝大多数是从地球运来的,再在空间站内稍作加工。有少数饮料是在空间站制作的,太空冰激凌就是其中的一种。它的味道与地面的冰激凌差不多,只是黏性很大,会黏在嘴唇上或口腔里,需要用舌头舔才能吃下去。这也是不得已的;因为如果不具有黏性,这些冰激凌将会脱离容器在空中飘来飘去,根本无法送进嘴里。

晚餐后大家进入寝室。寝室建在其他辅助设施的外围,以便让太空旅客能够透过窗口观赏太空景象。每个房间里面都设有办公桌、沙发椅和床铺。照明是由太阳能蓄电池储存的太阳能提供的。

七　九天探星

现在空天飞机正停靠在空间站,而空间站又相对于地球处在同步位置,所以,它有与地球上相似的、固定的白天与夜晚,只是白天较长而夜晚较短而已。空间站每 90 分钟绕地球飞行一周。因此,在太空站每天能够看到 18 次日出和 18 次日落。这一天里的 18 个夜晚,都是由地球经过太阳与太空站间的轨道运行时挡住阳光造成。

房内的一切摆设,包括桌椅和床铺等,都紧固在房间的地板上,不能随意移动。不然的话,它们就会像气球一样在房间内飘浮,如果人在上面也会随之飘动起来,十分危险!

林灵、季仁和林丽华正系好定位安全带坐在沙发椅上,观赏窗外的太空夜色。

茫茫寰宇,万籁俱寂。习惯于地球上种种噪声的各国记者们,反而感到不适应了,有一种世界停止了运动的错觉。殊不知,这是地球上求之不得的超静疗养环境,它对人的大脑和听觉神经系统十分有益。联合国卫生组织正计划在太空建立"绿色太空疗养院",可望在 10 年内付诸实施。

望着宇宙中熠熠生辉的繁星,林灵不由得在心里默念一句童谣:"天上星星数不清"。但他此时此地发现星星要比从地球上看到的多得多,亮得多,而且也大得多。他们用望远镜只能观察到太阳系的九大行星中的金星和火星。夜空中有几颗恒星十分刺眼,有的看起来虽然似乎正在向空间站飞来却忽而离去。北极星亮晶晶的,南斗星与北斗星南北呼应,牛郎星与织女星隔河相望。浩瀚的宇宙中,布满明亮的星团和星云,应该还有更多的我们看不见的恒星与行星,什么人马座、天鹅座、天鹰座、天琴座、天蝎座、大熊座、小熊座、牧夫座和武仙座等,不知是否在人们的视觉范围内？林灵多么希望此时此刻有一位天文学家或天文学记者就在这儿,听他讲述有关空间星球家族的科普知识和趣闻啊。

从太空看地球,可以见到我们家园不一样的面貌。点点灯光聚集成黄金般的地貌,甚至可以看见月光照向地球的景象。除了金色灯光和月色外,在地球大气层边缘还铺上了一层薄薄的称为"气辉"现象的绿光。在空间站俯瞰地球景色,美得让人目不暇接、叹为观止。

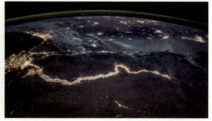

从空间站看夜幕下的地球景象

饱赏太空夜色,人们的兴奋又一次战胜了疲倦。该是睡觉的时候了。林灵他们解开定位带,手扶导向栏杆,走向床前钻入睡袋,再把床头定位带系牢,没有多久就进入梦乡了。

一觉醒来,已是地球上北京时间7月3日早晨,空间站外阳光明媚。用过早餐,团员们离开"天宫"空间站乘上"飞龙-5"号空天飞机,准备踏上新的征途。今天,他们要去参观一个太空工厂的施工基地。

空天飞机离开空间站,经过约半小时的航程,来到了空间施工基地——新星太空材料加工中心。空天飞机停靠的工地"停机场"与工地停靠"码头"对接。

七 九天探星

在这个特殊的场合，记者们只能用一种"新"的采访方式来考察。他们既不能离开飞机，也不能走近施工工地，更无法找施工人员交谈。但他们能够把施工现场和施工情况看得一清二楚，而且能用特制的记录本书写采访笔记，用摄像机拍电影或录像。记者们对此十分满意，因为他们是第一批大规模采访太空工业化系统的考察团记者，这在地球的历史上是新的一页！当然，不久后的记者可能能像宇航员一样在空天飞机与工地之间自由地"飞"来"飞"去，进行采访，那么多么令人向往啊！由于太空环境可能给记者们带来一些不适，大部分记者启动了秘书机器人撰稿模式，让他们随身携带的秘书机器人参与考察环境与写稿。秘书机器人可不像人类那样会产生不适反应，失重也好，时差也好，都不成问题。大批秘书机器人跟随人类进入太空并撰写新闻报道，这也可能是人类历史上的第一次。

林灵目不转睛地观察从一架巨型航天空天运输机上卸下机械设备的过程。运输机停靠在一个空间基地"码头"上，机舱舱顶已经完全揭开，成套的大型构件在机上推出装置的作用下，与航天飞机脱离。由计算机控制的码头上的大型搬运机械手把这些构件逐一堆放起来。由于采用了新型摄像机、智能监控器、激光测量和反馈控制等技术，搬运工作进行得井井有条，准确无误。

有一部像大型桥式起重机那样的设备，长达100多米。它是由两台"大力士"——码头搬运机械手同步协调工作才抬到码头上的。这庞然大物即使在地面上搬运，也不是一件轻而易举的事，太空失重的环境反而帮了大忙。机械手的高度自动化与智能化能力的密切配合是空间智能自动化技术的一个突破。

对于这些巨大的建筑构件，有不同的运输与安装方式。例如，大型太空天线、卫星动力系统和空间站,都需要大规模的太空建筑设备。对于长度在 100 米以下的相对较小的系统,其设备则制成可展开或折叠式的。空天飞机上的附属机械手把它们直接送到轨道上。而对于长达几百米的中型系统,则把它们的构件用空天飞机运至太空基地,并在现场用自由式飞行机器人和遥控机械手进行装配。对于大型系统,需要用重型起重运输火箭,把沉重的材料运到太空建筑工地,并在那里用专用的机器人大力士把建筑部件组装起来。

建筑部件的搬运、装卸和安装,除了可由操作人员进行遥控外,也可由自动起重机和机械手来实现。自由飞行式机器人在航天飞机或生产基地与它们的目的地(建筑现场)之间运送构件,并做联系工作。

机器人除了搬运构件外,还能用操作机械手对构件进行加工处理。大型建筑系统的分系统能从一处移至另一处,并进行连接,即能够同时在多点进行具有高精度操作的会合、定点和轨道对接。

在一个太空工业化系统建成之后,所需要的维修功能也由自由飞行机器人来执行。这些功能包括校准预定目标、检查测试、数据检索、太空补给、维护修理、调换零件、运载货物、运送空中工作人员和飞船的回收等。

在太空工业化系统建造期间及建成之后,还将有一台备用机器人用于救援。自由飞行式机器人将把在太空中漂移的宇航人员送回地面。在地面上,也将有这种备用机器人时刻警戒,随时待命进入太空进行救援工作。这种救援机器人系统不需要人操纵,它不仅能向宇航人员提供延长生命的支援系统,也能把他们送入能够维持生命的密封环境中,然后带回空天飞机或空间站,以便返回

七　九天探星

地球。

呈现在各国记者眼前的太空建筑工地上,已经有一部分工程完工了。几个材料加工车间已经投入生产,它的整个生产过程由操作机器人和行走机器人操纵。

在几乎没有空气、灰尘和其他污染的太空进行新材料加工,这是人类开发太空的一个重要目标。现在,这一愿望已经变为现实!

太空材料加工需要特别的先进技术,其中包括应用遥控自动机构和机器人。科学家正在开发的一种获取和变换空间材料的新方法,在太空压铸所需要的零部件,或供地面使用。这种材料的加工也可以在月球上进行,因而可在月球上建立材料仓库。

考察团团员们在太空停留20多小时后,所穿的宇航服便不能再继续长期使用了,因为这套宇航服的供氧系统只能保证乘客40多小时的需要还要考虑返程的需要。另外,航天飞机上的饮食供应也很有限,这些没有经过专门训练的太空旅客也不宜长时间逗留太空。鉴于种种情况,必须按预定计划于今天上午返回地球,在俄罗斯圣彼得堡普尔科沃国际机场着陆。

"飞龙-5"号返航了。在接近大气层之前,飞机逐渐减速。几分钟后,飞机进入地球大气层,记者们再次进入超重状态。当物体做向上加速运动或向下减速运动时,物体均处于超重状态。昨天空天飞机起飞加速时已经体会到一次超重了。

"我们回到地球的怀抱了!"林丽华激动地说。航天器内部环境是有空气的,可以直接说话。

高速飞行的航天飞机与周围空气摩擦,发出了刺耳的响声,同时炽热的空气也产生摄氏1000度以上的高温。从舷窗可以看到玫瑰红色的火光。

"飞机会不会熔化啊?"林灵有点儿紧张。

"不用担心。航天飞机表面是用一种耐高温的特种合金材料制成的。"季仁向林灵介绍。

"现在,中国在这种高熔点合金的产量和质量上,已在世界居于领先地位。"林丽华自豪地告诉林灵。

航天飞机距地面只有十几千米了,机长开始操纵驾驶盘,自动驾驶仪撤出工作。飞机从云层中钻出来,机场就在脚下。在机场制导和机长的驾驶下,"飞龙-5"号航天飞机十分精确和平稳地降落在跑道上,缓缓驶向停机坪,考察团记者们于7月3日上午11时28分安全到达圣彼得堡普尔科沃国际机场。

团员们下机后乘坐高级大巴住进圣彼得堡波罗的海大酒店。该酒店是一座25层楼高的现代建筑,客房1800余间,是圣彼得堡最大的酒店之一。它坐落于圣彼得堡市中心的瓦西里耶夫岛上,从酒店房间内可鸟瞰芬兰湾,步行可游览堤岸。傍晚,在酒店高层客房内面对波罗的海,推窗望海观落日,海面上那滚圆的落日在血红的晚霞中浮动,其壮丽景象令人陶醉。

今天晚上记者们将在宾馆休息,同时通过手机阅读一份介绍海洋机器人的电子资料。这份资料已经发送到每位团员的智能手机上。明天,他们将进入波罗的海水域考察海洋机器人在"龙宫"的工作情况。

八

四洋测海

圣彼得堡位于俄罗斯西北部波罗的海沿岸，涅瓦河口，是俄罗斯第二大城，被誉为"北方的威尼斯"。今天，7月4日，考察团将从这里乘船到波罗的海考察海洋机器人。

昨天，记者们阅读了关于海洋机器人的资料，对水下机器人，特别是海洋机器人的发展历史和作用有了初步了解。随着海洋开发事业的发展，一般的潜水技术已无法适应高深度综合考察和研究的需要。因此，许多国家都对水下机器人给予了极大的关注。已有成千上万的水下机器人作为商品出售，在海洋开发中发挥着重要作用。

占全球面积71%的海洋是21世纪和未来人类赖以生存的资源。海洋蕴藏着丰富的矿物资源、海洋生物资源和能源，是人类社会可持续发展的重要财富。对海洋的开发与争夺已成为许多发达国家的战略重点。在各种海洋技术中，水下机器人能够在一般潜水技术无法到达的深海区域进行综合考察和研究，并完成多种作业使命，因而具有特别重要的作用。

水下机器人是一个水下高技术仪器设备的组合体，除了水下机器人的推进、控制、动力电源、导航仪器等设备外,还需要根据不同的应用目的,配置声、光、电等不同类型的探测仪器。水下机器人可作为人类进行水下研究、观测和作业的实验平台,去完成人类身体无法直接达到的或不能适应的各种水下环境。随着近年来海洋考察和开发的需要,水下机器人的应用日益广泛,其发展速度之快出乎人们的意料。水下机器人目前的应用领域包括水下工程、打捞救生、海洋工程和海洋科学考察等方面。

水下机器人

水下机器人依据不同特征有各种分类。

按水中运动方式可分为:浮游式水下机器人、步行式水下机器人和移动式水下机器人3种。大多数水下机器人都是浮游式的,具有较大的机动性。步行式水下机器人在复杂的海底地形条件下具有较好的通行能力、机动性和较高的稳定性。移动式水下机器人可以采用履带式和车轮式行进机构,但其通行能力和机动性比步行式机器人差一些。

水下机器人按控制方式可分为自主式水下机器人和遥控式水下机器人2种。自主式水下机器人根据各种传感器的检测信号,由机器人载体上携带的智能决策系统自动指挥,完成各种机动航行、动力定位、探测、信息收集、作业等任务。遥控式水下机器人由水面控制平台提供电源和发出操作控制命令,其所带电缆系统在提供机器人动力和仪器电源的同时,还承担下达指令和上传信息数据的任务。

按供电方式可分为有缆水下机器人和无缆水下机器人。

现阶段水下机器人研究的关键技术包括:

(1)智能技术　智能体系结构设计、任务规划、机器人感知和环境测评等,提高机器人的智能水平。

(2)能源技术　决定续航时间,当前使用镍-锰电池,研究使用太阳能。

(3)导航技术　采用惯性导航系统与"北斗"卫星导航系统或全球定位系统相结合的导航方式,研究如何利用水下机器人的工作环境特征(如海底地貌、重力变化等特征)进行匹配导航。

(4)传感技术　开发专用传感器和传感器系统,并利用多水下机器人协作来克服传感器系统带来的不确定性。

(5)水下通信技术　目前主要以水声通信实现自治水下机器人的控制指令、载体状态反馈和图像信息传输。声音在水中的传播速度远低于光速,产生很大的传输时延,难以对水下机器人实现实时控制。激光通信是新的通信手段,利用蓝绿激光实现水中大范围通信。

(6)多水下机器人操作技术　进行水下目标的探测与处置。

其中,导航、传感和操作技术与水下机器人的控制和推进密切相关。

水下机器人的未来发展方向涉及:

(1)向远程发展　研制航程在500海里(1海里约等于1.852千米)以上的自主式水下机器人。

（2）向深海发展　6000 米以内水深的海洋面积占海洋总面积的 97%，因此许多国家把发展 6000 米甚至 12 000 米水深技术作为目标。

（3）向高可靠性发展。

（4）向多水下机器人协作实现任务发展。

这份海洋机器人资料还专门介绍了中国深海探测工程的概况。

早在 2011 年，中国研制的各种"蛟龙"号就成功潜至海面以下 5188 米。2012 年，中国研制的深海载人潜水器"蛟龙"号成功下潜至 7020 米，达到国际先进水平。

"蛟龙"号与"潜龙 2"号进行深海海试

2019 年 10 月，我国新型深水潜航器已成功下沉到海平面以下 10 000 米的深度。2020 年 10 月 27 日，中国载人潜水器"奋斗者"号在西太平洋马里亚纳海沟成功下潜了 10 058 米，创造了中国载人深潜的新纪录。2020 年 11 月 10 日 8 时 12 分，中国"奋斗者"号载人潜水器在马里亚纳海沟成功坐底，坐底深度 10 909 米，标志着中国水下潜航器的发展进入到了新的阶段。

中国的载人潜水器"奋斗者"号和"深海勇士"号真牛！"奋斗者"

号采用了中国自主研发的新型钛合金壳体,其强度高、韧性好,可以容纳 3 名乘客,每次下潜都可以连续工作 10 小时左右。由于采用了内部充满了油的上百块单体锂电池,不会导致电池发烫发热。此外,其外层采用的是成千上万个纳米级的玻璃微珠浮力材料,保证了潜水器经得起水压的考验。

"深海勇士"号拥有全球一流的控制系统,该系统相当于潜水器的大脑,指导"深海勇士"号在水下以各种姿态进行作业和悬停。"深海勇士"号还具备自动驾驶能力,无须人工干预,可以安全行进。

"深海勇士"号的功能非常强大,比如能够在 3500 米的深海中寻找一个直径不到 50 厘米的物体。"深海勇士"号可在以目标物为中心的直径为 20 米的区域内进行蛇形搜索,最后依靠导航算法和搜索策略找到这个目标物。

现在,中国已拥有很先进的深海探测技术,跻身国际海洋强国。

中国载人潜水器"奋斗者"号和"深海勇士"号

7 月 4 日清晨,圣彼得堡的天气宜人,风和日丽,气温适中,晴空万里。上午 7 时 30 分,考察团的记者们分乘机器人大巴离开波罗的海大酒店,到附近的涅瓦河轮船码头,并在该码头改乘大型游轮西行至涅瓦河口,到达芬兰湾。游轮继续前驶,10 多分钟后到达今天考察活动的指挥中心"喀琅施塔得"军港。

喀琅施塔得是俄罗斯的重要军港,位于波罗的海芬兰湾东端的科特林岛,东距圣彼得堡 29 千米。1703 年彼得一世时辟为要塞。从 18 世纪 20 年代起为俄罗斯帝国波罗的海舰队重要基地;在苏联卫国战争中,对保卫列宁格勒(今圣彼得堡)起过重要作用。这里建有大型舰船修理厂、海军博物馆、海上教堂和海军学院。在每年的俄罗斯海军日,俄海军都在这里举行盛大的庆祝活动。

龙宫一直是神话故事里的宝地,海洋机器人为探索其奥秘建立了赫赫战功,这里有许多鲜为人知的故事。

早在 1966 年初,海底打捞机器人就在地中海参加过打捞坠落氢弹的工作。那是在 1966 年 1 月 17 日早晨,美国 B-52 轰炸机在靠近西班牙的地中海上空飞行时,与准备向这架轰炸机空中加油的 KC125 型飞机相撞失事,同时坠入海底。B-52 轰炸机上载有 4 枚氢弹,其中 3 枚掉在陆地上,另一枚沉入地中海海底。这一严重事故引起了各国政府和世界人民的极大关注。

为了打捞沉入海底的氢弹,美国海军派出"阿尔宾"号和"阿米诺德"号到失事现场搜索;这是两艘机器人潜水船,都由人坐在里面驾驶,操纵装在船前部的机械手进行潜水打捞作业。在第 19 次潜水时,"阿尔宾"号海洋机器人在 765 米深的海底发现了氢弹。"阿尔宾"号与"阿米诺德"号轮流作业,但未能把氢弹打捞上来。接着,美国海军又派来了遥控机器人"卡布",由专家在海面指令船上遥控指挥打捞作业。通过水下电视摄像机,专家们能够看清海底的情况。"卡布"是"水中蛟龙",善于潜水。它全长 4 米,质量为 1 吨,其油压式机械手能够抓起重物,堪称"海洋大力士"。按照指令,"卡布"潜入海底，接近氢弹，用它的机械手抓住氢弹，把氢弹安全地送至回收船的甲板上来。

海洋机器人的这一壮举，给地中海沿岸各国人民带来福音，从此，海洋机器人的美誉传遍全球。

后来，海洋机器人又参加了打捞沉入海底的潜艇的战斗，再度报捷。

海洋机器人在海洋考察研究中也能发挥重要的作用。它们有的用于海底探矿，有的用于海洋测量，甚至还可以用于海底开矿与建筑。

海洋中蕴藏着大量的生物资源和矿物资源。在海底深处的金属矿中，锰结核矿石最为引人注目。它是一种含有多种金属的团块状水底矿石，含有 40 多种元素，其中，以锰、镍、钴、铜 4 种尤为重要，多存在于 3000～6000 米的深海底部。1982 年，美国俄亥俄州立大学海洋系进行了一项海洋调查工程，使用海底着陆机器人到海底收集锰结核矿的资料，对这种矿石形成的一种科学假设进行试验。

日本成功研制的一种海洋探测机器人，使用在海水中垂直或水平移动的机器人和定点浮标，能够在某个特定海域同时测量几个调查项目，详细而高效地了解海况的空间分布和时间变化，是一个智能化的海洋测量系统。这个系统由机体结构系统、位置和姿态控制系统、测量系统、信息处理系统、通信系统、母船系统和系泊浮标系统等子系统组成。其中，所用的 OSR-V 机器人是一种能够垂直浮沉的测量海况机器人。从表面看，它像一艘潜水艇，但其内部装备有测量装置、摄像机、通信机、驱动用蓄电池和控制装置等。OSR-V 接收固定在海底的海底坐标基地发出的超声波信号，在其垂线上进行位置控制,并在一定时间内上浮与下沉。它能够按照预订的计划进行测量,把测得的数据存储在机体内。然后,它又按计划每隔一定时间浮出水面一次,并利用空中通信技术把搜集到的数据传递到陆上基地。

海底机器人

系泊浮标系统是陆上基地同 OSR-V 机器人空中通信的中继站,OSR-V 利用水中通信,与浮标交换信息,接收陆上基地的指令,或把机体状态发送给浮标系统。

应用海况探测机器人的海洋测量系统,不仅能够掌握海洋本身的物理化学特性和气象数据,而且能够动态地掌握海洋空间,研究海洋生态学的新领域,是海洋开发的重要新技术。

七月的波罗的海碧空万里,阵阵海风扑面而来,海鸥在游轮上方和前后展翅飞翔。科特林岛上林木繁茂,仪态万千。但是,考察团团员们没有顾得上享受这些美丽风光,他们魂牵梦萦的是辽阔的海疆和大洋深处的"水晶宫"。

军港有一部分建筑物就建在海面上。从岛上码头可直接乘游艇观赏芬兰湾和波罗的海的风光。不过,考察团团员们今天乘坐的游艇是波罗的海旅游公司的"海豚"号机器人旅游潜艇。这个新奇的海洋机器人既能浮出水面,又能潜入深海。"海豚"号具有恒温、恒压功能和供氧系统,即使沉到水下 2000 米处,也不会使乘客感到不适或造成危险。

5 艘"海豚"号机器人载着全部考察团员平稳地航行在科特林岛西面的波罗的海洋面上。突然间,考察团员们见到距他们不远处的两艘小船迎面全速对开,距离越来越近,如果不立即改变航向,严重的对撞事故就不可避免了!见到这一险情,坐在"海豚"号内的记者们全都惊呆了,林灵几乎惊呼起来!

随着猛烈的撞击,两艘小船都被撞翻了,水面上还隐约可见几个人头出没。说时迟,那时快,3 艘机器人救护艇拉响汽笛,飞速驶来,摆开三点式,停在出事水域。4 个救护机器人跳入水中,全速游向人头出没处,把落水者一一托出水面,然后带着他们游回救护艇。林灵瞪大眼睛看得十分清楚,加上自身有过在湖水里被机器人救起的经历,他很快就发现这是一出预先安排好的机器人救机器人的表演!

考察团团员们看到的这一场演练只是海上救援的小菜一碟,更加扣人心弦的潜艇救生即将呈现在他们面前。团员们通过"海豚"号机器人内的观察系统,真实地观看到事故发生与潜艇救援的全过程。

一艘俄罗斯海军的战略核潜艇"伏尔克斯"号在波罗的海深水区航行的过程中突然因控制系统故障未能及时修复而导致潜艇迅速下沉。该核潜艇一方面立即进入紧急状态,全力自救,延缓沉没时间,为外部救援争取尽可能长的时间;另一方面,立即向俄罗斯海军波罗的海舰队及邻近出事海域的挪威、芬兰、瑞典和英国等国的海事部门发出事故紧急求救信号，放出救生浮标，暴露失事潜艇方位，等待外部营救。

由于出事海域当时的海况条件恶劣，海域风大、浪高、流急，海底能见度低，给救援行动带来极大困难。

"伏尔克斯"号的艇员们尝试了各种自救逃生途径，包括从指挥台升降口脱险、从鱼雷发射管口脱险和水下快漂脱险等，都因失事潜艇下沉深度已超过自救深度而未能实现自救逃生。现在唯一的希望就寄托在外部救援上了。

接到求救信号后，俄罗斯海军波罗的海舰队在第一时间迅速派出先进的 C-5 救生潜艇、小型载人深潜无人驾驶救生潜艇、直升机、机器人救生囊、机器人救生钟、新型机器人救生员和陆上机动抢险救生车，英国和瑞典海军也派出两艘救生潜水器，挪威海军航空兵则派出多名潜水员，赶到出事海域。救援行动以俄罗斯 C-5 救生潜艇为水面支持母舰并建立指挥中心，统一指挥救援工作。救援团队通力合作，全力营救被困在波罗的海海底的"伏尔斯克"号潜艇和艇上 100 多名海军官兵。

海难救援团队

救援指挥中心通知救援团队各舰艇和人员立即实施救援步骤。

水面支持母舰开始全局指挥,利用"北斗"卫星全球定位系统进行失事舰艇定位和布放海底基本阵形(基阵布放),查清出事海域海底地形和海洋气象。

直升机奉命起飞巡航,对失事潜艇进行搜索与定位,发现了失事潜艇放出的救生浮标和失事潜艇方位,并立即报告指挥中心。

遥控机器人潜艇根据指令驶近失事潜艇,对失事潜艇进行核泄漏检测、救生舱口清理,在查明没有发生核泄漏情况后,打开舱盖、连接氧气管,为失事舰艇船员自救或外部救助做好必要准备。

常压潜水机器人观察失事潜艇情况,靠近失事潜艇并通过救生舱口输送氧气罐和食品,以维持舰艇人员生命,延长待援时间。

载人救生潜艇靠近失事潜艇,然后下潜,进一步完成各项必要的救援准备作业,并协助母舰现场指挥各种潜水器的救援。

母舰放出机器人救生钟(一种用于营救失事潜艇艇员出艇的钟形救生设备),下潜至失事潜艇,利用失事潜艇释放出的救生缆绳进行救援。可能是缆绳老化或摩擦受损,救生缆绳在受力牵引过程中突然断裂,救援工作受挫。

机器人救生钟对失事潜艇实施水下焊接作业,然后母舰命令常压遥控潜水机器人与载人救生潜艇前往失事舰艇协同实施救生缆绳与失事舰艇挂钩(挂缆)。估计是由于水下焊接的质量问题,在挂钩后牵引的过程中,焊接点脱落,致使"挂缆"失利,救援工作再次受挫。

失事潜艇已下沉5个多小时,救援工作也已持续了2个多小时,失事潜艇内100多位艇员命悬一线,救援工作面临成败考验。时间就是生命,必须争分夺秒抓紧救援。考察团的记者们异常紧张,不少人急得出了汗。

在这千钧一发的时刻，母舰果断发出指示，要求载人深潜救生潜艇、机器人救生员与潜水员同母舰一道，尽快靠近与下潜至失事潜艇，实现载人深潜救生潜艇与失事潜艇的直接对接，救生人员与机器人救生员一道进入失事潜艇，解救受困艇员至载人救生潜艇上。救援人员与救援机器人密切合作，经过30多分钟的紧张救护，把100多位船员逐一救出"伏尔克斯"号核潜艇，送上母舰。被救的全部艇员由C-5救生潜艇立即送到水面码头，并在医护人员和"救援大力士"机器人的共同努力下，转送到一直待命在船坞码头的10部陆上机动抢险救生车和医院救护车上，迅速把获救艇员送往医院进行健康检查与治疗。

经过近5小时紧张而有序的生命救援，在跨国救援团队的通力合作下，失事的核潜艇"伏尔克斯"号化险为夷，全部船员获救，取得救援行动的完全胜利，创造了深海救援的奇迹。

记者们个个都露出了灿烂的笑容。

为了让考察团成员放松一下，接下来安排了一场打捞沉船的"节目"。

打捞目标是今天上午相撞下沉的两艘小船。两个潜水机器人潜入海底，找到沉船，然后把高强度尼龙缆绳系到沉船上。尼龙绳的另一端带有一个增强型尼龙袋。机器人潜水员开动尼龙袋上的一个小开关，袋内的化学物品立即发生反应，使袋内充满气体。在充气袋的浮力作用下，沉船离开海底，逐渐上升，直至露出水面。在机器人的协助下，小船翻身并排出积水。然后把被救起的机器人模特儿，送回小船。这两艘被打捞起来的小船发动马达，驶离出事地点。小船上机器人此起彼伏的"谢谢"和"再见"声在洋面上久久回荡。

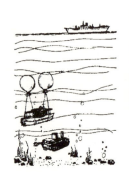

机器人协助打捞沉船

观看完救援行动和打捞表演,"海豚"号迅速下潜,驶向海洋深处,进入自主驾驶状态。依靠各种传感器所获取的信息和艇内智能驾驶仪的处理、决策能力,在无人驾驶的情况下感知和适应着水下的环境,绕过各种障碍,驶向目标。

随着潜水深度不断增加,海水的能见度渐渐变差,颜色也有所变化。但人们在潜艇内仍能清楚地看到各种自由游弋的鱼类、繁茂多姿的海藻和其他海生植物,多么美妙的深海胜景啊!

出什么事啦?驶在最前面的"海豚一"号发出警报:前方出现鲸鱼!两分钟后,一群鲸鱼游过来了。这时,每艘"海豚"号的四周都喷射出网状气泡。在艇内灯光的照耀下,每艘潜艇都成了喷射气泡的怪物。鲸鱼很讨厌气泡,因而不敢靠近,纷纷改变方向游开了。考察团的记者们望着远去的鲸鱼群松了一口气。

潜艇已下沉至 1000 米深处了。这时海水的能见度已很差了,"海豚"号编队停在原位不动,接收由海底电视系统直播的海底机器人的工作情景。从潜艇内具有特种信号接收系统的电视机上送来的机器人在海底测量海况、打捞沉船、捕鱼采藻、炸石开矿和建造深海建筑等精彩画面不断映入记者们的眼帘。

机器人潜艇继续向前推进,然后缓慢地上浮到离水面10多米的一片珊瑚礁附近,保持平衡状态。这时,能够在水中清楚地看到周围物体。记者们将在这里观看仿生机器鱼的表演。

仿生机器鱼作为鱼类推进机理和机器人技术的结合点,为研制新型的水下航行器提供了一种新思路,具有重要的研究意义和应用价值。仿生机器鱼能在复杂危险的水下环境进行作业,在军事侦察、水下救捞、海洋生物观察考古等方面发挥重要作用。

记者们在机器人潜艇内透过透明窗口,观看一群群五彩缤纷的鱼类在绚丽的珊瑚礁群中遨游。其中,一条粉红色和一条浅黄色的人工鱼,混游在天然鱼群中,与之"和谐"共处,以假乱真。如果没有机器人讲解员的说明,参观者的眼睛实在难辨真伪。

人工鱼与天然鱼和谐同游

数十年来,对仿生机器鱼的研究开发不断取得可喜成果。例如,英国科学家们完全按照仿生学原理设计的机器鱼,可以自动监测河水中的各种污染物,并利用全球定位系统将数据适时传给研究人员。投放在泰晤士河中的所有这类机器鱼都具备协同工作的能力,即使没有科学家的控制,它们也能根据预先设定的程序协同合作。当一条机器鱼"嗅出"某片水域中的有害物质时,它们就通过无线网络(WiFi)彼此交流数据,然后适时发出警报。这种机器鱼游动起来酷似真正的鲤鱼,身体在发动机的推动下来回摆动,并用鳍和尾来改变游动的方向。此机器鱼可用于河水污染探测,还可用于港口大型船只的泄漏和排放监测。

又如,美国华盛顿大学的研究人员研制出的 3 条机器鱼,在水中游泳时可以互相交流。该机器鱼就像真鱼一样,依靠鳍游泳。机器鱼的后部有两片平行于水面的尾舵,随着尾舵转动,还可以上浮和下潜。还有一条竖直的尾鳍,用来保持平稳。机器鱼的唯一动力来自尾巴,由后部伸出的一只机械手带动。机器鱼还能追逐猎物,如漂流物或小鱼。

在波罗的海考察的同时,南太平洋海域正在进行深海机器人试验。考虑到安全问题,不允许考察团记者前往参观,但能够收看现场视频。

众所周知,在广阔无垠的地球表面有 71% 的地表为水所覆盖。在全球的大海中,面积大小、水体深度等都各不相同,其中面积最大、水体又深的要数位于南太平洋的珊瑚海。珊瑚海的大部分水深为 3000~4000 米,最深处达 9174 米。这里的海水清澈透明,特别适合观看水下机器人的表演。

记者们首先看到的是"海神"号机器人潜艇的表演。它像一个水雷或远程导弹,力气十足,一口气下潜到 9000 米深处,然后又按照操

八　四洋测海

作者的控制命令,稳健地返回水面。试验场面十分震撼,洋面上水浪汹涌澎湃,形成一个个圆形冲击波向四周扩散。该机器人潜艇具有远程遥控和自主控制两种工作模式,能够下潜挑战深渊,绘制海底地图,拍摄深水照片,探测深海海底的奥秘。

"海神"号中国机器人潜艇

接着,水下机器人"杰森"登场。它是一款专用于深海拍照的水下机器人,装有一架高分辨率视频摄像机,可在 7000 米海底正常操作,还能够移动。该表演的实况视频展现了水下机器人"杰森"在深海的工作情景,特别是它拍到的太平洋 1200 米海底火山爆发的壮观景象,令人叹为观止!

经过一天对水下机器人的考察与参观,考察团团员们对海洋机器人有了更多的了解。海洋是人类开发自然的重要领域,海洋工程是 21 世纪新科技不可缺少的组成部分。从海上石油开采和海洋科学研究,到实现海洋农牧化、海底采矿和海底建筑自动化,都需要海洋机器人的参与。辽阔、美丽而又具有神秘色彩的广袤海洋,是机器

太平洋海底火山爆发的壮观景象

人施展身手的一个崭新天地。

  下午 5 时 25 分,团员们从机器人潜艇回到大型游轮,绕开喀琅施塔得军港直往涅瓦河轮船码头。机器人大巴早已到来,迎接考察团的客人们返回波罗的海大酒店。

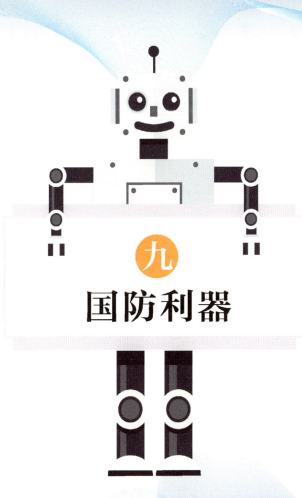

九

国防利器

7月5日,考察团记者们将前往圣彼得堡会展中心,参观正在那里举行的"国际机器人国防装备展"和"国际机器人安保装备展"。这两个装备展览会一般每两年举办一次,同时举行。这次能够参观在圣彼得堡举行的这类展览,对考察团团员们来说,是一个机遇,更是一次难得的学习机会。

　　圣彼得堡会展中心位于圣彼得堡市芬兰湾边,是俄罗斯西北地区最大的会展中心。会展中心拥有8间会议室和10个展厅,每个展厅约有200平方米,每个会议室可容纳100～200人,中心大厅可容纳2800多个席位,举行大型报告会。

　　会展中心离波罗的海大酒店只有20多千米,今天考察团的团员们不坐机器人大巴,而改乘新能源大巴前往会展中心。经过10多分钟的行驶,大巴于上午8时到达目的地。

　　根据安排,记者们今天上午参观"国际机器人国防装备展",下午参观"国际机器人安保装备展"。他们进入会展中心后,将分批依次参观综述展厅、地面军事机器人展厅、空中军事机器人展厅、水下机器人展厅和空间机器人展厅等。

同以往一样,整个参观过程由讲解机器人负责讲解,由智能耳机实现不同语种的同声翻译。这是智能机器人和智能自然语言处理技术给人类送上的两份厚礼,给记者们带来了极大的方便。各个展厅不仅布置了各种图文并茂的多媒体展板,而且提供了大量军事机器人和安保机器人的产品实物,对参观者了解展览内容起到了很大帮助,对潜在用户也是很好的广告宣传。

记者们首先参观第一展厅——综述展厅。

什么是军事机器人呢?

军事机器人又称"军用机器人",是一种用于完成以往由军事人员承担军事任务的自主式、半自主式或人工遥控的机械电子装置。它是以完成预定的战术或战略任务为目标,以智能化信息处理技术和通信技术为核心的智能化武器装备。

军事机器人是为了军事目的而研制的自动机器人,在未来战争中,自动机器人士兵将成为对敌军事行动的绝对主力。

到底有哪几种军事机器人?

军事机器人的外形千姿百态,尺寸大小不一,功能多有不同。按照军事用途可把军事机器人分为地面军事机器人、空中军事机器人、水下军事机器人和空间军事机器人。

地面军事机器人包括地面行驶的各类无人战车和机器人士兵等。例如,排爆、扫雷机器人,无人装甲车就属于地面军事机器人。

空中军事机器人即无人机,是军用机器人中发展最快的家族。无人机的基本类型已达到300多种。

空间军事机器人是一种轻型遥控或自主机器人,可在太空环境中导航及飞行。为此,它必须能够在一个不断变化的三维环境中运动并进行自主导航、空间定位和运动控制。

水下军事机器人分为有人机器人和无人机器人两类。有人潜水器机动灵活,便于处理复杂的问题,但人可能会有生命危险。无人潜水器就是人们所说的水下机器人。

在回答了上述两个问题后,讲解员向参观者简介了国际军事机器人的发展现状。

历史上,高新技术大多数首先应用在军事上,出现在战场上,军用机器人也不例外。早在第二次世界大战期间,德国就研制并使用了扫雷机和坦克用的遥控爆破车;美国则研制出了遥控飞行器,这些是最早的机器人地面武器和空中武器。随着科学技术的飞速发展,军用机器人的研制备受重视。第二次世界大战以后,现代军用机器人的研究首先从美国开始。想必大家已经了解,1966年美国海军使用机器人"科沃",潜至750米深的地中海海底,成功地打捞起一枚失落的氢弹。之后,美国和苏联等国又先后研制出军用航天机器人、危险环境工作机器人、无人驾驶侦察机等,并获得实际应用。

目前,全球军事机器人技术正在向更多领域发展,各种技术创新不断渗透到电信、交通、航天、工业等诸多领域。尽管全球正处于相对和平的环境,但最近一段时间以来,越来越多的国家都特别关注一个重要的机器人领域——军事机器人领域。

世界大国均在各领域和作战武器方面开发和应用机器人技术。机器人的存在可以使任何一支军队减少作战人员的伤亡,机器人不知道疲倦,感受不到疼痛,更"不怕牺牲",能够在困难条件下执行作战任务。很明显,成为军事机器人技术领先的国家将会获得比其他

九　国防利器

国家更显著的战略优势。多媒体展板上正在播放俄罗斯军事专家波波夫的警告,他认为:"军事机器人扮演着特殊的角色,装备有机器人部队的国家将比那些无法进入机器人大国俱乐部的'敌人'拥有更多的智能技术优势。如果现在机器人领域技术落后,那么未来将对国家造成灾难性的后果。"

机器人讲解员举例介绍了美国、俄罗斯和德国在军事机器人领域的成果。讲解员声明:鉴于大多数国家在军事机器人领域的研发都带有较高的保密级别,这里仅就公开材料对主要国家的军事机器人成就进行对比分析。

首先介绍美国军事机器人的发展情况。美国军事机器人技术无论是在基础技术、系统开发、生产配套方面,还是在技术转化和实战应用经验上都长期处于世界领先地位。美国对军事机器人的开发与应用涵盖陆、海、空、天等各兵种,是一个具有综合开发、试验和实战应用能力的国家。美国每年在该领域投入数十亿甚至上百亿美元,由美国国防部先进研究项目局负责,由相关军事企业和大学进行机器人的研发和生产。

美国地面军事机器人发展迅速。比较成功的是为海军陆战队研制的"角斗士"重型机器人。从外形上看,它更像轻型坦克,重量超过3吨,由柴油发动机驱动,装备有12.7毫米口径机枪、榴弹发射器、夜视系统和跟踪平台。卡内基-梅隆大学研发了一款压碎机无人地面战车,属于轮式结构,重达6.5吨,具有高性能通过能力和超越各种障碍的能力,拥有几个摄像机、激光雷达和红外摄像仪,并可以安装不同类型的武器。还有一种军事机器人取名"黑骑士",重达12吨,装配30毫米口径机枪,是一种"巨无霸"陆地军事机器人。迄今为止,美国已有上万个地面机器人和数百架无人机在多次战争中使用。美国国防部甚至宣布,将组建"机器人军队"。

士兵和地面军事机器人

在空中机器人方面,1993年5月,美国国防部公布了无人驾驶飞机(UAV)总体规划。发展了一种全面、综合、有效的无人驾驶侦察机,使之成为空中平台,以满足21世纪作战的需要。2005年8月,美国国防部发布了《无人机系统路线图2005—2030》第3版,详细、全面地阐述了美国各种用途的无人机的未来发展规划和设想。美国在2007年12月18日发布了《无人(驾驶)系统路线图》,包括无人机系统、无人地面系统、无人水下系统。该路线图提供了全方位美国国防对无人系统及其相关技术的愿景。无人机早已成为美国主要的侦察机种。

机器人讲解员接着介绍俄罗斯军事机器人的发展情况。俄罗斯军事机器人的发展历史可追溯到20世纪30年代对遥控坦克的研发,20世纪90年代时启动了无人机的研发,但此后因国内经济问题

九　国防利器

空中军事机器人

导致所有研发项目均被冻结,使俄罗斯在该领域极大地落后于其他大国。进入21世纪以来,俄罗斯开始重整军备,并投入了新的资源和力量开发军事机器人技术。2015年底,在基金会框架下成立了国家机器人技术发展中心。根据国家通过的军队发展规划,到2025年,俄罗斯军队武器中机器人的比例达到30%左右。俄罗斯已经成功赶超无人机和机器人发展领先的国家,已研制出与美国实力相似的机器人。俄罗斯还研发了专门的机器人作战平台,用于战斗跟踪并执行各种任务,可在战略、情报和运输模块下切换工作。该机器人平台拥有两挺机枪和反坦克系统,能够在城市环境下作战、工作。该机器人平台将装备人工智能系统,能在能见度很差的条件下实现路线移动。此外,俄罗斯还推出了人形士兵机器人和机器人坦克。

最后,机器人讲解员介绍了德国军事机器人的发展情况。在第二次世界大战中,德国就研制了数千辆遥控无人自爆式坦克,这是无人战车的最早雏形。德国正着力进行遥控车辆的技术研究,并重点研究装备的自主系统、图像分析和专家系统。德国很早就提出了要向高级的、带感知的智能型机器人转移的目标。经过长期努力,其智能地面无人作战平台的研究和应用在世界上已处于公认的领先地位。德国还制订了智能机动无人系统计划，实施地面无人车辆项目，该项目以数字化装甲车为试验平台，目标是开发通用的功能模块，以便根据不同的任务选择相应的基本功能模块组成各种优化机器人系统。

在欧洲各国的反水雷战方面，德国处于领先地位，几家公司正在为德国海军研制一种用于反潜作战的水下无人航行鱼雷对抗系统。德国完成的北约"2015年海军作战的水雷战先进概念研究"，提出了反水雷的3个主要领域：保护海上交通线及在恶劣浅水环境中港口的畅通、在较深的海岸水域中保护航母作战群和其他高价值的部队、准备对拍岸海浪区的两栖攻击。

综述展厅还介绍了军事机器人存在的问题。

问题之一是，对军事机器人的关注主要集中在无人机上，地面作战机器人技术明显落后，困难在于其难以被操控。地面作战车需要经常在不平坦的地面上进行操控，难以适应河流、湖泊、山丘、平原和峡谷等地形。在这样的条件下，操控地面作战机器人需要更加复杂与先进的硬件和软件解决方案，所研制的机器人很难拥有较高的智能性去支撑自动操控。

问题之二是，军事机器人将会配备更多的新式武器，如果人们赋予军事机器人更多的智能，那么军事机器人可能将成为人类的威胁。因为人们无法保证智能系统不会受到敌人的影响或是感染了病毒。如果这些军事机器人被恐怖分子获得，将会使人类面临更危险的境地。也就是说，军事机器人的安全问题没有保证，相关伦理道德、法律、社会政治等因素没有解决。安全问题是军事机器人技术发展的绊脚石之一。

问题之三是,随着世界上多个国家不顾法律和道德后果加紧开发军用机器人,一场机器人军备竞赛正在展开。目前,美国、俄罗斯、英国、德国、加拿大、日本、韩国等已相继推出各自的机器人战士,预计在不久的将来,还会有更多的国家投入这场新的军备竞赛中去。

通过第一展厅的参观,考察团成员对军事机器人的一般概念、发展情况和存在问题有了比较清楚的了解,为后续考察打下了良好基础。

导游机器人引导考察团的记者们进入第二展厅,即地面军事机器人展厅继续考察。

地面军用机器人主要是指智能或遥控的轮式和履带式车辆,它又可分为自主车辆和半自主车辆。自主车辆依靠自身的智能自主导航、躲避障碍物,独立完成各种战斗任务。半自主车辆可在人的监视下行驶,在遇到困难时操作人员可以进行遥控干预。

未来陆地战场上将由无人机器人化作战力量排兵布阵。目前,世界各国的军用机器人已达上百种之多。地面军事机器人包括侦察机器人、排雷机器人、机器人战车、机器人作战平台和战地运输机器人等,主要用于侦察、排雷、防化、进攻、防御和后勤保障等各个领域。

侦察机器人要完成传统侦察兵的任务。侦察兵的主要任务是深入敌后,侦察敌军事目标位置,捕捉敌方俘虏,为我方火炮和空中打击提供翔实的敌军目标信息。由侦察机器人来完成侦察任务,具有许多优点。例如,有一种长约7厘米的"机器虫子"机器人,可携带多种超级侦察设备和高能炸药,能够适时对敌发起攻击。又如,德国研制的一种"机器蚂蚁",主体材料是塑料,身体是3D打印制造的,头部有电路，腿部爪子和嘴部钳子是陶瓷制动器。它能够精确动作，使用较少能量，独立决策或共同协力完成任务。这些微型侦察机器人部署灵活、行动隐蔽、体积小、生存力强、功能各异，将对未来信息化战争产生深远影响。

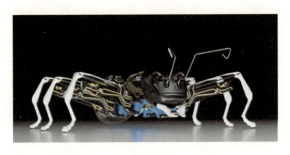

机器蚂蚁

无人战车和地面作战平台是地面军事机器人的主力和佼佼者。无人战车可以在复杂地域和恶劣天气等情况下，执行常人难以完成的特种侦察、核生化探测、突破风险障碍、反狙击手和直接实施精确打击等重任。

根据美国国防部的研究计划，到 2015 年，美军地面作战车约有 1/3 是无人驾驶的，现在的比例则更高。陆地战场的机器人不仅有小型化甚至微型化的智能机器人，而且有像坦克、战车这样的大型作战平台陆续加入到未来战场的拼杀中来。

无人化作战一直是各国军队所追求的重点目标。美国研发了诸多海上、空中、陆地的无人作战平台，也就是作战机器人。可真正把无人化作战平台应用到实战的国家却不是美国，成建制率先使用无人化机器人参加实战的国家是俄罗斯！

机器人讲解员通过视频向参观者介绍了多年前俄军出动机器人

军团的一个战例。视频画面上,由6台"平台-M"地面作战机器人和4台"阿尔戈"机器人组成的机器人军团,在俄罗斯远程指挥平台和数据链系统的指挥下,正在对某区域的754阵地发动攻击。此次作战累计投入3辆"洋槐"自动火炮、10台地面作战机器人和3架无人机,对有200名武装分子驻守的山头阵地发动了进攻。所有无人作战机器人都是在俄罗斯的"仙女座-D"自动化指挥平台指挥下完成任务的。

当自行火炮还在进行火力准备时,"平台-M"地面作战机器人就发动冲锋了。机器人战士直接逼近武装分子工事100~120米处,吸引火力,并回传目标信息给自行火炮。而且每辆"平台-M"地面作战机器人可以搭载不同的作战武器,如12.7毫米机枪、AT-14反坦克导弹、RPG-27单兵火箭筒等重火力。由于"平台-M"地面作战机器人的负载能力超过200千克,备弹量也超过1000发,人们从视频看到,吐着火舌的机器人缓慢爬上敌军阵地,榴弹炮精确地覆盖了整个阵地。虽然敌军凭据有利地形,顽强抵抗,但在"刀枪不入"的机器人战车与机器人士兵进攻和猛烈炮火打击下,敌军遭到灭顶之灾,残余武装分子只好放弃阵地,逃离战场。整个过程仅仅用了20分钟,俄军方面只有3人受轻伤。尽管还不是大兵团作战,但其实战场景令人倍感震撼。

无人装甲车

搬运机器人是可以进行自动化搬运作业的工业机器人,也称为"无人搬运车"或者"AGV"。将搬运机器人用于作战目的运输军事物资与士兵的,就是军事搬运机器人或军事运输机器人。军事运输机器人也是多种多样的。

大型军事运输机器人用于大批量运送军事物资和士兵。展室内除了展示美国和俄罗斯的军事运输无人车外,还展示了中国和伊朗的运输无人车。

军事运输机器人

有一种叫作"大狗"的军事运输机器人,美国、中国、俄罗斯和韩国等国家竞相研发。其实这种机器人源于1700多年前中国三国时期诸葛亮发明的木牛流马。木牛的载重量为200多千克,日行数十千米,为蜀国十万大军运输粮食,它还装有"机关"防止敌人夺取后使用。

木牛流马

九　国防利器

视频演示了美国波士顿动力公司开发的"大狗"机器人的非凡能力。它具有非常强的平衡能力，无论是爬陡坡、跨越崎岖路段，还是在冰面或雪地上，都能行走自如；除了行走和奔跑外，它还可以跨越一定高度的障碍物，攀越35°的斜坡，承载40多千克的装备，还能够自行前进或被远程控制。它可以在军车难以进入的险要地段助士兵一臂之力，在交通不便的地区为士兵运送弹药、食物、药物和其他物品，在战场上发挥非常重要的作用。该机器人的动力来自一部带有液压系统的汽油发动机。在山地执行任务时，即使它遭到侧面猛撞之后打个趔趄，也仍然能够继续前行。美军在伊拉克战争中使用了这种机器人，可以在负重100千克的情况下以0.45米/秒的速度运动。它身上的传感器，可以探测地面上的环境变化，通过自行调整能够保持行动稳定，即使在冰面上行走出现打滑，也可以在无人介入的情况下恢复平衡。

视频还展示了被称为"中国大狗"的仿生四足机器人。这款机器人总重250千克，在负重160千克的情况下可达到1.4米/秒的速度，其垂直越障能力为20厘米，爬坡角度为30°，续航时间为2小时。这款机器人主要由足式机械系统、动力单元、感知系统和控制系统组成。作为通用平台，可应用于陆军班组作战、抢险救灾、战场侦察、矿山运输、地质勘探等复杂崎岖路面的物资搬运。

参观到这里，机器人讲解员特别强调多足机器人的特别作用。多足机器人是陆地军事机器人的一种未来发展趋势。一线冲锋陷阵可由履带式和轮式机器人提供火力支援。对于普通地形，可用轮式或履带自动驾驶车辆运输多足机器人，到火线附近让多足机器人下车作战；也可以空投多足机器人，或者由直升机机降多足机器人。

战场机器人

多足机器人能够在没有道路的复杂地形下,通过山地和丛林里步兵与坐骑能够通过的地方,其通过性能特别强。设想一下,像"杀戮指令"里的大量四足机器人,背上一挺双管机枪,很可怕。像"星河战队"里的虫族,大批蜘蛛外形的四足机器人,背着双管12.7毫米高射机枪或其他武器,如潮水涌来,敌人能够不心惊胆战吗?十有八九会不战而败。要知道,虫子不会开火,但多足机器人却拥有凶猛的火力,如果以这种机器人应战守备的敌军,敌人会绝对崩溃的!

其他的地面军事机器人包括用于排爆排雷的机器人、高温高压高辐射环境的机器人等,也已取得迅速发展。

稍事休息之后,记者们进入第三展厅——空间军事机器人展厅参观。

严格地说,这几天考察过的空间机器人,如人造卫星、航天飞机、星球探测器等,都可被用于空间军事目的。此外,可以把无人机看作空间机器人。也就是说,无人机和其他空间机器人,都可能成为空间军用机器人。

无人机是军用机器人中开发最早,也是成效最大的一类。早在20世纪中叶,各种军用无人侦察机就已出现并投入使用。近年来,世界各发达国家正加大这方面的研发力度,并向作战和保障型飞机发展。例如,美国已研制出多种无人驾驶侦察系统、无人驾驶作战飞行器,并拨出巨额经费研制各种功能更加强大的新式无人飞行器。其中,超音速无人战斗机是一种可重复使用的、拥有超音速巡航能力的无人飞行器,它能从普通军用飞机跑道上起飞,并在2小时内对1.6万千米外的目标实施打击。这种无人驾驶飞机可以携带0.5万磅(约2268千克)重的燃料和弹药,其最高飞行速度可达到10倍音速。与此同时,美国空军和国防高级研究计划局还计划开发一种造价较为低廉的"全球搜寻"武器系统,用一次性使用的火箭推进器把武器发射到太空,然后再对地面目标发动攻击。

此外,俄罗斯则发展各类无人机作为军方最优先的项目之一。意大利投巨资研制无人机。英国、法国、德国、意大利、以色列、日本和印度等国也在无人机的研发方面投入不小,并取得了明显进展,已有部分无人机装备部队。有军事专家预言:在21世纪的战场上,人们将面临日益增多的无人机,军用无人机将会重塑21世纪的作战模式。

微型无人机可以用于填补军用卫星和侦察机无法达到的盲区,为前线指挥员提供小范围的具体敌情。例如,微型无人机可以侦察到山后有多少敌人,树林中是否隐藏着敌人以及某座大楼内是否有敌人等。这种无人机既小又轻,可由士兵的背包携带,可装备固体摄像机、红外传感器或雷达,能够飞行数千米。现在,这种微型军用侦察机早已飞向战场,走上实用之路。

按照飞行机理可把微型飞行器分为3种类型,即微型固定翼飞行器、微型旋翼飞行器、微型扑翼飞行器。广义的军用无人机系统不仅指一个飞行平台，它是一种复杂的综合系统设备，主要由飞行器、任务载荷、数据传输通信系统和地面站4个部分组成。无人机已经可以具备部分人工智能了，而且既会侦察又会打击，用途更加广泛。

航天飞机和太空站如果配置了武器系统，那就是一种更强大的空间军事机器人。对于航天飞机和空间站的情况，在此就不重复讨论了。

在各国竞相研发无人机的同时，无人机的捕获与反捕获斗争也时有发生。美国无人机被伊朗捕获的故事就令人称奇。

美军的无人机有"MQ-1"（捕食者）、"MQ-9"（死神）和"RQ-4"（全球鹰）等，还有一种神秘的无人机，即"RQ-170"（哨兵）。一旦在对手境内有被捕获的风险时，"哨兵"就会引导特种部队或防区外发射的精确制导导弹对准攻击目标，或直接使用其机腹携带的任务载荷舱内的精确弹药自毁，总之，就是不能让高科技装备落入敌方手里。2011年12月8日，伊朗电子战专家利用俄制干扰设备对一架入侵伊朗领空执行秘密任务的"哨兵"无人机实施了"致盲"操作。首先进行了通信链路干扰，切断了该无人机与地面控制站的联系，接着令该无人机进入自动驾驶状态，然后重构了无人机的GPS坐标，使其迫降在伊朗境内。伊朗专家利用这种"哄骗术"，设置了精确的着陆高度和经纬度，让无人机着陆在期望地点，而无须破译美国指挥中心的遥控信号和通信联系。美国地面基地未能及时发现这架无人机失踪，当伊朗公布捕获美国"哨兵"无人机的新闻时，美国还不承认这一现实。这是伊朗第二次捕获美国无人机。过了一年，2012年12月，又有一架美国"扫描鹰"无人机被伊朗"生擒"。

九 国防利器

伊朗捕获的美国无人机

从空间军用机器人展厅往前走,就是第四展厅——空中军用机器人展厅。

空中军用机器人与空间机器人没有截然不同的区别。一般意义上,可把在大气层内飞行的机器人称为"空中机器人",而在大气层外飞行的机器人称为"空间机器人"。无人机既有空中机器人,又有空间机器人。这个展厅着重介绍空中军事机器人。

第四展厅除了展出美国和俄罗斯等国的无人机外,还着重介绍了中国的无人机。"翼龙"无人机就是一种中国研制的中低空、军民两用、长航时多用途无人机。装配一台100马力(约为73 500瓦特)活塞发动机,具备全自主平台,还可携带各种侦察、激光照射/测距、电子对抗设备和小型空地打击武器。可执行监视、侦察及对地攻击等任务,也可用于维稳、反恐、边界巡逻等。此外,还广泛应用于民用和科学研究等领域,如灾情监视、缉私查毒、环境保护、大气研究,以及地质勘探、气象观测、大地测量、农药喷洒和森林防火等。

"翼龙"无人机重 1.1 吨，长 9 米，翼展有 14 米，最高可以飞到海拔 5300 米，航程可达 4000 千米，可用于军事和非军事行动。"翼龙-1"无人机既可空投炸弹，又可发射轻型导弹。该机总有效载荷能力为 200 千克，配有前视红外传感器和武器系统和合成孔径雷达。

"翼龙"无人机

小型化甚至微型化的智能空中机器人，如机器苍蝇、机器蝴蝶和机器蜻蜓等，都已陆续加入到空中与地面战场的拼杀中来。

苍蝇已进化一亿多年，是生物界出色的"飞行员"，是所有飞虫中飞行最稳定、机动性最强的一种。在动物世界，苍蝇是一种"喷气式战斗机"，它可以由任何飞行高度起飞与降落，甚至头朝下起飞；能够在 30 毫秒内改变飞行方向，飞行一天只需要消耗 100 毫克食物。机器苍蝇依靠太阳能板供电。一个微型相机和发射机固定在电子齿轮上，由微处理器控制。由于太小，只能在显微镜下组装每一部分。机器苍蝇能够在城市环境中进行秘密监视和侦察，包括战场侦察。机器苍蝇还能够在空中表演复杂的舞蹈与编队飞行。

机器蝴蝶是另一种仿生机器人，属于接近纳米技术的微电子科技产品。它长 20 厘米，重 12 克，内含发动机、传感器、通信和转向系统，能够模拟蝴蝶煽动四片翅膀推动其前进，最高速度可达到 2.5

九　国防利器

机器苍蝇

米/秒。这种蝴蝶机器人特别漂亮,每一只都能独立操作,通过独立控制的翼来调整自己,按照预编程的路线飞行。

一只小小的机器苍蝇或机器蝴蝶的作用可能抵得上千军万马。它可以神不知鬼不觉地进入敌军阵地的空中与地面,发现敌军主力部署位置,收集资料,传回信息;它能够探测洞穴,监视恐怖分子。

蝴蝶仿生机器人

这个展厅以显著的位置展示了中国大疆无人机("DAJ"UAV)的简况。大疆无人机称霸全球市场,在全球无人机市场上的占有率达到70%以上。它的"精灵"系列产品加入的"障碍感知""智能跟随"

"指点飞行"三项创新功能,让无人机真正地与人工智能结合。它的夜视无人机摄像头,使无人机能够在浓烟或黑暗中看清消防环境,看到人眼看不到的东西,还可用于监测农作物的长势和病虫害情况,探测电气线路和太阳能面板的故障。

中国大疆无人机

"国际机器人国防装备展"的最后一个展厅是水下机器人展厅——第五展厅。记者们进入这个展厅,考察水下军事机器人的研发与应用情况。

无人水下航行器,又称"无人潜水器"或"潜水机器人",它是一个水下高技术仪器设备的集成体,除集成有水下机器人载体的推进、控制、动力电源、导航等仪器与设备外,还需要根据不同的应用目的,配备声、光、电等不同类型的探测仪器,不少无人潜航器上还配有机械手等部件。它适用于长时间、大范围的侦察、维修、攻击和排险等军事任务。它的应用领域从打捞到救援,从海底勘探到反水雷作战,甚至有可能成为最好的反潜武器。

扫雷机器人不同于其他的扫雷设备,它们的最大优势在于能够更接近水雷。它们还能够在常规扫雷设备无法工作的地方,如浅滩、海岸附近、港口等展开有效的搜索和清除水雷行动。在公海中有可能遇到水雷的危险区域,移动水下机器人还可以用来自动防雷保护。

扫雷机器人是重要的水下航行器,许多国家都花大力气研发与应用。

美国海军有一个独立的由精锐人员和水下机器人组成的水下机器人分队,可以在全世界海域进行搜索、定位、援救和回收工作。水下机器人在美国海军中的另一个主要用途是扫雷,水下机器人系统可用来发现、分类、排除水下残物及系留的水雷。

法国在军用扫雷机器人方面曾经长期处于世界领先地位。自20世纪70年代中期以来已向近20个国家海军销售了数百个扫雷机器人。英国曾使用扫雷机器人在马岛战争中清除水雷,效果显著。

通过视频,机器人讲解员介绍了使用遥控潜水器扫雷的过程。

一艘载有遥控潜水器的扫雷舰在茫茫大海中航行,突然间声呐发现水雷,并给出水雷的大致方位。接着,舰上装药手给遥控潜水器准备好扫雷炸药,再把潜水器放入海中。操作人员通过光缆对遥控潜水器进行控制,遥控潜水器向目标驶去,逐渐接近目标。在目标附近,遥控潜水器的摄像机拍摄了目标图像并传回扫雷舰。根据目标图像操作人员进一步确定了水雷,于是对目标精确定位,遥控潜水器把炸药放好在水雷旁,然后返回母舰。最后引爆水雷。看到实现了扫雷目标,扫雷舰上响起一片掌声!

接着播放了中国海军的机器人扫雷舰的扫雷表演。海上作战中,扫雷舰艇担负着开辟航道的重任,被誉为"海上敢死队"。从视频画面可以看到,中国东海某海域浓云密布,波涛汹涌,舰船竞渡。参加实战演练的官兵们操纵水下机器人,准确判断水雷的型号与位置,

扫雷舰及其遥控潜水器

迅速瞄准隐蔽在茫茫大海中的智能化水雷。随着一声声巨响,一枚枚智能化水雷被引爆。

由于水下机器人的工作区是在水域内,所以水下机器人产品也基本都是采用仿生技术设计。许多国家都研发出仿生水下机器人,展厅一一介绍了多种水下机器人产品。

"海洋一号"是美国开发的一款人形水下机器人,身高1.52米。它的背上安装了计算单元、电池、推进器,能像真人一样游泳。使用人工智能和触觉反馈系统,感受机器人终端所持的东西,可以实现水下打捞等工作。

英国设计的"珠宝"机器鱼体长1.5米,可持续勘测8小时,能够自动上报勘测位置的变化,并且无线传输勘测数据。西班牙海岸将增添4只这样的机器鱼,负责巡逻工作,搜寻水中的污染物质。

德国研发的机器水母通过内置在圆顶结构中的11个红外线发光二极管,可以进行彼此之间的联系。

水下机器人"白鲨"采用了全固态推进系统与9轴平衡运动系统,同时也攻克了电机在低转速下的闭环控制难题,因此可实现机器人的水下姿态的精确调整。其续航 2 小时，最大可以下潜到 100 米水深，支持 200 万像素视频录制，在舱底还可以附载三维摄像头、声呐、机械手、光纤等设备。

机器人讲解员提高嗓门说：随着新一代军用机器人自主化与智能化水平的提高并陆续走上战场，"机器人战争"时代已经不太遥远。一种高智能、多功能、反应快、灵活性好、效率高的军用机器人群体，将逐步接替昔日军事人员的战斗岗位。机器人成建制、有组织地走上战场已不是什么神话。在一些国家的军队编制中，已出现"机器人部队"和"机器人兵团"。机器人大规模走上战争舞台，将带来军事科学的真正革命，也会引发一些社会法律与伦理问题。

上午的参观结束了，记者们在会展中心旁边的餐厅吃午餐。与往日不同的是，林灵显得有些心事重重。吃午饭时他忧心忡忡地问林丽华和季仁："看到军事机器人能够在战场上克敌制胜，神通广大，觉得真了不起。但是，军事机器人可以任意杀人，又感到十分恐怖。怎么能够让人类的朋友机器人伤害人类呢？！"

"的确，这是一个重要问题。人类应当设法让机器人不参加战争。"林丽华附和地说。

季仁表示赞同："应当召开国际会议，由各国政府共同签署机器人和平条约，或者由联合国通过决议，禁止把机器人用于战争。"

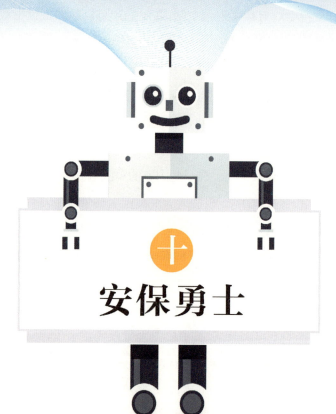

十

安保勇士

十 安保勇士

7月5日下午,考察团的记者们将参观"国际机器人安保装备展"。该装备展分3个展厅,即第六展厅——消防救灾机器人展厅、第七展厅——反恐防爆机器人展厅、第八展厅——恶劣环境机器人展厅。

进入消防救灾机器人展厅,映入眼帘的是展厅中央停放的一些微型消防机器人和墙壁上悬挂的救火机器人的动画画面,营造出灾难降临的氛围。

机器人讲解员首先介绍救灾和救火机器人的一般知识。

人类真是多灾多难,不仅要面对水灾、旱灾、风灾、虫灾和震灾等自然灾害的威胁,而且还要对付不时出现的火灾、油气和毒气泄漏与爆炸、矿井和隧道坍塌等灾害。随着社会经济的迅猛发展,化学危险品和放射性物质泄漏以及燃烧、爆炸、坍塌的事故隐患有所增加,事故的发生率也相应提高。一旦发生灾害事故,消防员面对烈火、高温、毒气和浓烟等危害环境时,如果没有相应的救援设备就贸然冲进现场,不仅不能完成任务,还会徒增人员伤亡。在大型灾害面前,单靠人类的血肉之躯灭火和救援,力量十分有限,还可能在救援过程中造成二次伤亡,"火场唤人",对消防机器人的需求与日俱增。

消防机器人作为特种机器人之一,在灭火和抢险救援中发挥着举足轻重的作用。消防机器人能代替消防救援人员进入易燃易爆、有毒有害、缺氧、浓烟等危险灾害事故现场进行侦察,采集、处理与反馈数据,有效地解决消防人员在灾害场所面临的人身安全和数据信息采集不足等问题。现场指挥人员可以根据机器人的反馈信息,及时对灾情做出科学判断,并对灾害事故现场处置做出正确与合理的决策。

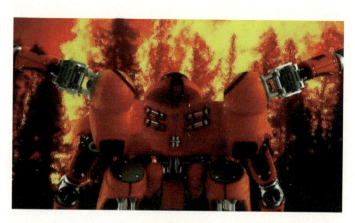

消防机器人

消防机器人包括消防侦察机器人、喷射灭火机器人、救护机器人、攀登营救机器人等。消防侦察机器人可以进入火场收集火场内的各种信息,如视频图像、红外图像、气体浓度、热分布等。喷射灭火机器人能够进入火场,通过遥控将高压水或灭火剂喷向火焰。救护机器人能够进入火场搜索被困受伤人员,把受伤人员救到平台上运出火场。攀登营救机器人可以攀上高层建筑,执行火情侦察、灭火与救援等任务。

消防机器人的行走方式有轮式、履带式、履带轮式、吸盘式行走消防机器人。消防机器人的控制方式分为缆控、遥控、自主控制消防机器人等。消防机器人以感觉功能可分为视觉、嗅觉、温感、触觉等消防机器人。

接着讲解员展示了几种消防机器人产品。

第一种是澳大利亚研制的一种新款消防机器人。这款机器人取名为"涡轮辅助灭火机",配备一个高压水炮,拥有高达 90 米的喷水能力,即使是泡沫,也能够喷到 60 米外的位置;其内置一个高性能风扇,能起到很好的吹烟效果。该机器人可进行远程控制,可在 500 米外进行操作,以最大限度地保证消防人员的生命安全。

第二种是挪威开发的蛇形仿生机器人,它能够模仿蛇实现"无肢运动",在复杂地形行走时如履平地,运动十分灵活,并具有探测、侦探等多种功能。该机器人除了可用于复杂火场的侦察外,还可以用于太空探险。

防化侦察机器人

蛇形仿生机器人

第三种救灾机器人是中国生产的防化侦察机器人。通过视频,机器人讲解员向记者们介绍了一款中国的遥控防化侦察机器人在专业技术人员的遥控指挥下投入演练的情景。

"某危险化学品仓库剧毒气体泄漏,立刻救援!"一声令下,技术人员遥控指挥一台机器人直扑毒气污染区。浓烟中,只见机器人灵巧地爬上楼梯,越过障碍……很快,库房内毒气分析数据实时传回后方控制平台。"锁定毒气泄漏源!"接到处置指令后,机器人立即伸出机械手展开作业,很快排除了险情。

对于中国遥控防化侦察机器人在演练中的出色表现,许多参观者连连点赞。

遥控防化侦察机器人

据介绍,该遥控防化侦察机器人由移动平台和操作员控制器两部分构成,配备超声波和红外测距传感器、无线通信系统、核辐射探测仪等,具有体积小、重量轻、智能化程度高、机动能力强等特点,主要用于救援人员无法到达、情况不明或高毒高危作业区域,执行核辐射和化学、生物污染的侦察和测量、取样,以及现场紧急情况处理等

十　安保勇士

任务。

除了消防机器人外,还有安全巡逻机器人、安全监空机器人等安保机器人。

各种安防机器人,令人大饱眼福。

第七展厅是反恐防爆机器人展厅,这里的机器人都与反恐、反暴、防爆、排爆有关。

"反恐排爆机器人"是新型多用途反恐排爆机器人的简称,可应用于核工业、军事、燃化、铁路、公安、武警等部门,代替人在危险、恶劣、有害环境中执行探查、消防、排除或销毁爆炸物、抢救人质以及与恐怖分子对抗等任务。

在美国"9·11"事件后,国际社会的恐怖活动愈演愈烈,许多国家相继对此给予了高度重视。爆炸物排除机器人有轮式和履带式的,它们一般体积不大,转向灵活,便于在狭窄的地方工作,操作人员可以在几百米到几千米以外通过无线电或光缆控制其活动。机器人车上一般装有多台彩色摄像机用来对爆炸物进行观察,一个多自由度的机械手用于将爆炸物的引信或雷管拧下来,并把爆炸物运走。车上还装有猎枪,利用激光指示器瞄准后,可把爆炸物的定时装置和引爆装置击毁。有的机器人还装有高压水枪,可以切割爆炸物。排爆机器人不仅可以排除炸弹,还可以利用它的侦察传感器监视犯罪分子的活动。监视人员可以在远处对犯罪分子昼夜进行观察、监听,对敌方情况了如指掌。

除了恐怖分子安放的炸弹外,世界上许多战乱国家,到处都散布着未爆炸的各种弹药。例如,海湾战争后的科威特,就像一座随时可能爆炸的弹药库。在伊拉克和科威特边境一万多平方千米的地区,有16个国家制造的25万颗地雷，85万发炮弹，以及多国部队投下的2500万颗布雷弹和子母弹，其中至少有20%没有爆炸。而且直到现在，许多国家甚至还残留有第一次世界大战和第二次世界大战中未爆炸的炸弹和地雷。因此，处理爆炸物的机器人需求量是很大的。

本展厅还展出了一些国家研制反恐排爆机器人的情况。

英国早在20世纪60年代就开始采用排爆机器人处理爆炸物，研制的履带式"手推车"和"超级手推车"排爆机器人，已向50多个国家的军警机构售出了800台以上。后来他们又将手推车机器人加以优化，研制出"土拨鼠"和"野牛"两种遥控电动排爆机器人，英国皇家工程兵在波黑和科索沃战争中都用它们探测和处理爆炸物。"土拨鼠"重35千克，在桅杆上装有两台摄像机。"野牛"重210千克，可携带100千克负载。两者均采用无线电控制系统，遥控距离约1千米。

中国的反恐排爆机器人可在草地、沙滩等复杂的路面上行走，能够攀爬40°斜坡和翻越30厘米高的障碍，并可一次性携带23枚特种防暴弹。已在反恐一线使用的复合移动机构防暴机器人还可以攀爬楼梯、自由钻洞，以及根据要求装备爆炸物销毁器、连发霰弹枪和催泪弹等，并完成相应功能，给恐怖分子造成重大打击。中国赴黎巴嫩的维和部队工兵分队列装了一款功能齐全的反恐排爆机器人，可以代替工兵对路边炸弹、车辆炸弹、危险未爆物进行勘察、转运、销毁等操作。

看到中国制造的这款探雷机器人，考察团的许多中国记者特别感兴趣地围着它不愿散去。在征得展厅管理人员同意后，季仁、林丽华和林灵等在中国赴黎巴嫩维和部队使用的机器人展品前合影留念。他们不仅对祖国研制的反恐机器人感到由衷的自豪,而且对祖国维和部队的官兵充满敬意。

"土拨鼠"和"野牛"排爆机器人

中国驻黎巴嫩维和部队的探雷机器人

美国研发的"安德罗斯"排爆机器人受到各国军警部门的欢迎,白宫和国会大厦的警察局都购买了这种机器人。该机器人可用于小型随机爆炸物的处理,是美国空军客机及客车上使用的唯一的机器人。海湾战争后,美国海军也曾用这种机器人在沙特阿拉伯和科威特的空军基地清理地雷和未爆炸的弹药。空军每个现役排爆小队和航空救援中心都装备有一台"安德罗斯"机器人。

在法国,空军、陆军和警察署都购买了 TRS-200 中型排爆机器人。RM-35 机器人也被巴黎机场管理局选中。德国驻波黑的维和部队则装备了 MV4 系列机器人。中国沈阳自动化所研制的 PXJ-2 机器人也加入到公安部的行列。

今天下午参观的最后一个展厅是第八展厅——恶劣环境机器人展厅。

机器人能够在极端恶劣的环境下执行危险任务。除了大家已经考察过的在太空探索与深海勘探中使用的机器人外,特种机器人还

排爆机器人

能够在有毒气体、放射性、危险化学品、恶劣气味、生物危害、极端温度等环境中，清洁危险废物、扫描雷区（排雷）、移除炸弹，执行风险搜索和救援等行动。这些智能机器人能够告知环境情况、自主决策、独立执行任务。

危险作业机器人已获得日益广泛的应用。它可应用于易爆、易燃物品的装配、搬运、挖掘、拆卸，消防灭火、防暴、反恐等方面的高度危险环境，高压、超高压输电线的检修，水下作业、排险、救灾等一般危险环境，地下（矿井、隧道等）或密封环境（如油罐）、狭小空间（如管道）等恶劣环境，代替人类或辅助人类完成人所不能够、不适宜或力不能及的各项工作。危险作业机器人不愧是人类的好帮手。

本展厅展出了几款引人注目的危险作业机器人，尤其是用于核电站操作与救护的机器人。

到 2030 年，世界核电站总数已达 1000 座以上，核发电量占总发电量的近 40%。因此，核电站的安全问题特别引人关注。核能并非某些人所说的"最安全"和"零事故"。没有事故时很安全，一旦发生事故，就是严重事故。历史上发生的重大核事故令人触目惊心，如苏联切尔诺贝利核电站事故和日本福岛第一核电站事故等。多媒体展板展现了这两次事故的悲惨画面。

1986年4月26日,苏联切尔诺贝利核电站的一个反应堆在试验中突然爆炸,释放出大量放射性物质,发生了特别严重的、属于前所未有的7级核事故,即"特大事故"。据估算,核泄漏事故产生的放射剂量相当于日本广岛原子弹爆炸产生的放射污染的400倍以上。爆炸使机组被完全损坏,8吨多强辐射物质泄漏,核尘埃随风飘散,致使俄罗斯、白俄罗斯和乌克兰许多地区遭到核辐射污染,导致事故后的前3个月内有31人死亡,之后15年内有6万~8万人死亡,13.4万人遭受各种程度的辐射疾病折磨,方圆30千米地区的11.5万民众被迫疏散。为消除事故后果,耗费了大量人力和物力资源。

切尔诺贝利核电站事故后约25年,2011年3月11日下午,日本东部海域发生9级大地震,引发强烈海啸,导致位于福岛的东京电力公司第一核电站多次发生爆炸,反应堆燃料棒暴露,产生严重核辐射,也被定为最高级的7级核事故。据测定,核电站原子炉内的辐射量比平时高出10万倍。在这么高的辐射量之下停留1分钟,人就会呕吐;如果停留8分钟的话,人就会死亡。福岛第一核电站周围20千米区域被设为禁止进入的"警戒区",8万人紧急撤离。此外,福岛第一核电站内连接污水淡化装置与临时储罐的管子脱落,导致约12吨含高浓度放射性锶的污水泄漏,通过排水管道流入海中,造成海水污染。

核事故已给人类生命安全带来严重威胁,也给核能开发和应用蒙上一层阴影。除了提高核能安全技术,真正做到"万无一失"外,还需要开发能够在紧急情况下真正用于核事故救灾的救援机器人和排除核事故的操作机器人。即使在平时,核工业在生产、加工、使用、废料处理过程中,都需要在辐射环境中实现无人操作的各种抗核辐射机器人参与工作与救援。

近 30 年来,许多拥有核电站的国家先后开发了多种核防护检测机器人和抗核辐射操作机器人,包括美国、法国、中国、日本、德国在内的一些国家纷纷加大核电站机器人的开发力度。无论是可执行的动作种类、行动的灵活性、电池的工作寿命,还是传送信号等方面,都得到了全面提升。现在,世界上各类核电站机器人已达上千台。

开发用于核电站作业的机器人,代替人工对某些不可接近的工况和设备进行日常检测、维护、修复及救援等工作可在很大程度上降低作业人员所受辐射剂量水平和减轻作业人员劳动强度。核电站机器人面临的工作环境更恶劣,伴随高辐射、高温、高压的运行环境,有些场合可能还存在障碍物、狭窄场地、楼梯、管网交错等复杂情况,因此要求核环境机器人在远程操控下不仅可以行走、转弯,还要具有良好的爬坡、越障、跨沟性能和上下台阶的能力,并具有高可靠性。

核电站作业机器人

随着核电站建设的不断发展和公众对核安全事故的高度关注,利用先进的机器人技术解决核电站特殊环境下的日常检修、事故处理等复杂操作已成为全球机器人发展的热点。人们期待核电站运行达到更高的安全级别,尽可能减少甚至避免核事故发生。同时,一旦发生核安全事故时,各种核防护机器人,包括核事故侦察机器人与核设备操作遥控机器人,应当能够在第一时间奔赴核事故现场,进行有效的救援工作。只有这样,公众对核能的发展与利用才能感到放心。

另一种令人关注的危险作业机器人是电力系统操作机器人,包括高压带电作业机器人和输电线路除冰机器人等。

带电作业是保证供电设备安全可靠运行,提高电网经济效益和服务质量的一个重要手段。带电作业机器人可以替代人工完成作业频率较高的带电断线、带电接线、带电更换绝缘子等作业任务,能够减轻作业人员的劳动强度,使作业人员与高压电场完全隔离,最大限度地保证作业人员的安全。该种机器人一般由带电作业机器人、机器人遥控装置和机器人升降机构三部分组成,具有高压输配电线路带电接引、跌落开关带电换接、带电更换绝缘子等功能。

带电作业机器人

除冰机器人是一种特殊的带电作业机器人。

冰雪灾害给国家和人民带来了不可估量的损失,尤其是对输电设施的影响,许多高压线铁塔因为覆冰被压塌,高压线因为覆冰被压断。断电后很多机器设备、娱乐场所、车站、机场将无法正常运行,给经济和人民生活带来很大的负面影响。因此,保证电力设施稳定、正常地运行是极其重要的。

随着机器人技术的发展,采用机器人除冰已成为可能。机器人除冰是利用安装在输电线路上行走机器人的除冰机构自动清除覆冰的方法,具有功耗小、效率高、人员无伤亡、无须停电和转移负载等诸多优点。美国、中国、日本、加拿大等国对除冰机器人的研究已取得较大突破,已先后采用该方法除冰。

除冰机器人

看着除冰机器人在冰天雪地里对高压输电线除冰的影像,记者们感到胆战心惊,不由得对除冰机器人表示敬佩。有的记者特意走进展厅中央,仔细观看除冰机器人的样机。

展厅还展出了其他在恶劣环境下工作的机器人,如下水道疏通机器人、矿井检测与报警机器人、易爆材料处理机器人、花炮装药机

十　安保勇士

器人、管道检查与修理机器人等。

　　结束了一天的参观,考察团的记者们于下午 4 时半乘车离开圣彼得堡会展中心,返回波罗的海大酒店。

　　7 月 6 日,国际记者考察团应俄罗斯国防部和俄罗斯新闻工作者协会的联合邀请,特许到现场观看有机器人参与的实兵对抗演练。由于演练至少需要一整天时间,中间不能中断,所以要求记者们自带食物,作为午餐。

　　实兵对抗演练在圣彼得堡郊外一处森林旁边的开阔地进行,周围有许多人小不等的山丘,是个比较理想的练兵场。这里离圣彼得堡市中心约 120 千米,是俄罗斯西部军区三年前开辟的一个新的训练基地,占地面积 800 多平方千米,用于师、旅、团级部队完成协同战术演练,协同装甲兵和其他兵种进行技术、战术训练,可展开军、师规模的实兵演习和实弹、实爆作业和航空兵实施对地面部队攻击演练提供保障。圣彼得堡训练基地虽然无法与美国的欧文堡训练基地和中国的朱日和训练基地媲美,但仍然不失一流水平。

　　记者们于早晨 7 时 30 分出发,乘专用高速列车于 20 分钟后直达训练基地。下火车后,在基地保卫人员和迎宾机器人的引导下,经过严格的安全检查后,进入观察台等待观看演练。与以往几天不同的是,每位客人除了领到一个多媒体耳机外,还获赠了一副俄罗斯制造的望远镜,供观看演练使用。在演练过程中,为了不干扰参战双方,对演练战况的讲解是通过耳机收听的,参战人员听不到讲解员的声音。

　　今天,由红蓝双方进行的有机器人参与的实兵对抗演练,计划于上午 9 时开始。

据负责本次演练的俄罗斯陆军参谋部的加里诺夫少将介绍,实兵对抗加强了特战、电子对抗、陆航(陆军航空兵)等新型作战力量,并有空军航空兵和战略支援力量全程参与。参加此次演习的有俄罗斯西部军区和南部军区所属兵力1万余人。参演兵力包括装甲、炮兵、步兵等10多个兵种。空军和陆军航空兵也协同出动运输机、战斗机、武装直升机,参加空中力量投送和实兵实战演练。多种军用机器人也将亮相练兵场。

上午9时整,三颗红色信号弹腾空而起,随着演练总导演季米扬斯基中将一声令下,"和平使命-2030"实兵对抗演练拉开战幕。俄罗斯西部军区陆军某装甲旅(红军)和南部军区陆军某集成旅(蓝军)的战斗如期打响。北国初秋,寒意渐浓,密林深处的对抗演练却进行得如火如荼。

实兵对抗演练1

激战前夕,演练战场一片寂静。利用这个空隙时间,记者们借助望远镜放眼四望,清晰地看到一栋大楼,演练指挥中心就设在里面。山丘和集结在附近的装甲车与坦克隐约可见,远处机场的飞机虽然看不大清楚,但仍在视野之内。红军和蓝军的指挥部伪装与隐蔽得很好,无法辨识。在现代作战条件下,敌我双方的智能计算机指挥系统必定具有高水平的智能,能够处理获取的信息,估计整个战场的情况,做出判断和决策,制订战略和战术规划。这些计算机系统还能够根据相关信息自动产生出军事行动状态,显示兵员和其他战斗力的分布数据。此外,机器人化装备与技术能够协助快速控制陆上和空中交通,分辨敌我,并在发现敌方车辆与飞机时,执行向敌人攻击的任务。

基地内除了日常办公、生活和通信设施外,还有一些实兵对抗战略战术需要的配套设备。一位观看过这类演练的俄罗斯记者颇有经验地指着远处一幢屋顶上架有天线的小房子说:

"那是一幢假的移动指挥所,是用来蒙骗敌人的,它能够按照预定程序移动位置,还能像真的作战指挥所一样发出'作战'命令,以假乱真,延误敌人的决策时间,或使敌人做出错误判断,从而为我军创造更多的主动,赢得战机。"

演练战场云谲波诡,红蓝双方剑拔弩张。

只见红军侦察机器人爬沟越障搜索前进,无人机在战场上空洞察动静。它们装备有各种传感器,具有人工智能,能够检测和分析敌人的布雷区和埋伏区的环境状态,识别人工和天然障碍物,决定可行的前进道路,为指挥决策提供十分有价值的信息,因而可以大大减少先头部队和后续部队的伤亡。

机场那边的红军陆军航空兵分队也起飞参战,与无人机和侦察兵分队等协同侦察,快速获取了数百个目标信息,指挥所通过无人机传回的侦察视频影像,截取了蓝军阵地的上百张图片资料,并与侦察分队获取的情报相互印证,从而使红军指挥员对蓝军的兵力部署、阵地配置了如指掌,为己方作战统筹和火力计划提供重要的参考依据,做出切合实际的针对性决策。

9时35分,蓝军胸有成竹,先发制人。从观察台可以看到蓝军兵力从左、中、右三路,向红军据守的丘陵阵地发起攻击。他们采取"重点突破、连续攻击"的战术手段,欲置红军于被动境地。战场上空烟雾弥漫,遮云蔽日,可见度大降。蓝军利用作战地域秋季西北风多的特点,使用大量烟幕掩护,降低红军前沿火器打击效果,同时,左右翼攻击梯队向红军后方穿插。

从观察者来看,红军似乎按兵不动,其实他们正在积极应战。针对蓝军的进攻企图,红军采取了"精兵守点、重兵反击"的战法、派少量兵力据守前沿要点山头,装甲分队则隐蔽在防御纵深地段,伺机对突入之敌实施反冲击与围歼。红军的陆航和无人机出动,对蓝军进行火力打击,有效延迟了蓝军的攻击行动。红军对蓝军无线信号持续监测并锁定蓝军指挥员位置后,立即展开进攻,一举击毁蓝军指挥车,击退了蓝军的第一波进攻。蓝军指挥车顶冒起浓浓黑烟。

实兵对抗演练2

十 安保勇士

虽然蓝军的进攻受阻，但他们不肯罢休，继续发力。他们利用"反坦克猎杀队"进行大范围搜缴，为攻击群的作战扫清了障碍。此外，利用无人侦察机收集红军战场信息，使用干扰发射机干扰红军的全球定位系统信号，使红军的信息失真。蓝军对红军发动的第二波打击，使红军的指挥网络遭电磁干扰，雷达阵地遭空地火力打击，战役战术指挥所遭渗透破坏。记者们从观察台看到，红军指挥所中弹起火，冒出浓烟；不过，由于及时扑救，指挥所损失不大。

面对蓝军袭击，红军临危不惧，立即采用紧急预案，以牙还牙，坚决回击。他们综合使用空中侦察、地空火力打击、小股兵力与机器人士兵袭扰等手段，与蓝军斗智斗勇。红军主力装甲旅越战越勇，步兵分点近打、炮兵全程快打、陆军航空兵适时精打、空军航空兵择要远打，一整套有军事机器人参与的立体攻防战法大显神威。

蓝军受到重创，但毫不示弱，仍然顽强对抗。蓝军综合运用信息压制、火力遮断、特战攻击等多种手段，破敌外壳、打敌节点、损敌体系，给红军以沉重打击。

从机场远处飞来了两个"大家伙"。耳机中传来了讲解声：为了阻止红军的进一步进攻，并进行报复，蓝军派出了自主制导轰炸机前来空袭，连红军指挥所附近的附属设施也被炸中起火。红军由于使用了干扰机器人，从而破坏了蓝军飞机对侦察和轰炸目标的信息获取工作，使空袭损失降到最低程度。

救火机器人迅速赶到红军指挥所附近，投入灭火和抢救伤员的战斗。这种机器人能够闯入火海、搜救人员，越过崎岖不平的堆积物冲出火海，把伤员转移到安全地段。在救火机器人的参与下，红军指挥所附近的火焰很快被扑灭。

救火机器人

为了加强战斗力,红军以牙还牙,命令机器人装甲车投入战斗。这种机器人具有识别目标、调节火力和制导炮弹的能力。车体内装有按目标数据和开炮过程编程的智能系统。这种火力可在指挥所或其他隐蔽工事内进行遥控,并用语音命令,指挥开火。机器人装甲车弹无虚发,蓝方目标遭到摧毁性打击。

蓝方阵地上,硝烟滚滚,一片火海。蓝方遭到重大打击之后仍不服输,很快侦察好红方的进攻状态,重新对准目标,开炮反击。炮声隆隆,火光冲天,烟雾弥漫,双方的炮战持续了近10分钟才渐渐平静下来。在双方的阵地上,都有一些士兵和军用机器人被炸"牺牲"或受伤。

红军的侦察机器人发现,前面出现了地雷阵,于是立即停止前进。扫雷机器人奉命赶到,它们拆下一部分地雷的雷管,并把另一部分地雷引爆销毁。随着声声巨响与硝烟飘散,红军为坦克开辟了前进的道路。

十　安保勇士

排雷机器人

红军的侦察机器人利用电子装置继续侦探敌情,向敌方目标逼近。装有智能知识库和电子武器的半自主机器人装甲车,存储了敌方目标的描述。当这个描述目标与侦探到的实际目标一致时,就告知装甲车从指定位置向敌方目标开火,紧跟其后的坦克机器人,也向同一目标开炮。红军数十辆坦克和轮式战车组成了铁流远距离奔袭增援,同时投入了复杂电磁、模拟核生化、模拟空情等对抗环境,实现了与陆军实兵交战系统的互联互通和地面、空中战场态势的高度融合。红军迅速转危为安,扭转了被动局面。

记者们站在观察台上,用望远镜观看这场机器人之战。炮弹装填机械手的动作,虚拟"地雷"和"炮弹"的爆炸情况,以及机器人军事摄影"记者"在火线拍摄战斗视频的细微举动,都能看得一清二楚。

战至午后,第二回合对抗演练结束,双方胜负未见分晓。记者们

211

看了看手表和手机，双方已经连续激战近 8 小时。狭路相逢的两方对手，在北国森林深处的丘陵阵地上打了一场惊心动魄的现代战争。

最终鹿死谁手，有待第三回合的对决。演练双方，今晚还要通宵夜战。谁胜谁负，可能明晨才能揭晓。

按照预先安排，考察团的记者们依依不舍地走下观察台，离开演练基地，返回波罗的海大酒店。

在返回住所的高速列车车厢内，气氛显得十分沉重。大家的情绪不像平日考察其他机器人后那样兴奋。人们对军用机器人的发展及其对人类造成的威胁感到不安。

"据说，美国已经拟订好一个海、陆、空机器人的立体作战计划，并准备寻找机会，进行一次实战检验。"林丽华打破了沉默，对并排坐在一起的季仁和林灵说。

"海上武器和作战训练装置也已经机器人化了。"季仁补充了一句。

"这样下去，机器人三守则还要不要遵守呢？"林灵激动地说。"军用机器人，特别是进攻型军用机器人，是对人类安全的极大危害，它直接违背了机器人的第一条守则。"

"各国机器人协会和机器人学家应当呼吁签订一个禁止把机器人用于军事目的的国际协定。"季仁提出一个好建议。

"我们作为记者，何不利用自己的特长，为机器人的和平利用、人类安全和世界和平做点事呢？"林丽华说出了自己的主张。

"我们国际记者考察团发表一个声明怎么样？我们向全世界呼吁，一切善良的人们和爱好和平的国家，都一致努力共同制止把机器人用做进攻性武器。"林灵把林丽华的提议具体化了。

十　安保勇士

如同化学、生物学和原子物理学的科学成就被利用来制造化学武器、细菌武器和核武器一样,机器人技术也正在被用于军事目的。现在世界上有许多国家正在研制军用机器人,甚至制订了建立"机器人部队"和进行机器人作战的计划。

是讨论与制订机器人技术和平利用协定的时候了!

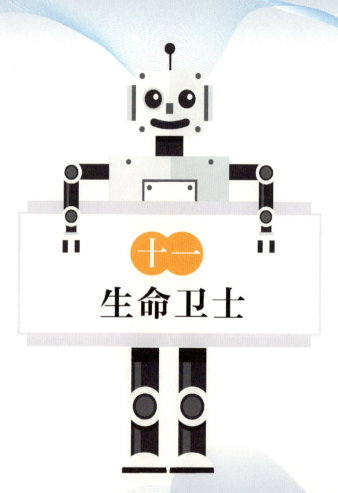

十一 生命卫士

十一　生命卫士

7月7日,星期日,自由活动一天。记者们自由组合参观游览圣彼得堡。

圣彼得堡旅游资源丰富,名胜古迹众多,有与城市历史一样长久的涅瓦大街,有圣彼得堡市的标志性雕塑青铜骑士,还有金碧辉煌的冬宫、夏宫。圣彼得堡建在波罗的海东岸的涅瓦河口,整个城区分布在涅瓦河三角洲的岛屿上,许多河流穿城而过,别具水城风情,故有"北方威尼斯"之称。圣彼得堡纬度很高,夏季特有的"白夜"景色令人迷恋。

圣彼得堡的城市风貌更是具有皇家风范,被联合国教科文组织列为第8座受欢迎的旅游城市。1712—1918年,圣彼得堡是俄国的首都,市中心的冬宫是当时沙皇的皇宫。圣彼得堡因其风格鲜明的俄罗斯古典建筑而盛名于世,吸引着来自五大洲的游客。

记者们选择各自感兴趣的景点自费前往参观。林灵、林丽华和季仁三人统一行动,上午参观冬宫,下午游览涅瓦大街,晚上去马林斯基剧院观看芭蕾舞表演。冬宫坐落在圣彼得堡宫殿广场上,原为俄国沙皇的皇宫,是一座蔚蓝色与白色相间的 3 层建筑。冬宫采用机器人售票系统和入场智能安保检查系统,参观者秩序井然。宫殿四周有两排高大的大理石柱廊,内部装饰十分豪华,两厢是石柱、长廊、巨型吊灯、屋顶壁画、雕像和屋顶花园等,使整个冬宫显得气派非凡。冬宫的展品按地域、年代顺序陈列在 350 多间展厅里,展览线路达 30 千米,有"世界最长艺廊"之称。记者们专注地参观了 3 小时,尽管因内容太多、太丰富,只能走马看花,但其艺术魅力仍然给记者们带来了很大的心灵震撼。令人意想不到的是,冬宫的艺术瑰宝中还与机器人有交集。大家可能都知道巴黎卢浮宫博物馆的镇馆之宝是名画《蒙娜丽莎》,但却没有听说过圣彼得堡冬宫珍藏的《哺乳圣母》和《柏诺瓦的圣母》这两幅油画佳作。这 3 幅都是意大利文艺复兴时期著名画家达·芬奇创作的传世之宝。它们和外科手术机器人一样,都出自达·芬奇之手,这不就有了交集嘛!

达·芬奇的油画《哺乳圣母》和《柏诺瓦的圣母》

十一 生命卫士

涅瓦大街是圣彼得堡最著名的历史街区及社会和文化中心,已有300多年历史。除了饱览街区风貌和参观一些博物馆外,作为记者,他们特意到位于涅瓦大街与圣彼得堡中心宫殿广场相连接的拐角处的一幢大楼内,参观了卫国战争时期列宁格勒前线报纸《在祖国的防线上》的报社所在地。第二次卫国战争期间,每天来自列宁格勒(圣彼得堡)城市保卫战最前沿阵地的消息就是从这里发出的,鼓舞着被围困的列宁格勒人民。这次许多记者都来参观这幢大楼,为了纪念1941—1945年的整整900天的围困,为了缅怀300万丧生于围困期间的列宁格勒人,为了铭记这段永远不该忘却的历史。之后他们去了大商场参观与购物,林灵特地为妹妹购买了一个机器人套娃玩具。该玩具是在传统俄罗斯套娃的基础上,采用机器人技术和语音识别技术制作而成的,推陈出新,使套娃具有动作与说话功能,实际上也是一种玩具机器人。

圣彼得堡的城市雕塑和古建筑浮雕五花八门,丰富多彩,琳琅满目。在参观了涅瓦大街和冬宫后,人们不由自主地赞叹:圣彼得堡整个城市就像个雕塑博物馆,任何一件作品都堪称雕塑艺术精品,令人目不暇接,流连忘返。

吃过晚餐,林灵等三人坐公共汽车到马林斯基剧院欣赏马林斯基芭蕾舞团的精彩演出。观众耳熟能详的古典芭蕾名剧《天鹅湖》正在这里演出,使他们有机会享受了一道顶级的国际艺术"大餐"。演出结束后,高超的舞蹈动作和强大的艺术感染力仍然在脑海中久久停留。

7月8日,考察团的记者们即将离开俄罗斯,前往法国,到巴黎医院考察医疗机器人并参观在那里举行的国际服务机器人博览会。

清晨，记者们乘坐机器人大巴到圣彼得堡火车新站，改乘上午8时半出发的超级列车——高速飞行列车离开圣彼得堡，经过一个多小时的超速行驶，于9时45分到达巴黎。"高速飞行列车"最高速度可达4000千米/时，比民航客机的速度提升了3倍，比传统高铁的运行速度提升了8倍，是人类追求交通工具速度极致的巨大进步。它是3年前由中国研发成功的，并已投入国际运营。

到达巴黎后，团员们乘坐机场高速大巴前往巴黎展览中心公寓，将在该公寓酒店住宿6晚。该公寓距离巴黎世界博览会——凡尔赛门只有600米，记者们步行即可到达展馆。他们将参加在那里举行的国际服务机器人博览会。

下午1时起，考察团到巴黎几家医院考察医疗机器人。通过手机和秘书机器人，记者们收读了考察团分发的有关医疗机器人的资料。

人的一生都伴随着疾病。疾病是机体受到病因损害作用后调节紊乱而发生的异常生命活动过程，会引发人体的形态和功能的变化，致使正常的生命活动受到限制或破坏，表现出症状、体征和行为的异常。

得病求医是人们生活的日常话题，但从未想到要找机器人医生治病。现在，除了医生、护士和护工外，"生命卫士"的队伍中又增添了一支生力军——医疗机器人。

医疗机器人技术是由医学、生物学、机械学、材料学、计算机、数学、机器人等学科交叉的研究领域，是机器人领域的一个新的发展方向，具有重要的研究价值和广泛的应用前景。

医疗机器人是用于伤病人员诊断、手术、治疗、康复、护理、转运和功能辅助等方面的机器人。外科手术机器人用于神经外科、心脏外科、矫形外科和内窥镜等手术，可以在手术前帮助医生进行手术规划和模拟操作，在手术中协助甚至代替外科医生进行相关的手术操作。康复护理机器人用于帮助患者进行康复训练或用机器人辅助患者的某些生理功能，照顾老人或残疾人的日常生活，帮助处理医院的一些日常事务。

传统的外科手术是医生使用刀、剪、针等医疗器械对患者的身体病灶进行切除、缝合等操作，切去病变组织、修复损伤、移植器官、改善机能和形态等的治疗。在一些传统手术中，患者需要承受巨大的痛苦，比如长达十几厘米的伤口、肌肉全部被切断等。切口大意味着患者的伤害重、出血多、感染风险高、康复周期长等。

应用手术机器人进行外科手术可以减少患者的痛苦、提高手术精确度、降低手术风险，是一种已普遍使用、具有良好发展前景的治疗技术。

手术机器人已经用于世界各地的许多手术室中。这些机器人一般还不能自动进行手术，而是为手术提供有力的帮助。它们仍然需要外科医生的直接操纵、远程控制和语音操作。

虽然机器人手术比人工手术有一些优点，但是要用自动化的机器人在没有人参与的情况下对人体进行手术，还有一段路要走。随着计算机技术和人工智能的发展，在21世纪将会设计出一种机器人，可以找出人体中的异常，进行分析并校正这些异常而不需要任何人指导。

之所以将机器人引入医疗，是因为在微创手术中，它们可以实现对外科仪器前所未有的精准控制。到目前为止，这些机器人已经用来定位内窥镜,进行脑部、心脏、胆囊手术以及胃灼热和胃食管反流矫治等。机器人手术领域的最终目标是设计一种机器人,可以用来进行不开胸口的心脏手术和其他手术。手术机器人每年已用于1000多万个医疗手术中。

记者们先后到巴黎3家著名的医院考察医疗机器人的应用情况。这3家医院是巴黎萨伯特医院、巴黎科钦医院和巴黎第五大学奈克医学院附属医院。

在巴黎萨伯特医院主要观察外科机器人协助医生实施心脏外科和脑外科手术的情况。由于该医院在机器人辅助外科手术方面处于国际先进水平,经常有国内外的同行和记者前来参观考察。为了便于来访者观摩和保障安全,并且不干扰医生们进行手术,心脑外科手术室正面原有的钢筋水泥墙已被高强度与高清晰度的玻璃墙所代替。玻璃墙外,搭建了可以容纳60人的观察台,供参观者观看。这种玻璃还有一个特点,就是里面看不到外面的任何动静,而外面可以清晰地观看到里面的一举一动。林灵他们作为考察团的第一批记者进入观察台,静心等待惊奇一幕的出现。

今天观看的是对一例52岁的急性脑梗死男子进行的脑外科手术。参与手术的医护人员已各就各位,第9代达·芬奇机器人系统正摆在手术室的中央。达·芬奇机器人系统主要由控制台、操作机械臂和成像系统组成。其中,控制台系统由计算机、手术监视器、操作手柄、脚踏板及其他输入输出设备组成。当进行手术时,医生可坐在远离手术台的控制台前,借助三维视图,双手或单手控制主操作手,即可将其手部动作传递到机械臂(从操作手)和手术器械,完成手术操作。这种主从控制的工作方式增加了操作的精确性和平稳性。

十一　生命卫士

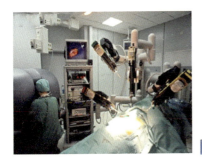 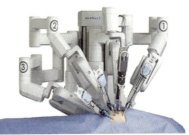

达·芬奇外科手术机器人

大约 5 分钟后,移动病床把患者送入手术室,并轻轻地抬上手术台。一例脑外科手术马上就要开始了。作为旁观者的记者们不由得紧张起来。

医生首先在患者头颅上的适当部位贴了 4 个标记点,然后通过扫描获得患者大脑得病部位(病灶)的计算机断层扫描(CT)或核磁共振成像(MRI)图像。

医生们忙于对所得的医学图像进行大脑病变部位的特征提取,对大脑建立适合计算机表示与处理的数学模型,并在此基础上建立与显示大脑的多边形表示;根据医学图像中标记点的坐标和此标记点在实际空间的坐标,建立了两个坐标系的对应关系,并通过虚拟方法进行手术规划,确定手术方案与方法。这一诊断过程持续了约 20 分钟,都是由手术机器人系统自动完成的。

方案确定后,医生开始控制机器人进行脑外科手术。手术由一位年轻的女医师"主刀",她双手紧握手术机器人的主操作手,眼睛注视手术监视器屏幕,按照计算机确定的手术规划路径,操纵机械臂末端的手术刀对病灶施行精准手术。林灵以紧张的心情十分专注地观

221

看着手术的全过程,心中期盼手术成功,患者术到病除。经过 30 多分钟的精细手术,患者脑血管的严重堵塞被清除,从根本上消除了导致患者脑部梗死的根源。

看到机器人辅助脑外科手术取得圆满成功,在手术室外面观察台上观看手术全过程的记者们不由得松了一口气,大家纷纷伸出大拇指,为参加手术的医护人员和手术机器人点赞,对手术患者表示祝贺。

脑外科手术机器人具有手术定位精度高、重复性好、安全性强等优点,消除了手术视觉的死角,具有操作方便、创口小、手术时间短、术后恢复快等特点,提高了定位精度和操作的可视性。应用模式识别精确定位技术的智能计算机,能够对患者头部进行精确定位。手术时,只在患者头部钻几个微孔,再根据实时观察与显示情况,操纵机械手把探针或手术刀准确送至预定部位,完成活检、排空与切除等手术。脑外科机器人手术精确可靠,正继续向程序化、精细化和微创化发展。

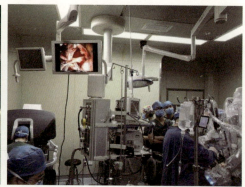

脑外科手术机器人

十一 生命卫士

经过一番消毒处理后，手术室准备进行另一例手术——心脏外科手术。记者们接着考察手术机器人辅助的心脏外科手术。与刚才进行过的脑外科手术的不同之处是，这例手术的主刀医生不是这个医院的医生，而是远在数千千米之外的中国上海东华医院的医生，接受手术的却是巴黎萨伯特医院的一位中年女患者。主刀医生需要在上海东华医院遥控手术机器人对法国巴黎萨伯特医院的患者进行心脏瓣膜修复的高难度外科手术。

巴黎萨伯特医院的心脑外科手术室内，大型屏幕上清楚地显示出两地手术室的情景。上海东华医院外科手术室内的医护人员和中国研制的"健康"号手术机器人系统已经进入岗位，主刀医生已站在控制台旁，一只手已摆放在遥控手术机器人的操作手臂上。法国巴黎萨伯特医院的心脑外科手术室内，手术团队人员和达·芬奇机器人系统也各就各位。躺在手术台上的患者麻醉后双眼微闭，安详地静躺着，等待着关系她命运时刻的到来。手术准备就绪，两地医护人员即将进入又一场救死扶伤的决战。此时此刻，观察台上的一些记者显得不安起来。他们知道对远在数千千米之外的患者施行高难度的心脏手术风险极大，从心底里为患者的安危捏一把汗。

正在记者们担忧之际，心脏瓣膜修复手术开始了。主刀的是一位40来岁的中国大夫，他在距手术台几米远的控制台上，遥控在几千千米外巴黎的达·芬奇手术机器人，将微型手术工具通过一个小孔插入人体，并通过另一个小孔把一个三维视觉成像系统的微型探头插入患者体内，以便观察手术的全过程。手术包括对患者心脏瓣膜的修复与再造，手术过程复杂，难度极高，需要两地医护人员的密切合作，也需要两地手术机器人系统的有机配合。全部手术过程都在大型屏幕上即时显示出来，整个手术持续了将近一小时才圆满结束。此时，手术台上的患者已渐渐苏醒，微微张开双眼，嘴角挂着一丝微笑。远隔数千千米的两地医护人员互相做出象征胜利的 V 形手势，互道祝贺。见到此情此景，观察台上的记者们十分兴奋，纷纷向两地医护人员表示敬意，祝愿手术患者早日恢复健康。

巴黎萨伯特医院还完成了法国首例机器人闭胸冠状动脉搭桥手术，以及机器人胆囊手术和机器人前列腺手术等，在外科手术领域享有很高的声誉。利用手术机器人和智能计算机实现微创手术，是外科领域的一场革命。现在，手术机器人已在世界范围内获得广泛应用。

下午3时，考察团告别巴黎萨伯特医院转到巴黎科钦医院参观康复护理机器人。

康复护理机器人用于帮助患者进行康复训练或辅助患者的某些生理功能，照顾老人或残疾人的日常生活，帮助处理医院的一些日常事务。随着经济的迅速发展、人民生活水平的提高和国民整体素质的提升，更多的企业和个人将目光更多地集中在那些需要帮助和关怀的弱势群体上。现在，康复机器人已经广泛地应用到康复护理、假肢和康复治疗等方面，不仅促进了康复医学的发展，也带动了相关领域的新技术和新理论的发展。

巴黎科钦医院康复中心在康复护理机器人应用领域成绩突出，在康复机械手、医院机器人系统、智能轮椅、假肢和康复治疗机器人等方面都做出了示范性贡献。

该康复中心应用的康复机器人主要分三大类：第一类是通过传感器和监控器协助下肢瘫痪的患者能够再次站立行走的机器人；第

二类是通过生物电感应器,与患者人体高度结合实现行动的机器人;第三类是患者可以自主控制的康复机器人,能帮助患者更好地康复。

协助下肢瘫痪患者行走的康复机器人

在康复中心看到的康复机器人,首先是一种外骨骼康复机械手。该机械手系统穿戴在一位患有手部机能障碍的患者手部上,能够驱动患者手指关节运动,完成日常生活中所需要的手部运动。医生根据机械手的系统数据库,对病症进行量化分析,有针对性地对患者手部各个关节及其神经功能进行康复训练,实现外骨骼康复机械手与人体手指的协调运动,达到最佳的康复训练效果。考察团的记者看到:在穿戴外骨骼康复机械手之前,患者的手部关节不能运动,拿不起东西。在穿戴外骨骼康复机械手之后,患者的手部关节就能够协调运动,拿起茶杯,举起手掌,挥手致意。对于一些截肢患者,他们需要安装完整的假肢。记者们看到一些使用假腿进行行走训练的患者;其中,有的患者可以利用康复机器人独立行走,也有的还需要在护理人员的陪伴下进行行走康复训练。记者们目睹一位安装了单脚假肢的女青年在跑步机上锻炼跑步和一位安装了双脚假肢的少年扶着栏杆练习行走的感人情景。

如果患者接受了长期的物理治疗,需要尽早康复以重新获得行

各种康复训练机器人(机械手)

走能力,那么康复机器人就是这些患者最好的选择。通过康复训练,这些机器人能加速患者的康复进度。

对于出院后需要监控身体状况的患者,可以使用护理机器人与医院实现互动。还有一类高级护理与治疗机器人,可以从感知互动的角度,帮助治疗阿尔茨海默症和智能障碍。在巴黎科钦医院康复中心,记者们还考察了护理机器人的使用示例,包括具有不同功能的多种护理机器人。

护理机器人"壮汉"身强力壮,具有视觉、听觉、嗅觉等能力,能够帮助照看患者,还能背起患者,照顾老年人。它身高158厘米,重100

十一　生命卫士

千克。

"立方体"机器人像个双层巴士模型,可以通过预先设定的任务,进行送餐、送药、整理患者的床单和餐盘,以及收集医疗废物等活动。它还能够利用无线网络信号与中央系统通信、躲避障碍、乘坐电梯等。

"进餐"机器人是一个小型机械手臂,末端安装一个勺子,适用于那些不希望麻烦别人而自己想要独自进食的患者。患者能轻松控制勺子的运动,从而决定要吃餐桌上的哪样食物。

参观这些护理机器人,记者们既同情患者的不幸,又为科技服务于人类的不断完善而欣慰,深受感动。

各种医疗服务机器人

在巴黎科钦医院康复中心,记者们最后了解了智能轮椅的应用情况。

全世界人口老年化进程正在加快,今后 50 年内,60 岁以上的人口比例预计将会翻一番。因为各种交通事故、自然灾害、战争和疾病,全世界的残疾人逐年增加,他们存在不同程度的能力丧失,如行走、视力、动手、语言等障碍。为了给老年人和残疾人提供性能优越的代步工具,帮助他们提高行动自由度并重新融入社会,世界各国开展了对智能轮椅的研究,使智能轮椅具有记忆地图、避开障碍、自动行走和与用户交互(含语音识别等)等功能。

机器人轮椅主要具有口令识别与语音合成、机器人自定位、动态随机避障、多传感器信息融合、实时自适应导航控制等功能。机器人轮椅的关键技术是安全导航,采用的基本方法是超声波和红外测距,个别也采用了口令控制。超声波和红外测距的主要不足在于控制范围有限,而视觉导航可以克服这方面的不足。在机器人轮椅中,轮椅的使用者应是整个系统的中心和积极的组成部分。对使用者来说,机器人轮椅应具有与人交互的功能。这种交互功能可以很直观地通过人机语音对话来实现。

在康复中心,记者们观看了五花八门的机器人轮椅,接受康复训练的患者正在"驾驶"智能轮椅,在室外园地上移动与训练。他们不畏艰苦,锐意前行,有的人的轮椅翻倒了,仍然爬起来继续训练;有的人经轮椅康复训练后腿部功能取得明显改善,就穿上"智能裤"(一种助行简易假肢),健步自如。智能轮椅给患者以自信、智慧和力量,让老年人和残疾者彰显人类生命的乐观向上与顽强的进取精神。

康复中心最后向记者们展示了一款新型的床椅一体化多功能护理床,它能够实现卧床老人的生活自理。该护理床是针对失能老人的生活自理需求开发的模块化、可变形的床椅一体化多功能护理床,具有床椅转换与自动对接、抬背、屈腿及翻身等多种功能;配备血压、脉搏和体温等生理参数监测及报警系统,具有网络视频娱乐、吃药提醒、与远方子女进行视频交流等功能。该中心的使用结果表明,该智能化、机器人化、一体化护理床极大地减轻了护理人员的负担,扩大了失能老人的活动范围并提升了他们独立生活的能力。

下午4时,考察团结束在巴黎科钦医院康复中心的参观,转到巴

十一 生命卫士

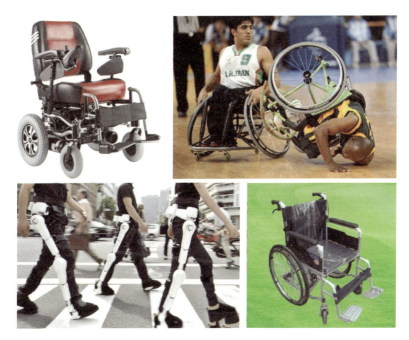

智能轮椅和助行下肢

黎第五大学奈克医学院附属医院参观纳米生物机器人。该医学院及其附属医院对纳米生物机器人有深入研究,取得了许多原创性成果,并在医疗过程中推广应用。

什么是纳米和纳米生物机器人?纳米(nm),又称"毫微米",是长度的度量单位。1纳米相当于4倍原子大小,比单个细菌的长度还要小。单个细菌用肉眼是根本看不到的,用显微镜观测也只能看清直径5微米以上的样品。一根头发的直径是0.05毫米=50微米=50 000纳米,是纳米的5万倍。也就是说,1纳米就是0.000 001毫米。

纳米机器人是机器人工程学的一个新的研究方向,属于"分子纳米技术"的范畴,它以分子生物学原理为设计原型,设计制造可对纳米空间进行操作的可编程分子机器人。细胞本身就是一个活生生的纳米机器,细胞中的每一个酶蛋白分子就是一个活生生的纳米机器人。纳米技术与仿生学的结合可以设计制造出各种各样的用于医疗和保健目的的纳米机器人,为医学发展做出重要贡献。

纳米医疗机器人就是可以在细胞内或血液中对纳米级空间进行操作的"功能分子器件",是生物体的仿生品。纳米医疗机器人的种类繁多,有模拟酶机器人、生物导弹机器人、模仿线粒体机器人、基因修复机器人和"分子伴娘"机器人等。

一进入巴黎第五大学奈克医学院附属医院的展列室,接待考察团参观的医院负责人巴赫博士像讲故事一样向记者们讲述纳米医疗机器人的神话与现实。他侃侃而谈:

"在一个史诗级的真正科技领域中,没有任何一项革新技术比纳米机器人的出现更举世震惊。科学家们正在研发一种比人类头发更为精细的微型机器人,试图在人类无法进行操作的分子层面上对原子和细胞结构实现一系列操作。

"只要程序员事先将整套操作流程的编码录入纳米机器人,它们便可在人体内轻而易举地转移,并修复原有医疗技术难以修复的最小细胞。纳米机器人主要用于超精细层面上的快速构造,以及治愈潜在疾病。

"自从科学界正式研发了此类微型机器人,我们人类已经可以做到以前认为只有上帝才能做到的事。"

巴赫博士略微停顿了一下,看到来访者都很认真地在听他的介绍,于是继续说:

"将数以百万的微观机械合而为一,以实现通过人类分子结构揭示自身奥秘。单是这一想法,就足以令英国的查尔斯王子和美国的伊隆·马斯克,甚至钢铁侠、蜘蛛侠等超级英雄大惊失色。

"那么,纳米机器人到底是会摧毁还是拯救我们人类呢?事实上,这项尖端技术目前依然还有许多方面有待深入研究,有不少问题需要通过实验获得解决,进而全面应用于临床诊断。然而,这一技术却在众多科幻电影中被视为极其宝贵的素材。其中最具代表性的是电影《惊异大奇航》(Inner Space),影片中男主角丹尼斯·奎德自愿参加一项试验,通过纳米技术缩小自身,然后驾驶一艘被缩小成水滴大小的实验舱进入兔子体内,最终阴差阳错地进入了人体血管。关于这个电影故事,大家可能都很熟悉吧。

"纳米技术在医学领域中的应用具有改变人类生命的重要潜力。医学研究者与潜在患者都对这一革命性的发现欢欣鼓舞。相关人士表明,对纳米机器人的研发从未中断,日后它们有望被植入人体内并以人工智能的方式消除病原体,以及对单一细胞进行治疗操作,能够让癌症治疗试剂依附于纳米机器人而进入癌变组织,利用纳米颗粒以一种不损伤周围健康细胞组织的方式来搜寻并消除癌细胞。

"这就是说,看不见的纳米机器人可以拯救人类生命。"

接着,通过屏幕上的多媒体图像,巴赫博士向记者们深入解说了两种纳米医疗机器人在他们医院的应用情况。

第一种是由多层聚合物和黄金制成的纳米机器人,只有0.5微米长,0.25微米宽,外形类似人的手臂,有2~4个手指,肘部和腕部很灵活。该机器人可以在血液、尿液和细胞液中活动自如,能够拿起人眼看不见的玻璃球,并能够移动单个细胞或捕获细菌。本医院利用这种微型机器人,由计算机芯片进行操纵,清理患者被脂肪阻塞的狭窄血管,能够清除血液中的垃圾,减少心血管疾病的发病率。因此,患有血管脂肪阻塞的患者,可以不必通过外科手术就能根除疾病。这种纳米机器人还能够在微生物传感器中检查微生物、分析细胞中的蛋白质成分,并可做微型手术器械使用。

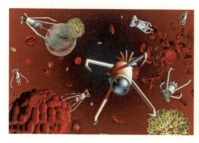 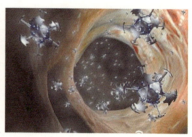

医疗纳米机器人

该医院应用的另一种纳米机器人是一种由脱氧核糖核酸(DNA)分子构成的"纳米蜘蛛"微型机器人,仅有4纳米大小,能够跟随DNA的运行轨迹自由移动、转向与停止。"纳米蜘蛛"微型机器人治疗癌症已取得意想不到的好效果。医生通过向血液中注射纳米机器人,让它通过患者的血液进入肿瘤部位,对癌细胞基因进行破坏,识别并杀死癌细胞,达到治愈癌症的目的。

应用纳米机器人治疗癌症等肿瘤疾病,不但具有检查方便、无创伤、无痛苦、无交叉感染、不影响患者正常工作等特点,还可以改善人类的大脑功能,是肿瘤患者的福音,深受患者及其家属的欢迎。

除了纳米机器人外,巴黎第五大学奈克医学院附属医院还使用微型胶囊内镜机器人检查与治疗胃肠疾病。消化道疾病的诊断通常需要得到患者肠胃内部的图像资料,以帮助判断出血点、息肉及其他胃肠内的病况。以往,医院通过胃镜和肠镜检查来得到这些图像资料,但这些图像往往不够清晰,同时会给患者带来较大痛苦。胶囊内镜机器人的核心是一个胶囊大小的微型摄像头组件,由微型摄像镜头、发光管、电池、微电脑芯片组成。应用这种微型胶囊内镜机器人时,患者将该胶囊吞下,该微型机器人便随着人体肠胃的自然蠕动而逐渐进入人体肠道内部,并通过发光管和微型摄像头,拍摄到肠道内部情况。胶囊内镜机器人一边拍摄,一边发送彩色图像信息,并将其接收与记录下来。待微型机器人最终被患者排出体外后,医生将对视频资料进行数据分析,并得出诊断结论。

由于胶囊内镜机器人能够精确检查、诊断与治疗,患者无痛苦,因而已成为肠胃疾病治疗的首选方案。

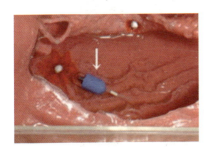

胶囊内镜机器人

参观了纳米医疗机器人后,考察团的记者们缓步走入附属医院的另一个展室——人类遗传疾病治疗机器人展列室,参观人类染色体检测与诊断机器人。

染色体是遗传物质——基因的载体。人体细胞染色体数目为23对。其中22对(44条)为男女所共有,称为"常染色体";另外一对(2条)为决定性别的染色体,男女不同,称为"性染色体"。男性为XY,

简称"Y",女性为 XX,简称"X"。

因先天性染色体数目异常或结构畸变而引起的疾病,称为"染色体病"。各染色体上的基因有严格的排列顺序,各基因间的毗邻关系也是较恒定的。所以染色体如果发生数目异常,甚至是微小的结构畸变,都必将导致基因的增加或缺失。染色体病常常涉及许多器官系统的形态和功能异常。临床表现往往是多样的,故又称为"染色体畸变综合征"。已确定或已描述过的综合征有 100 多种。染色体异常者将给患者家庭和社会带来沉重的精神和经济负担。因此,广泛开展遗传病的研究与治疗,是一项关系人类健康的重要任务。

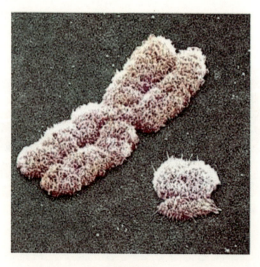

人类染色体

记者们进入人类遗传疾病治疗机器人展列室后,映入他们眼帘的是一台染色体核型分析拍片系统。机器人讲解员介绍并自动演示了拍片系统的上机准备过程。首先将待分析的染色体采样玻片放入玻片盒的玻片槽中，然后将玻片盒放置于玻片盒架上。

染色体拍片系统

接着，进行玻片扫描。伸出机械手（爪）夹取染色体玻片。移动机械手将夹取好的玻片放置于具有3个移动和转动方向（自由度）的载物台上，并通过扫描枪对玻片上方的二维码标志进行扫描，获取玻片的登录信息，录入系统。

控制载物台沿着上下、前后和旋转3个方向移动，对相机进行聚焦。高清晰度相机使用低倍相机镜头进行全玻片扫描，拍摄玻片上所有细胞的分裂相，形成超过1000张的分裂相图像。使用相关择优算法对所形成的图像进行打分，获取分数靠前的若干图像，并记录下其坐标信息。

控制滴油管对玻片表面进行滴油，使高倍相机镜头与玻片均通过香柏油接触。高清相机切换至高倍镜，对上一步择优保存的坐标进行高清拍摄，获取若干张细胞分裂相的高清图像。拍摄完毕，控制机械手将玻片送回玻片盒，完成拍片过程。

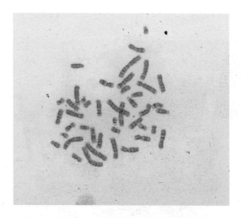

高清相机拍摄的细胞分裂相

拍片后继续进行阅片，通过人工智能和图像处理算法对拍片得到的高清图像进行染色体自动分析处理，包括如下技术过程：

- 图像预处理　统一图像尺寸，去除背景色调。
- 去噪　通过人工智能学习算法识别图像中的杂质与噪声并从图像中去除。
- 增强　通过图像处理算法增强图像对比度，使图像细节更加清晰。
- 分割　通过机器学习网络将出现"交叉"和"粘连"的染色体分割开。

这样就得到了一幅染色体分裂相的中期图像。

- 识别　将上一步已经分割得到的中期图像，通过染色体识别系统的学习网络进行识别，识别出 1～22 号染色体，以及 X 性染色体和 Y 性染色体，并识别出部分异常染色体。识别结果由染色体识别系统的机器人自动打印并输出识别报告。

十一　生命卫士

通过算法处理后得到的染色体分裂相（中期图像）

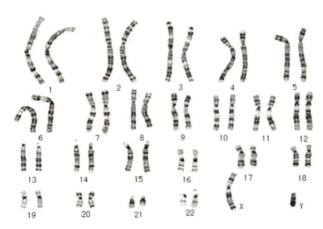

由机器人输出的染色体识别结果

看完人类染色体检测与诊断机器人对人类染色体的识别之后，机器人讲解员特别高兴地告诉大家：

"这个人类染色体检测与诊断机器人系统神通广大，是 5 年前由中国湖南一家智慧医疗科技公司开发的。与传统方法相比,它具有许多优点:全自动识别准确率为98%,人机结合识别准确率达100%,识别准确率较传统方法提高50%以上;分析时长(分钟/病例)为3分钟,识别速度比之前提高了10～20倍;专业医生的培养周期从3年缩短为2个月;医生的劳动强度明显降低,节省了90%以上的工作量;人工智能学习算法实时进化,检测诊断不受地理位置和物理机器限制,运营和维护成本低。"

记者们赞叹这台人类染色体检测与诊断机器人的水平,为人工智能的蓬勃发展和造福民生喝彩!

记者们完成对巴黎3所医院的实地参观,考察了外科手术机器人、康复护理机器人、纳米医疗机器人和染色体检测与诊断机器人的使用情况,满载收获。下午6时,记者们离开巴黎第五大学奈克医学院附属医院,返回巴黎展览中心公寓酒店。

中国记者团里几位年长者因旅途的奔波和劳累,以及不适应太空和深海环境而感到体力不支,甚至还生了病。他们被安排住进酒店的"特别客室"。今天上午,记者老李因胃病发作被送进巴黎市第三机器人医院。

"特别客室"之所以特别,是由于有机器人照料客人。住在"特别客室"的客人,一方面受到特别的照料和更多的服务;另一方面又必须听从机器人仆人的指导,严格按规定的作息程序和时间表起居作息。每间特别客室内只住一位客人。

特别客人早晨比一般客人迟半小时起床,然后在阳台上做10分钟健身操,由服务机器人在一旁示范与解释。与此同时,清洁机器人在房间内清扫地毯,并整理床铺和桌椅等。当客人做完操返回房间

十一 生命卫士

时,环境已焕然一新:床上的被子折叠得整整齐齐,桌上书报、台灯和茶具摆放得井井有条。茶杯内已泡上了新茶,窗上的玻璃也已擦得干干净净。这些都是机器人服务员在 10 分钟内干完的。这些服务员整天忙个不停,等一般客室的旅客外出参观或办事时,它们还要到那里去整理房间。它们不但埋头苦干,而且待客和蔼可亲,不愧为"优秀服务员"。

由于机器人制造技术和人工智能的发展,这些服务机器人大多是人形机器人,其外表已几乎与人类一样,只是它们的智能还与人类有本质差别。仿生材料、人工智能和机器视觉等技术的发展,为制造模拟人类功能的机器人奠定了基础。这些机器人的肢体动作和面部表情都与人类高度相似,掌握了大量词汇且能够与人类进行语言交流。语音识别技术和语音合成技术的发展使机器人的交流能力不断提高。如果你预先不知道它们是人形机器人,那么它们很有可能以假乱真,令你真假难辨。

记者老李是季仁的同事。下午 4 时至 6 时为机器人医院探视患者的时间。当天晚上,季仁邀请林丽华和林灵一起前往医院探望。他们乘坐机器人大巴离开宾馆,到达靠近郊区的第三机器人医院。

这所设置有 2000 个病床的医院是 5 年前开业的,它是由医学专家与计算机专家联合设计的。全医院实现了机器人化管理。其中,"医生"是配备各种医疗诊断专家系统的机器人,他们不仅具有丰富的专科医疗经验,能给患者诊脉、同患者进行有关病情的对话,并能按照患者的病情和体质特点做出最合理的诊断,开出最确当的处方。

这里的护士是一些护理经验丰富的机器人女士,她们严格遵照医生的指示照料患者,按时给患者量体温、服药、送饮料,并把患者的病情及时报告主治医师。她们还能根据患者的年龄等特点,为患者讲故事和唱歌,给患者以精神安慰。

医院的管理人员也是机器人,他们负责患者入院登记、病床查询、转科换床、药库查询盘点和患者出院结账等项工作。

季仁三人饶有兴趣地观察着这些人形机器人的一举一动、一言一行;他们与人类医生、护士的确是真假难辨啊!

开业5年来,机器人医院的机器人,在人类专家的组织和指挥下把医院办得井井有条,深受社会各界的好评。许多患者不远千里慕名来此求医。

机器人医院住院部的大门敞开着。对于前来探望患者的人,只要不带危险品和图谋不轨,就可以在院内自由行动,电子监督系统和值勤机器人就不会加以干涉。医院门口和走道旁的液晶显示牌能够帮助来访者迅速而又准确地找到自己要去的病房,见到要探视的患者。季仁三人仅花了两分钟,就在病房找到了李记者。

见到他们三人,老李立即放下正在看的报纸,从沙发上起身迎上前来。

"您的身体好些了吗?"季仁把鲜花递上去,关切地询问这位同伴和老师。

"谢谢。"李老师接过鲜花,与季仁握手。"我已经好多了。"

"李老师,有什么事需要我们做,请您尽管吩咐。"林丽华热情地说。

"是的,李老师,我们能为您做点什么?我希望您能和我们一起回国去。"林灵带有几分孩子气地附和着。

"太感谢你们了。这两天考察团的朋友们对我太关心了。刚才文团长还来电话了解病情,嘘寒问暖。其实这里的医护机器人对我的治疗和护理十分周到。"

"哟!您比我们多经历了一段与机器人的共同生活,能否请您讲一讲?"林灵央求道。

"除了量体温、打针、送药和送茶外,机器人还能为患者做很多事。机器人能扶重病患者坐起与卧下,能接送动过手术、行动不便的患者,能为一部分患者进行按摩治疗,还能陪同患者散步。"

"如果患者眼睛动了手术,机器人也能陪着散步吗?"林灵又问。

"当然可以。有一种叫作'导盲犬'的机器人,不但能够陪眼科患者散步,还能够为盲人当向导。"李老师走近窗口,指着医院内花园走道上正在引路的导盲犬说:"你们过来看看,那就是'导盲犬'。"

路灯照耀下,大家看到一个蒙住双眼的患者,手扶像小推车一样的"导盲犬"在花园的小径上散步。导盲犬的底部装有轮子,上部装有视觉系统,并由微型计算机控制,采用人工智能技术寻找无障碍路径,避开障碍物。李老师此时也正想下去走走,他们4人一行向花园走去。

虽然是7月的晚上,室外却比较凉快,到花园散步的患者三五成群。他们刚走20几米就遇见了刚才在楼上看到的那种"导盲犬"。为了试试"导盲犬"的本事,林灵故意站在路中不动,等着不远处正带着患者走来的"导盲犬",可不等林灵挪步让路,"导盲犬"在距他还有两米处就改变了方向,绕开他继续前行。看到这一情景,大家都不自觉地笑出声来。

机器人医院花园的草地上,有几位患者正在练习走路,另几位则在训练手臂的活动能力。季仁很快就看出这些都是腿脚或手臂有伤残的患者。他曾经采访过一家制造假肢的工厂，因而对康复机器人稍有了解，便告诉同伴们：

"那些正在练习走路的患者装的是假腿，而练习手臂活动的患者装的是假肢。他们至少有一条腿或一个手臂是伤残的。假肢接收生物电信号加以放大，带动马达和传动机构使肢体行动。患者要使用假肢做到活动自如，需要一个刻苦练习的适应过程。"

看着这些患者，大家充满了同情与敬意。在医院的花园里，季仁三人与李老师道别后，踏上了归程。

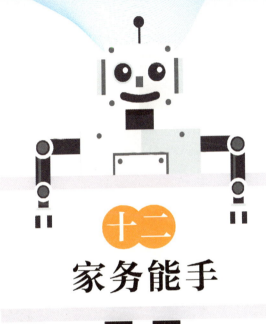

十二 家务能手

7月9日,考察团安排记者们到巴黎居民家中访问,考察家用机器人与服务机器人。

顾名思义,服务机器人就是为人类健康和生活服务的机器人。根据国际机器人联合会的定义,服务机器人是一种半自主或全自主工作的机器人,能够完成有益于人类健康的服务工作。另一种定义把服务机器人看作一种可自由编程的移动装置,它至少有3个运动轴,可以部分地或全自动地完成服务工作。

随着网络技术、传感技术、仿生技术、人工智能与智能控制等技术以及机电工程与生物医学工程等的发展和交叉融合,服务机器人技术取得快速发展。随着个人机器人进入各行各业和千家万户,全世界已拥有上亿台服务机器人,服务机器人的年总产值已达数万亿美元。机器人产业与移动互联网、物联网技术的结合将加快服务机器人产业的普及和发展。

服务机器人的发展呈现三大趋势:一是服务机器人由简单机电一体化装备,向以生物、机械、电气一体化和智能化方向发展;二是服务机器人由单一作业向群体协同、远程学习和网络服务等方面发展；三是服务机器人由研制单一复杂系统向将服务机器人核心技术与核心模块嵌入相关先进制造系统发展。一个完整的服务机器人系统一般由3个部分组成——移动机构、感知系统和控制系统。因此，各类服务机器人的关键技术就包括自主移动技术（包括地图创建、路径规划、自主导航）、感知技术和人机交互技术等。

服务机器人的分类十分广泛，包含医用机器人、护理机器人、文体机器人、家用机器人、安保机器人、办公机器人和勘探机器人等。此外，服务机器人还有送信机器人、接待机器人、导游机器人、加油机器人、陪伴机器人等。昨天在3家巴黎医院里考察的医疗机器人就是当前应用最为广泛的一种服务机器人。

现实生活中能够看到的最接近人类的服务机器人要数家用机器人了。家用机器人是一种为人类直接服务的机器人，能够代替人完成各种家庭服务工作。家用机器人系统包括行进、感知、控制、执行、接收、发送、交互、存储等装置。感知装置将在家居环境内感知到的信息传送给控制装置，控制装置指示执行装置做出响应，并进行防盗监测、安全检查、清洁卫生、物品搬运、家电控制、家庭娱乐、病况监视、儿童教育、报时催醒、家用统计等工作。目前的智能家居产品普遍采用手机控制或语音控制、部分产品还支持手势控制。家用机器人已在家庭和办公室获得广泛的应用，用于代替人从事清洁、守卫、做饭、照料小孩、接待、办公等工作。随着家用机器人技术水平的提高和造价的大幅降低，家用机器人将获得更加广泛的应用。

根据法国记者协会和巴黎市政部门的安排，考察团的记者们将分批到居民比较集中的巴黎第9区、第10区、第11区、第12区和第

13区访问普通家庭，考察家用机器人的使用情况。上午8时，考察团分成5个组同时出发，分别出访上述5个区。20多位中国记者被分配到第13区，那里有唐人街，华人家庭比较多。林灵、季仁、林丽华和另一位中国记者陈新发共4人，将要访问一户旅法林姓的华人家庭。

上午8:40，林灵等4人来到林家，主人在门口热情欢迎来自中国的客人。入座后，主人向客人介绍家庭情况。林先生一家祖籍中国广东潮州，移居法国已有100多年。第一代移民，林先生的曾祖父，当年来法当劳工，非常艰苦。经过四五代人的拼搏奋斗，才得以"翻身"与"脱贫"。现在，全家仍然保持中国的传统。林先生一家四代同堂，是一个20多人的大家庭。平时每个小家庭"各自为政"，工作学习，安居乐业；每到节假日，特别是元旦、春节、端午节、中秋节，就欢聚一堂。林先生现年60多岁，是一位两年前退休的法国机械工程师。他的父母都健在，在家中安享晚年。林先生有一个儿子和一个女儿，他们早已成家立业，而且有他们的后代。孙子和孙女分别在中小学就读。

随后，主人引导客人参观家中使用的各种家用服务机器人。

林先生一开始就介绍说：家用机器人给我们的家庭日常生活提供了很大支持，成为我们的"伴侣"。这些家用机器人能够打扫房间、维修电器、保卫安全。安保机器人能够识别熟人与陌生人（不受欢迎的人），必要时会报警；家用机器人还具有表情、能闻气味、品尝食物、推荐食谱、提供营养和健康信息；以不同语言、口音、男女声甚至手语播报新闻和天气预报，通知主人重要的电子邮件和提供其他有趣信息。

讲到这里,林先生称赞道:家用机器人已进入我们的家庭,成为我家的新成员。他们除了清扫房间的地毯、床铺和桌椅外,还能为我们准备洗澡水、洗衣服、煮饭做菜、烧水送茶以至照料老人和小孩。我们在机器人的配合与协助下,不必再为家务分心,能够保证我们有足够的休息时间。我们也不必雇用保姆之类的家庭佣人。当夜间主人入睡后,安保机器人还能担负警卫任务。如果有不速之客闯入房内,是难以逃过机器人锐利的目光的。如果今天你们没有预先联系、我没有预先告诉机器人你们是客人,那么安保机器人就会识别你们是陌生人,把你们拒之门外,同时向主人报告,必要时还会报警。

林先生幽默的话语引发了客人的赞赏和笑声。

他接着说:家用机器人中使用最成功和最普遍的要数清扫机器人了。他们家使用两种清扫机器人,第一种是拖地机器人,其整体尺寸仅为17厘米×17.8厘米×8.4厘米,可以到达房间地面上任何狭小的空间与角落。具有多种清洁模式,用户可以根据地板类型选择干擦、湿擦等。主人双手轻轻抱起小巧的拖地机器人,把水注入机器人的小水箱,安装好清洁布,选择了干湿模式,然后把机器人轻轻地放到一楼餐厅的木地板上,机器人就按照检测得知的餐厅地面情况,自己规划清洁路线,并按这个规划路线进行清扫。该机器人半小时内可清理地面30平方米,充电电池续航时间为3小时。这种机器人适用于各种硬质地板,如卧室的硬木地板、水泥地板和浴室的瓷砖等。另一种清扫机器人是吸尘机器人,外形如一个厚厚的飞碟,其超声波监视器能避免其碰撞家具,红外线眼可避免其失足跌下楼梯。林先生又把这台吸尘机器人抱起,放置到一楼客厅的地毯上,机器人就开始自动检测房间的布局,自动规划打扫路径,在房间的地毯上吸取灰尘微粒,清扫房间的宠物毛发、瓜子壳和食物残渣等垃圾。它能够灵巧地进入床底、桌底、沙发底等一切人工难以打扫到的角落,而不会碰伤家具。它的操作也非常人性化,不仅能记忆路线、定时打扫,还具有独特的虚拟墙发射技术,如果您不想让它走入家中"禁地",只需使用前设置好"虚拟墙"即可。如果机器的电量用完了,它会自动返回底座,进行充电,完成充电后机器人还会继续完成之前设定而尚未完成的任务。无论何时何地,您都可以用清扫机器人进行清洁,不用再烦恼浪费时间和精力。该机器人适用于各种地毯和弹性地板,如卧室的毛料地毯、化纤地毯和油毡等。

林先生补充说:"清扫机器人能够定时清扫地板。当我们不在家的时候,它照样能够每日按时'自觉'清扫。"

吸尘机器人系统通常由移动机构、感知系统、控制系统和吸尘系统组成。移动机构一般采用轮式机构。感知系统可能应用超声波、红外线、接近觉、触觉传感器等。吸尘机器人是一种工作在非结构环境中的自主移动机器人,需要采用传感信息融合、模式识别、路径规划、障碍避让、智能控制等技术。吸尘系统可以采用真空吸尘或气流滤尘器。

清扫机器人

十二　家务能手

主人继续介绍其他类型的清洁机器人。林先生把客人带到二楼参观卧室,进入大家眼帘的是一台在地上"走来走去"的人形机器人。他告诉记者,这是一款空气净化机器人。他说,普通的空气净化器需连着电插头,固定在房间一个角落,并只能从一个方向进风过滤空气。净化机器人就不同了,它能够感知周围环境,270°环形进风净化空气;当它巡航遇到障碍物时,防撞板和万向轮传感器可以让它像人那样,灵活地转向避开。主人用手机与它连接后,机器人可以随时报告空气中的各种数据,还能设计巡航路线,预约工作时间等。

林先生家中的每个卧室和客厅都配备了一台空气净化机器人。

还有什么清洁机器人呢?我们应邀到林先生家三楼娱乐室观看一种擦窗机器人。第一眼看上去它好像一个方形的换气扇。

林先生向记者说:"这款机器人通过内置微型真空泵吸附于窗户的玻璃表面,会自动规划路线:第一步湿擦,第二步刮拭,第三步干抹。不仅普通玻璃擦得干干净净,而且对付中空玻璃、钢化玻璃、夹层玻璃都没问题。"记者们十分感兴趣地观察这台擦窗机器人的湿擦、刮拭、干抹三步作业,玻璃板窗户被擦得干净明亮。

陈新发先生问道,"如果这个小东西刮到异物,吸盘漏气怎么办?"

林先生笑着解释:"外圈吸盘漏气,还有内圈吸盘可以继续保持真空密封状态;同时它会亮起红色信号灯报警,报告主人。"

主人还展示了最近购买的另一款擦窗"蜘蛛人"。白色的椭圆形机身下有两个蓝色的圆形清洁盘,配以超细纤维清洁布,能对玻璃、瓷砖等进行深度清洁,光滑透亮且不伤玻璃。在电路出现障碍的断电情况下,它的智能续航保障系统还可以支持它继续工作30分钟。

断电时,它依旧吸附于墙面不脱落,并配有安全绳,是个不会掉下去的"蜘蛛人"。

擦窗"蜘蛛人"

由于林先生的父母年事已高,儿女和孙辈们都已上班或上学,不在家里,因此整个参观的接待与讲解均由他一人包办。林太太只在给客人敬茶时露了一面。

在这个娱乐室,记者们还看到娱乐机器人的歌舞表演。

娱乐机器人是另一种家用机器人,用于家庭娱乐,可以像人或某种动物,像童话或科幻小说中的人物与动物等。娱乐机器人使用人工智能、声光处理和可视通话等技术,为机器人赋予独特个性,通过语音、声光、动作及触碰等与人进行交互。娱乐机器人可以行走或动作,会唱歌和跳舞,有一定的交互能力和感知能力,如歌手机器人、玩具机器人、舞蹈机器人等。娱乐机器人不仅给人们带来了欢乐,消除了精神上的疲劳,而且为人们提供了学习和实验的平台,令人们增长

十二　家务能手

了知识。

　　林先生通过手机与娱乐机器人连接,通过互联网指挥家中的3台娱乐机器人进行表演,包括一款法国制造的人形娱乐机器人和两款中国制造的机器狮。人形娱乐机器人表演了一些轻松的舞蹈、拉丁舞和高难度的舞蹈造型。两只狮子机器人表演了传统的中国狮子舞,时而前后追逐,时而上下堆叠,摇头摆尾,瞪眼吐舌,配合默契,形态可掬,引起客人开怀大笑。林先生说,每年中国传统春节,一些华人老朋友都携带各种娱乐机器人,相互串门,举行娱乐机器人联欢会,为欢庆祖国新年助兴。

娱乐机器人

机器狮

　　看完娱乐机器人的精彩表演,已接近中午。林先生突然问客人:"大家是不是肚子饿了?"大家都回答说"不饿!"林先生又说:"如果让机器人为你们做两道菜,你们要不要尝不尝看?"大家异口同声地说:"好!"原来,林先生家里有烹调机器人煮饭炒菜。他带客人到一楼厨房,观看烹调机器人做菜的绝技。

烹调机器人是一个多功能的烹调机器,其基本原理是将烹饪工艺的灶上动作标准化并转化为计算机可解读的程序语言,再利用机械装置和自动控制、计算机与人工智能等现代技术,模拟实现厨师工艺操作过程。看过烹调机器人的人都知道,它不仅能完成烤、炸、煮、蒸等烹饪工艺,还能实现中国独有的炒、熘、爆、煸等烹调技法。机器人的运动系统,包括锅具动作机构、送料机构、火控机构、出料机构等。

家用烹调机器人

林先生让机器人为客人做一道粤菜"水晶虾仁"。他按下炒菜机器人的启动键,把菜料放入机器人伸出的托盘中,机器人便自动读取菜料上的条形码,根据条形码显示的信息,知道要烹饪一道水晶虾仁。这道菜该怎么做,机器人心知肚明。接着,机器人开始倒油、打开煤气阀,依次将菜肴的主料、辅料、调味品等放入菜锅,再模仿厨师不断翻转锅子。机器人执行这些动作十分熟练,一气呵成。几分钟后,一道色、香、味俱全的水晶虾仁就做好了。

客人们早已闻到这道菜的诱人香味,迫不及待地等待品尝。林先生请客人们到与厨房相邻的餐厅,在餐桌旁就座,然后把冒着热气的水晶虾仁端到客人面前,请客人品尝。每位客人都用筷子夹住虾仁送入口中,细细品尝。他们不约而同地夸奖烹饪机器人的炒菜手艺。季仁代表大家表示:"能够在法国吃到如此正宗的中国菜,真是有口福!"大家的赞扬使林先生开怀大笑。

接着,林先生又让烹调机器人做了3道菜和一道汤,与刚才的水晶虾仁一起,共四菜一汤,在餐厅里招待客人,共进午餐。席间宾主频频交谈,不时传出欢声笑语,其乐融融。

正在这时,一阵门铃声突然响起,打断了宾主的交谈。

林先生开门查看,是物流配送机器人送来的快递包裹放在了门口,而智能物流配送机器人车已经开走了。林先生取回包裹,打开一看,是一个颇具特色的节庆蛋糕,上面用中、法两种文字喷涂"欢迎"和"快乐"的文字。林先生对大家说:

"这是专门为你们订制的法国巧克力蛋糕,请诸位品赏。"

话音刚落,林先生就把蛋糕切成小份,递送到每位客人面前。刚刚享受了烹饪机器人制作的美味佳肴,又品尝了地道的法国巧克力蛋糕,这双重的惊喜使客人们十分感动,也对主人的精心安排和盛情接待心存感激。

吃过午餐,记者们在林先生家继续参观。林先生把客人引导到二楼的一间朝南的卧室,里面住着林先生的父母。两位80多岁的老华人神采奕奕,行动便利,见到来了这么多中国客人,特别高兴。在他们卧室的床头柜上摆放着一个仿人型陪伴机器人,约有1米高,十分引人注目。

据两位老人介绍,他们家中的陪伴机器人已经使用将近两年了,给他们的生活带来了很多便利。它能够帮助他们起居,提醒就寝和起床时间、提醒服药和喝水；能够与他们语音对话交流，与他们聊天、讲故事、读新闻，回答诸如天气预报之类的问题，好像百科全书；能够帮助他们与家人和好友进行语音对话和视频聊天，一呼即应，及时交流与处理他们的问题，消除孤独感；能够随时提供室内环境监测，使他们能够实时查看家中情况，并增加安全感；能够与他们进行娱乐互动，为他们唱歌跳舞，播放音乐视频，陪他们休闲，提高幸福感；能够按照老人的意愿控制空调、电视、冰箱、热水器等家用智能电器。

林灵谦和地问：“能不能给陪伴机器人提个问题？”还没得到主人的同意，他就迫不及待地用英语问道：“请问，现在巴黎的天气怎样？”

"今天巴黎第13区的天气是晴天，傍晚局部地方有小雨；最高气温25℃，最低气温16℃，空气质量良，偏南风2级。谢谢！"机器人的准确回答使客人拍手叫好。

林灵接着追问：

"你们家煮饭做菜所需要的粮食和鱼肉菜果，是不是到超市去购买的？"

陪伴机器人不假思索地回答：

"不是的，是由物流派送机器人送来的。生活物资供应公司根据客户的要求，通过智能物联网、智能物流运送系统和派送机器人将各种生活用品及时送到家中，满足各家各户的需要。"

几位来客几乎同时恍然大悟：哦，原来刚才的蛋糕就是物流配送机器人送来的。

宾主都不由自主地笑起来，卧室里充满欢乐。

老人动情地告诉客人:"陪伴机器人已经成为我们不可或缺的助手,帮助我们继续与家人一起在家中生活,而不必被送进养老院。"说罢,他们露出了幸福的微笑。

林先生补充道:前几年我家还使用了儿童陪伴机器人,在机器人的陪伴下,我的孙辈们在玩耍中益智,大人与孩子之间的联系更紧密了,孩子们的生活也充满了乐趣与智慧。机器人重点打造的是亲子教育和远程亲情交流功能。孩子们可向机器人发送语音指令,机器人做出应答;还可以和机器人对话、聊天,由机器人讲故事、朗诵诗歌、讲解科普知识、教孩子进行算术运算等。现在,孙辈们都长大了,这批儿童陪伴机器人也就"退役"了。

林丽华附和地小声对林灵说:"听说有些家庭还购置了专门照料儿童的保姆机器人。"

"那可不简单。看来,我们人类必须逐渐学会与各种服务机器人和谐共处。"林灵说。

陪伴机器人

在即将离开林家之前,记者们应主人的邀请参观了他们家的花园,并观看家庭花园除草机器人的工作。林先生家是独栋住宅,3层楼房,面积不下 300 平方米,屋前屋后的花园与草坪也有约 100 平方米。因此，需要割草机器人经常除草。

主人引导客人到后花园观看除草机器人的工作。除草机器人也可称"草坪养护机器人"，是高度智能化的全自动割草机，能够替代人工修剪草坪，根据需要进行遥控操作，为家庭草坪的修剪提供了方便，节省了时间。与传统的割草机相比，除草机器人噪声低、无污染，能够减轻劳动，自动检测草的长度、稠密度、控制割草过程。不到20分钟，后花园的50多平方米草坪就被修剪得十分平整干净，剪下的草叶等都被自动收储在布袋内。

实际上，还有许多机器人，如家庭泳池机器人、家庭搬运机器人、智能洗衣机、智能冰箱和自动洗碗机等也应属于家用机器人。

时间过得真快，已是下午3时多了。在林先生建议下，客人与林先生和林太太在一楼客厅里合影留念，还用中文在林家的贵宾签名本上签上了每个人的名字。客人们还向主人赠送了一些中国的小工艺品作为纪念。大家由衷地感谢主人的盛情接待和细心讲解。愉快的一天参观结束了，内容多多，收获满满。

十三
娱乐明星

探秘机器人王国（第2版）

7月10日上午8时，考察团从巴黎展览中心公寓酒店出发，徒步前往与酒店只有600米之遥的巴黎世界博览会——"凡尔赛门"参观国际服务机器人博览会，进一步考察服务机器人和汽车机器人的开发与应用情况。

这两天记者们已经考察了两类服务机器人，即医疗机器人和家务机器人。服务机器人领域极为广泛，通过参观国际服务机器人博览会，将会了解到更多的服务机器人的作用与贡献。

国际服务机器人博览会分为6个展区：娱乐机器人展区、医疗机器人展区、家用机器人展区、汽车机器人展区、安全服务机器人展区和其他服务机器人展区。限于时间，而且考虑到已经考察过医疗机器人和家用机器人，今天将重点参观娱乐机器人展区、汽车机器人展区和安全服务机器人展区。考察团的记者们将分成3组，轮流参观这3个展区。

林灵随同中国记者考察团首先参观娱乐机器人展区。该展区面积有3000多平方米，展出内容包括游戏机器人、下棋机器人和歌舞机器人3个展台,展品丰富多彩,内容引人入胜。作为少年,林灵对本展区特别感兴趣。

记者们来到游戏机器人展台,迎面播放的画面把大家带回少年时代玩"石头-剪刀-布"的记忆中。每个人都玩过"石头-剪刀-布"的游戏,但可能没有人与机器人玩过这个游戏。大厅里正在进行"石头-剪刀-布"大赛,有人用手玩、有人用脚玩、也有人与机器人玩,共有3种比赛形式。人用手玩、用脚玩的不败纪录是50次,而人与机器人玩,机器人却保持了不败的纪录。可想而知,参观者的注意力大都集中到人与机器人"石头-剪刀-布"的游戏比赛上。这种比赛是一种人与能够玩"石头-剪刀-布"游戏的娱乐机器人之间的竞技。该机器人配备了一只五指灵巧手,每个手指可以独立运动,可以像人一样做出石头、剪刀、布的手势。游戏系统应用人工智能深度优先算法和概率决策方法,使灵巧手具有类似人的思维能力以及自学习与自适应功能。这个机器人使用高速摄像头以毫秒的精度识别人类的手指,包括手的位置和形状,并且根据不同的情况控制机器人的腕关节,高清摄像头可以根据人手的形态识别石头、剪刀、布,然后,机器人打出制胜手势,出拳只需1毫秒。

林灵怀疑机器人百战百胜的能力,自告奋勇地上前迎战机器人。双方打了一个回合,林灵以0∶3告负。这下他更加佩服机器人的竞技能力了。

无独有偶,展台上展示的一款由中国北方电子科技大学机器人学院研制的猜拳机器人,能够保证100%的胜率,让你绝无胜算。

游戏机器人展区的第二个展品是魔方机器人。

常见的三阶魔方由26个小方块组成,包括8个角块,12个棱块,

"石头-剪刀-布"娱乐机器人

6个中心块。6个面的颜色为黄、白、蓝、绿、红、橙;其中黄白相对,蓝绿相对,红橙相对。三阶魔方是个正方体,由上、下、前、后、左、右6个面组成。科学家已经利用计算机证明:任意组合的魔方均可在20步之内还原。

解魔方气动组合机器人(机械手)利用颜色传感器或摄像头,对魔方6个面的每个色块进行扫描,并将扫描结果传入中央处理器进行计算,得出还原魔方的最优智能解法,再通过可编程控制器输出计算结果;执行机构(气爪)接收到指令后,对魔方进行翻转、单层旋转和夹持等动作,按照解法步骤还原任意错位的三阶魔方。

展览展出的另一款电动解魔方机器人(机械手),曾用18.2秒就破解了三阶魔方,打破吉尼斯纪录。随着技术的发展,德国一家公司几年前研发的一款魔方机器人只用了0.637秒就破解了三阶魔方,打破了0.887秒的吉尼斯世界纪录。人类破解三阶魔方的纪录为4.904秒。操作开始,该机器人身上众多的电子摄像机打开快门,机

十三　娱乐明星

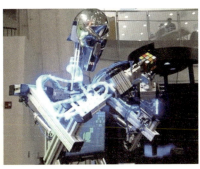

解魔方机器人（机械手）

器人开始分析魔方是怎样打乱的。随后机器人的"大脑"——一块微型芯片在不到 0.15 毫秒内使用复杂的智能算法，给出问题求解指令；机器人强大的半导体肌肉迅速扭转魔方，完成操作，整个过程持续不到 1 秒。

两款解魔方机器人前围满观众，人们聚精会神地观看机器人的解魔方表演。今天机器人破解三阶魔方的最好成绩是 0.715 秒，与吉尼斯世界纪录仅差 0.078 秒，是一个难得的好成绩。对于魔方机器人的足智多谋、神机妙算，观众赞叹不已！

看完猜拳机器人和解魔方机器人，正当中国记者考察团准备离开游戏机器人展区时，突然惊讶地发现还有一个风筝机器人展台。展台上摆放或悬挂着各式各样的风筝，其中应该有中国的元素吧！大家决定看一看风筝机器人展台。

风筝是中国春秋战国时期的发明，已有 2000 多年历史。风筝是在竹篾等骨架上糊上纸或绢，拉着系在上面的长线，趁着风势放上天空，深受人们喜爱。公元 1600 年，中国的风筝传到了欧洲。展台上展出了许多中国山东潍坊的风筝。

潍坊风筝具有历史悠久、工艺精湛、造型优美、形象生动、起飞灵活等传统风格与艺术特色,放风筝是一种深受群众喜爱的娱乐活动。中国潍坊的风筝已走向世界,设在山东潍坊的国际风筝联合会已有40多年历史,对推动全球风筝事业的蓬勃发展,增进各国风筝爱好者的友谊,促进世界和平和友好往来发挥了积极作用。中国潍坊国际风筝会——潍坊风筝大赛已连续举办了30多届,世界风筝锦标赛也已举办了10多届。

风筝的种类繁多,大小各异。巨型风筝,如"鲤鱼跳龙门"风筝,有两层楼高,面积为170多平方米。又如,巨型立体蜈蚣风筝,龙头状的头和数十节的身,共100多米长。小型的蜈蚣风筝一样首尾齐全,却可以整个藏在火柴盒中。

听了机器人讲解员的生动讲解,观看琳琅满目的风筝展品,大家都称道能工巧匠的巧夺天工。许多观众心想,如果能够到中国潍坊一睹万人放飞风筝的盛况与风采,那该多好!

正当一些观众向往潍坊风筝的时候,展厅上空几只色彩艳丽的风筝正在空中盘旋,吸引了观众的眼球。这是怎么回事?"无风不起浪",没有风怎能放风筝呢?

讲解员说:哦!这是机器人风筝!随着机器人技术和人工智能技术的发展,近年来已把智能机器人技术应用于风筝设计与制作。这样,机器人风筝不仅能够在有风时放飞,而且可以在无风时的室内外翱翔。风筝机器人体现了经典与现代的结合,是传统手艺与高新科技的融合,它既拓宽了大众的娱乐空间,也为风筝产业开辟了一条新的发展途径。

十三　娱乐明星

风筝机器人和潍坊风筝节

参观完风筝机器人展台,继续前行就是下棋机器人展台。在该展台内可以看到各种下棋机器人正在与人类棋手对弈,旁边围着许多棋迷与观众。

下棋机器人又称为"博弈机器人"。说起机器人下棋,可以说是家喻户晓,人人皆知。14 年前,阿尔法狗(Alpha Go)与国际围棋冠军李世石的对决,为人工智能和下棋机器人做足了广告。国际象棋人机对弈已有 30 多年了,中国象棋人机大战有 40 多年历史了。人机大战的一方是人类棋类大师,另一方是具有人工智能决策能力的下棋机器人,或者说是智能博弈计算机。

参观者在展区看到,与 14 年前的围棋人机大战不同的是,当年阿拉法狗的决策结果——具体走步,需要由人类助手代为布棋。它只能动脑不能动手,好像一个"大脑发达而上肢残疾"棋手。如今的人机大战,围棋机器人既能动脑又能动手,不再需要人类协助它布棋了。博弈机器人的决策与动作一气阿成,脑手并用,算得上是"脑灵体健的健康棋手"。有些参观者跃跃欲试,上去与围棋机器人对弈,虽然屡战屡败,但虽败犹乐。

263

人类棋手和围棋博弈机器人

再往前走,一群少年围观的现场引起了记者们的注意。原来是国际象棋的人机对战。小朋友们玩得特别专注,情绪高涨,兴趣盎然。现场一位家长带着她的儿子,愉快地与这个智能机器人下着棋。象棋机器人的一招一式都非常灵活,让孩子大开眼界,受益匪浅。孩子说:"妈妈,以后再也不用担心没有小伙伴陪我下棋啰!"看样子,他们是准备买一台象棋机器人回家啦!

下棋机器人展区最后展出的是中国象棋机器人。许多中国记者对中国象棋都有不同程度的了解,可能都下过中国象棋。听季仁说,林灵去年还获得了常杉市中学初中组中国象棋挑战赛的亚军。季仁鼓励林灵与机器人棋手试一盘棋;林灵感到参观时间有限,无法实现,只好割爱。

象棋从与人类棋手难以匹敌到势均力敌,再到战胜人类,经过了一个漫长的过程。而每一次人机对抗都留下了光辉的一页。象棋是一项脑力的竞技,它特有的魅力正促进人类智力竞技的发展。象棋智能软件战胜人类,这是科学发展的必然。象棋智能软件是人类开发出来的,是人类智慧的结晶。因此,棋类机器人战胜人类棋手,这种胜利最终也是人类的胜利。

中国象棋人机大赛

娱乐机器人展区的第三展台,即歌舞机器人展台,设在展厅的内侧,许多歌舞机器人正在给参观者进行歌舞表演。

歌舞机器人是娱乐机器人的一种。10 多天前记者们已经在东京举行的机器人记者招待会上见过这类表演,记忆犹新。

人类对机器人的幻想与追求已有 3000 多年的历史:早在中国西周时期,就有了能工巧匠偃师造出的歌舞艺人,是最早记载的歌舞机器人。展厅上展出了这个歌舞艺人,讲解员声音响亮地讲述了这个古老的中国故事:"公元前 900 多年,偃师献给中国周朝皇帝周穆王的歌舞机器人,向周穆王和他的妻妾们献舞。"2004 年,索尼公司的人形机器人在东京举行的节目彩排中登台亮相,担任乐队指挥。现在,歌舞机器人的研制与应用已取得巨大发展。随着社会的进步和人民生活水平的不断提高,人们对娱乐有了新的认识和更高的追求。为了满足人们的需求,能歌善舞的机器人不仅可以填补老人们的空虚与无聊,更满足了青年和儿童的好奇心,同时也能激发他们对高新科技的认识和再创造。

展台还展出了一个机器人乐队的现场表演并播放了中国制作的500多个人形机器人的大型舞蹈录像。机器人乐队的每个演员或吹或奏,或拉或弹,还有伴唱,个个表演都很到位,绝对不会出现"滥竽充数"的情况。这些歌舞与乐队机器人演员,都是人形机器人,其外表与人类一样,一些表情动作也与人类高度相似,几乎可以以假乱真,尽管它们与人类智能仍然有本质差别。观众为钢琴机器人弹奏的悦耳声音所倾倒,为乐队演员的和谐演奏点赞。有几个年轻人凑得很近,睁大眼睛盯着机器人演员的一举一动,珍惜与歌舞机器人零距离接触的难得机会。

林灵灵机一动,点了一首中国江苏民歌《茉莉花》,请机器人乐队演奏。一曲"好一朵美丽的茉莉花,好一朵美丽的茉莉花,芬芳美丽满枝丫,又香又白人人夸……"的动听歌曲在展厅内回响。机器人乐队的伴奏十分默契,机器人歌手的歌声也娓娓动听。林灵情不自禁地和着节拍,跟着哼了起来。

歌舞表演机器人

歌舞机器人展台最后还通过大屏幕视频介绍了机器人歌舞厅和机器人酒店的情景。

机器人歌舞厅主打的不是餐饮而是机器人歌舞表演,为光顾的

十三 娱乐明星

客人奉上别开生面的舞台秀。歌舞厅以中间的通道为界,观众席分列两侧,各自面向通道。表演的舞台是流光溢彩的闪亮通道。在观众席的后方和天花板上覆盖着整面的大屏幕,配合节目变换图像,营造出不同的意境。观众还可以通过遥控机器人,让它来到自己面前劲歌起舞或者陪客人跳舞。

再观看酒店服务机器人。在机器人酒店,机器人管家悉心照顾来客的起居。客人一推开门,旁边站着那可爱的郁金香机器人就会亲切地说,"欢迎来到机器人酒店";同时前台还有3个机器人在等待着客人,一个是30厘米高的迷你机器人,另一个是外表十分逼真的仿真机器人小姐,还有一个是深受孩子们喜爱的恐龙机器人。该机器人酒店完全依托机器人为客人服务,机器人能与客人眼神交流、能阅读人类的肢体语言并与人类谈话,同时还精通英语、汉语和日语三种语言,与客人进行无障碍沟通。在这家机器人酒店,从前台入住、行李搬运、打扫卫生,到诸如倒咖啡之类的事情都可由机器人来完成。机器人酒店本身能够吸引大量游客,同时又能节约运营成本,提高工作效率,受到了游客的赞赏和政府管理部门的表彰。

餐厅和酒店服务机器人

中午，考察团的记者们回到巴黎展览中心公寓酒店用餐，并稍事休息。

下午 2 时，他们又步行到巴黎世界博览会继续参观服务机器人，重点是汽车机器人和安保服务机器人。汽车机器人展厅正在举行一个国际汽车机器人博览会，展厅面积达 6000 平方米。展厅里展出了各式各样的汽车机器人或智能汽车，吸引了来自世界各国的汽车迷和参观者。

机器人汽车与各产业（工业、农业、交通运输业等）所用汽车不同，它们不是工业汽车而是服务汽车，因此它们也算是一种服务机器人。

人类的交通工具正从基于物质和能量的动力工具，转向基于数据、信息、价值和智能的智力工具。以自动驾驶为代表的智能汽车产业，集成了几乎所有工业和信息领域的中高端技术，产业链长，关联度强，就业面广，涉及经济领域多，消费拉动大，是国民经济的重要支柱产业。

60 年前，即 1970 年，法国工程师皮埃尔蓬蒂厄发明了世界上首台取名"猫咪"的机器人汽车。当时这个"玩意儿"被称为"未来汽车"，是一辆由单缸发动机驱动，具备前驱与后驱造型，还可以直接侧向移动的让人感觉古里古怪的球形小汽车，能在车海如流的城市中灵活移动。

日月如梭，光阴似箭，一晃就过了整整一个甲子。如今，机器人汽车或汽车机器人已成为时尚，成千上万的机器人汽车正在地面、空中和水上行驶，给人类生活带来极大的方便。机器人汽车迷们在搜索机器人汽车的前世今生时发掘出机器人汽车的始祖"猫咪"车，并

十三 娱乐明星

机器人汽车的始祖"猫咪"车

在这次国际汽车机器人博览会上展出了"猫咪"车的原型,与其他后生们一起出席汽车机器人的历史性盛会。今年,60 岁的"猫咪"成为 2030 年国际服务机器人博览会的明星。

全世界关心机器人科技与产业发展的人们,翘首以盼这个盛大节日的来临。他们中的许多人还不远万里,专程来到法国,观摩在巴黎举行的国际服务机器人博览会,与他们羡慕已久的机器人角色或崇拜的机器人偶像零距离接触,充分表现出当代汽车机器人的迷人风采。

国际汽车机器人博览会自 2025 年创办以来，每年举行一届，已经连续举办过 5 届，至今已走过 5 年的发展历程。该展览会在巴黎展览中心举行，是在国际汽车展览会中颇具特色的品牌展会之一，对促进国际汽车机器人产业界的交流与合作、加速国际汽车机器人工业的发展起到了积极的推动作用。该博览会强调服务、普及汽车机器人知识及文化传播的功能。除了展示功能外，还精心设计了汽车机器人的知识竞赛、摄影大赛、车模大赛、现车竞拍等融知识性、实用性、趣味性、娱乐性于一体的现场活动，提高了参展方和参观者对展会的积极性和认同感。

由于今年的巴黎国际服务机器人博览会适逢机器人汽车始祖"猫咪"车诞生 60 周年，因而开幕式特别热烈与壮观。开幕式上，宣读了国际机器人联合会和国际记者联合会的贺电以及巴黎市长的贺信；成百上千的汽车机器人迷穿上印有"猫咪"车图腾的 T 恤衫，"燃放"虚拟烟花，高唱生日歌，狂热祝贺"猫咪"甲子生日快乐！他们争先恐后地与"猫咪"车合影，还翩翩起舞，尽情狂欢。出席开幕式的其他参观者，也深受感染，与汽车机器人迷们共庆国际汽车机器人的盛大节日。

智能汽车的开发始于 20 世纪 70 年代，竞相研发于 21 世纪初期，开始在公路上长途运营行驶于 10 年前，现在已成为个人汽车的主要车型之一。为了确保新一代机器人汽车能够让公路变得更安全、更通畅和更洁净，各汽车机器人企业正在进一步提高汽车的可靠性和智能化程度。

智能汽车和无人驾驶汽车是一类地面移动机器人，未来也可能普遍使用空中飞行智能汽车和水陆两用智能汽车。它的工作原理与一般移动机器人大致相同，其主要技术涉及导航技术、路径规划技术和多传感器信息融合技术等。无人驾驶汽车集自动控制、人工智能、计算机视觉等技术于一体，是现代与未来汽车技术发展的一大趋势。智能汽车通过车载传感系统感知道路环境，规划行车路线并控制车辆到达预定目标。美国汽车工程师学会将自动驾驶按自动化程度分为5个级别：1级——辅助驾驶、2级——部分自动驾驶、3级——有条件自动驾驶、4级——高度自动驾驶、5级——完全自动驾驶。博览会上展出的汽车机器人几乎涵盖了全部5个级别。

美国麻省理工学院和大众汽车公司联合研制的个人车载机器人"情感智能驾驶助手"，成为参观的一个热点。实际上，这是一款汽车辅助驾驶的陪伴机器人，能够根据路况信息为驾驶者寻找最理想的驾驶路线，提醒他们加油并建议他们可能喜欢的目的地。它通过一块屏幕与驾驶者进行交流，可在行驶中给驾驶者反馈，帮助他们提高效率和安全性。

展览展出的另一台智能汽车是英国牛津大学研制的"野猫"车，它借助一系列高技术装备实现自动驾驶和导航。"野猫"装有激光器和摄像头，用于监视路面，同时借助一台电脑处理信息，做出驾驶决定并根据周围环境和速度变化做出调整。车顶上的三维激光扫描仪对周围环境进行探测，在移动中创建周围环境的三维图像。左右保险杠上的两个激光扫描仪，功能类似，负责监视路面和周围环境。这款机器人汽车还具有学习能力，能够根据以往的经验避开各种障碍，例如洼坑和行人，同时能够绕过拥堵路段。

美国谷歌、通用、福特、德国大众、宝马、奔驰、日本丰田、日产、本

无人驾驶汽车

田,中国一汽、悦达起亚、东风雪铁龙等汽车主流企业以及美国谷歌、英国优尔特拉、法国赛卡博、德国路克斯和中国百度等研制的无人驾驶汽车,争相竞发,百家争鸣,推动汽车自动驾驶技术一浪高过一浪地向前发展。无人驾驶已成为国际汽车行业发展的必然趋势。

本展台还介绍了中国的智能驾驶汽车情况。中国自主研制的无人车最早由国防科技大学于20世纪80年代末开始研发。2008—2016年,由国防科技大学、中南大学、吉林大学合作团队自主研制的"开路先锋"无人车,多次夺得全国无人车大赛桂冠,并于2011年7月14日由红旗HQ3首次完成了从长沙到武汉286千米的高速全程无人驾驶实验,创造了中国自主研制的无人车在复杂交通状况下自主驾驶的新纪录,标志着中国无人车在复杂环境识别、智能行为决策和控制等方面实现了新的技术突破,达到世界先进水平。

中国已在2025年实现无人驾驶车辆的量产。现在,继高速铁路(高铁)技术领先世界之后,中国无人驾驶也已进入国际先进行列。

无人驾驶汽车已经成为公路上车流的主要组成部分。这种汽车有助于缓解交通拥堵问题。这是因为机器人汽车会在行驶时对公路进行监视,它们彼此提醒,一旦得知前面出现拥堵,便立即绕道而行。

十三 娱乐明星

中国"开路先锋"无人车

在汽车机器人博览会的展台上,还播放了世界各地重要的无人驾驶机器人汽车大赛的录像,也吸引了众多的车迷驻足观看。

下午3时20分,记者们转到安全服务机器人展区继续参观。该展台主要展出保安机器人和交通指挥机器人等产品。

保安机器人是一类能够保卫国家财产和人民生命财产安全的机器人,早已进入各行各业,走进千家万户,担负警卫任务。展台上展出了多款能够往返移动的机器人和固定位置但能够旋转的保安机器人,它们装备了各种探测传感器,能够鉴别盗贼和可疑人员;不速之客是难以逃过机器人锐利的火眼金睛的。

展台的大型屏幕上正在播放不久前《机器人时报》报道过的一则有关机器人擒贼的故事。

2029年5月15日,处在巴黎商业大街中心区的晶宝珠宝店发生了盗窃案。夜晚10时,差不多所有的商店都收市了。午夜12时后,人们都已进入梦乡。沉沉夜色中,一个不速之客在同伙配合下潜入了晶宝珠宝店,用万能钥匙打开了珠宝柜的锁。正当他那戴着手套的手移向珠宝盒时,他的背后突然冒出一个铁人,并用双臂紧紧抱住他,任他如何挣扎,也摆脱不掉。与此同时,这位守卫机器人向主人发出警报,主人闻讯后立即向警察报了案。

而此时,留在珠宝店门口望风的同伙,正不安地等候着。开始时他还在做分赃的美梦。5分钟过去了,10分钟又过去了,他渐渐焦急起来,心里埋怨老弟"技术"太不高明;停在50米外小汽车上准备接应的同伙甚至启动了汽车发动机,以备万一。

不一会儿,警察的警车和摩托车风驰电掣地驶来。望风的盗贼没命地向汽车跑去,正当他准备爬进车门时,警察向他开了枪,橡皮子弹击中他的右腿。他疼痛难忍,立即倒下。汽车里的人见势不妙,开车就跑,两部机器人警车紧紧尾随穷追。另一部警车把受伤的同案犯逮住。当警察进入珠宝店大门后,守卫机器人才放开双臂把吓得面如土色的盗贼松开;由于刚才拼命挣扎,他胸口的衣服已染上了斑斑血迹。

警车追捕的战斗从市区转移到郊外。逃犯把车开得再快也比不上拥有超级引擎的机器人警车;他们只能弃车逃跑,躲进公路旁的一片树林中,与警察周旋。警察向空中鸣枪警告,但逃犯拒捕顽抗,竟先向警察开了枪。经过3分钟激战,枪声平息了,但那两个倒在地下的逃犯却生死不明。为了查明情况,警长派出"检察官"机器人RMI-5深入丛林探虚实。这位"检察官"具有用双脚行走和俯伏爬行的能力,他的眼睛能够通过视频观察案情,并用灵敏的嗅觉跟踪追捕目标,还能与敌人展开搏斗。RMI-5接受命令后,快速跑步前进。当距离搜查目标50米左右时,他突然卧倒向目标爬去。在离目标10米时,他停止前进,用红外探测仪检验倒在树下两犯的呼吸状况,判定其中一个已停止呼吸,而另一个则并未丧命。于是,RMI-5用无线电信号向警长报告了侦察结果。警长立即命令全队包围树林,匍匐前进缩小包围圈。接着,警长命令 RMI-5 冲向追捕目标。那家伙受了伤的腿部还在流血,但当他发现 RMI-5 单独向他奔来时,就向 RMI-5 连开两枪。一颗子弹擦肩而过,另一颗子弹从 RMI-5 身上反弹回去。见到这位枪弹不入的"警察",罪犯慌忙爬起来逃命。但还没等他站稳就被 RMI-5 一把揪住,只能缴械投降。这时,埋伏在四面的警察一拥而上,将这一顽抗的罪犯逮捕归案。

据报道:巴黎市警察局做出了授予 RMI-5 机器人"检察官"二级奖章的决定。机器人警察立功受奖的故事一时间传为佳话。

屏幕上播放的故事令林灵一行深受感动,他们对机器人检察官的智勇双全表示钦佩。接着,他们去参观机器人交警执勤的情况。

机器人交通警察已普遍应用于城中和市郊的交通指挥。展出的许多机器人警察模型的大小与真人不相上下,脸部表情丰富,肢体动作准确,能够与汽车司机和行人进行肢体语言交流。这种画面,林灵他们前天已有所体验。

前天下午,他们乘坐机器人大巴前往巴黎第三机器人医院的路上,正逢车流高峰,街上出现了一定程度的车辆阻塞现象。季仁他们坐的机器人大巴在市中心区缓慢前行。当驶过十字街口时,林灵望着指挥交通的警察,突然叫起来:

"你们快看,机器人正在指挥交通!"

林丽华和季仁也差不多同时发现了这个"秘密"。他们看到两个机器人警察背靠背而立,配合着街口交通灯,一手举起绿色小旗,另一手指向车辆前进的方向。过了一会儿转身 90°,指挥另一方向的车辆。他们的动作干净利落。如果不是靠得这么近,就难以将他们与真人交警相区别。

机器人指挥交通

下午4时25分,考察团结束了对国际服务机器人博览会的考察参观,离开巴黎世界博览会——凡尔赛门,徒步返回巴黎展览中心公寓酒店。经过一天的考察,大家对娱乐机器人、汽车服务机器人和安保服务机器人的开发与应用情况有了进一步认识,受益匪浅。

十四

教学新秀

经过两个多星期的考察参观，国际记者考察团成员们的足迹遍及太空、海洋和陆地的亚洲、美洲和欧洲，已先后出席机器人王国的迎宾晚会和记者招待会，参观了机器人博物馆，考察了机器人在工业、矿业、农业、林业、空间、海洋、国防、安保、医疗、家务和娱乐等领域的应用情况，考察任务即将完成。今天，7月11日，考察团将访问巴黎的一些学校，包括幼儿园、小学、中学和大学，参观国际奥林匹克机器人大赛，全面了解机器人在教育与教学中的应用。

教育机器人是一类应用于教育领域的机器人，它以激发学生学习兴趣、培养学生综合能力为目标。教育机器人因为适应新课程，对学生科学素养的培养和提高起到了积极的作用，已在众多中小学学校得以推广，并以其"玩中学"的特点深受青少年的喜爱。机器人教育已经成为大学教育的重要课程和中小学教育领域的新课程。智能机器人的开发与应用涉及传感、人工智能、通信和控制等技术，是进行科技普和教育的最佳载体，也是全面培养学生科学素质、提高创新精神和综合实践能力的良好平台。

上午8时,考察团兵分两路到巴黎各级学校考察机器人在教学中的应用情况,第一路到市中心的巴黎第六大学综合理工学院和巴黎拉辛中学考察,而第二路到远离市中心的伯纳德中学和帕金欧莱幼儿园。中国记者团被分配到第一路。

第一路考察团首先来到地处巴黎市中心地带的巴黎第六大学综合理工学院。该学院成立于2005年,是为满足法国工业发展需求而成立的大型工程高等教育机构。学院拥有15个实验室,专注于电子学、信息学、机器人学、应用数学、材料学、农产品加工学及地球科学领域的教学与研究。记者们专门访问了学院的机器人学系及其实验室。

巴黎第六大学综合理工学院

随着人工智能和计算机等相关技术的发展,对智能机器人的研究越来越广泛深入。机器人学系已全面开设了工业机器人、服务机器人、智能机器人等机器人类课程。为了满足机器人学方面的有关课程教学示范和实验教学的需求,机器人学系建立了多个机器人学实验室,开发了各种智能软件(包括动态避障、群体协作策略),构建了网络化分布式系统,开展了多智能体的调度与规划等研究。

考察团记者们观摩了巴黎第六大学综合理工学院的机器人学课程教学,参观了机器人实验室。机器人学教学过程普遍采用了人工智能与多媒体技术,进行启发式教学,让学生参与教学,发挥学生的积极性与主动性。机器人实验室的每台教学机器人都是一种适合大学生的开放式实训实验平台,融合了多种高端科学技术,可以完成电工、电子、微型机、机械设计、传感器、机电控制、数字信号处理等许多课程的几百个实训实验。实验室提供充足的机器人部件和组件,让学生进行各种机器人装置与系统的设计、拼装与实验,培养他们独立工作和创新的能力。通过实训实验,学生对机器人运动学、机器人动力学、机器人控制、机器人规划、机器人程序设计以及人工智能与机器人学各种应用等内容都有了更深入的理解和更好的掌握,从而促进了学生综合能力的提高。

该校综合理工学院机器人学系及其实验室相关教学人员向记者们介绍了机器人学教学的研究与实践,他们的机器人学教育主要可以分为以下3种方式。

第一种方式是机器人学科教学,把机器人学看成一门科学或课程,以专门课程的方式,使所有学生普遍掌握机器人学的基本知识与基本技能,培养学生对人工智能技术的兴趣,真正认识到智能机器人对社会进步与经济发展的作用。此种教学方式需要提供较有经验的师资、较好的机器人设备和较多的教学活动经费。

第二种方式是机器人辅助教学,是以机器人为主要教学载体和工具所进行的教与学活动。机器人辅助于教学而不是教学的主体,是一种辅助手段,即充当助手、学伴、环境或者智能化的器材,起到一个普通教具所不具有的智能性作用。

第三种方式是机器人主持教学,是机器人教育应用的最高层次。在这一层次中,机器人在许多方面不再是配角,而是成为组织、实施与管理教学的主人。人工智能结合虚拟现实技术和多媒体技术等,实现机器人主持教学。这种教学方式已在实践中不断得到发展。

以上3种教学方式是相互辅助、相互关联、相互融合的,不应把它们完全割裂开来。结合这3种教学方式,该学院教师展示与介绍了各种教学机器人的应用。其中,有些机器人装置是机器人专业厂家的产品,如法国金牛座机器人公司开发的Nao机器人,还有机器人系统是学院师生自己动手制作的。

该机器人学系及其实验室使用了各种机器人教学系统,都是以机器人为载体,以学生为中心,把机器人学技术与人工智能、虚拟现实、多媒体与可视化、高级计算语言和交互式环境等技术结合,实现机器人教学系统的机器人化、智能化与自动化。他们与金牛座机器人公司联合开发的Naobot机器人系统,不仅适用于机器人学课程教学,而且还可用于指导机器人足球比赛,获得了好成绩。该机器人系统已为世界近百个国家所采用。

记者们还饶有兴趣地观看了机器人教室的使用情况。该机器人教室的组成如下:

(1)机器人建造区　完成对机器人套装结构件的搭建。在搭建过程中,运用一些常用工具如钳子、螺丝刀、扳手等,同时会用到一些机械、电路和力学知识。

(2)计算机编程区　学生在装有指定编程软件的计算机上进行代码程序设计或流程图绘制,测试机器人的性能。

(3) 演示场地区　学生设计的机器人成品在此区域进行测试或展示交流。

(4) 物料存储区　原材料套装、物料加工工具的存放区域。

此外,机器人教室内还有一些机器人学生和个别机器人教师,参加听课与教学活动。其中,有的机器人教师能够指导学生进行机器人学课程实验,令人大开眼界。

据报道,日本曾采用机器人替身给学生上课,通过机器人替身与学生进行交流。先进的机器人替身能够代替自己到学校教书,到实验室上班。这样,一切教学工作都可以在家中远程遥控机器人进行。

一些参加和采访过机器人学及相关课程教育的考察团记者,与综合理工学院的教学和实验人员进行了坦诚而又认真的交流,探讨了机器人学学科与课程的发展趋势。记者们对法国金牛座机器人公司开发的各种机器人学教学系统表示欣赏。宾主双方一致认为,国际机器人学的发展前景十分广阔,继续大力发展机器人技术,精心培养机器人学创新人才是从事机器人学研究和教育人员的光荣使命。有些考察团记者还与该学院教师交换了联系信息,以便今后继续交流。

机器人学系实验室

上午10时50分,第一路考察团离开巴黎第六大学综合理工学院,到坐落在巴黎第八区香榭丽舍大街附近的拉辛中学参观。这是一所以17世纪法国著名的古典主义剧作家与诗人拉辛的名字命名的百年老校,在国际中学教育界久负盛名。

考察团到拉辛中学访问时恰好是学校课间,校门外三五成群地站了不少男女学生。他们有的眉飞色舞地谈论着,有的勾肩搭背地在一起嬉笑,也有的在校门前轻松散步。若不是门前这群学生,光凭那扇不大的拱形校门,很难判断出这是一所学校。学校建筑与街道两旁的楼房浑然一体,都是清一色的巴黎建筑风格,富有文化底蕴。

一位神采奕奕的高个子校长来到街边迎接团员们,他一边与记者考察团团长握手一边说:"欢迎你们光临我校参观。"他热情地把记者们带进校门,然后在学校接待人员的引导下来到楼上的一间会议室。校长看上去50岁开外,面色红润,脸上总挂着一副友好的微笑。他告诉客人,他虽然不懂中文,但有一个中国名字,叫"马丁"。

马丁校长快步走到桌子一端,在他的位置上坐下,拿起厚厚的一叠手写材料。他向客人们介绍了学校的悠久历史:巴黎拉辛中学建于1886年,在发展过程中不断打造自身的办学特色,除办有普通高中以外,从高一到高三都举办了半日制的艺术班、机器人学培训班,培养艺学兼顾的特殊人才。

马丁校长建议客人们到教室里看看。他满怀喜悦地带领客人在学校里转来转去,先是他的办公室,而后是语音教室、化学实验室和有着150年历史的物理实验室及充满现代化气息的机器人实验室与计算机房。

记者们进入机器人实验室,许多学生正在参加机器人相关项目的学习与制作，寓教于乐，充分发挥了学生的个性与潜能。当他们取得一种新成果时，就感到异常高兴。有两位学生邀请同龄人林灵在他们的作品前合影留念。借此机会，林灵也主动用装有同声翻译软件的手机与法国中学生交流，双方都感到非常快乐。

巴黎拉辛中学

拉辛中学开设了中学机器人学科普课程，作为自然课程的延伸，吸引了广大中学生的兴趣和参与。在教师指导下，一大批学生通过机器人学课程学习和机器人实验，较好地掌握了足球机器人或机器人小车的基本技术，在国内和国际机器人足球比赛中取得了优异成绩。

马丁校长把记者们带上学校的顶楼，让客人透过窗子望向巴黎的天空，俯视巴黎的市景，遥望巴黎大歌剧院、香榭丽舍大街、埃菲尔铁塔、巴黎圣母院等著名建筑物。

上午11时20分，访问圆满结束，马丁校长安排客人们到拉辛中学食堂用午餐。下午，考察团的两路大军将"会师"，共同观看国际奥林匹克机器人足球赛。

今天上午，在考察团第一路记者到市中心的巴黎第六大学综合理工学院和巴黎拉辛中学考察的同时，第二路记者到远离市中心的伯纳德小学和帕金欧莱幼儿园访问。

法国在许多小学的教学中已采用了先进的机器人教学。机器人是培养小学生综合素质、全面提升小学生解决问题能力的重要教学工具,在小学教育教学工作中发挥着至关重要的作用。

伯纳德小学位于巴黎环城公路和麦克唐纳大道之间,是一所新建的小学。巴黎一些教育工作者研究着怎样更大限度地开发孩子们的创造力,建筑设计师们思考着为这些小学生建立一所怎样的小学。伯纳德小学就是他们研究的一项成果,它所拥有的多彩和富有想象力的空间,为孩子们插上了天马行空的翅膀。该校建筑所用材料都是新一代环保材料,包括水泥、瓷砖、油漆、塑料等。其中,运动场跑道所用的无害塑胶材料,是中国优冠产品,为伯纳德小学的建筑空间锦上添花。

该小学不仅为小学生们开设了机器人学科普课程,通过深入浅出的讲解、多媒体课件和各种教具机器人向学生传播机器人学知识,而且建立了机器人游艺室,让小学生在课余时间能够接触各种机器人玩具,用零件与组件拼装各种简单的机器人,学习机器人知识,提高对机器人学以至整个科技和艺术的兴趣。由于伯纳德小学校舍空间特别广阔,校方有条件开辟足够大的教室作为机器人游艺室,为小学生创造了十分优越的学习环境。别看这些小朋友还小,他们对机器人的兴趣却不亚于中学生和大学生。放学时间到了,游艺室准备关门了,不少小朋友们还依依不舍,不愿离去。有位小朋友还对老师提出要求:"能不能再过 2 分钟关门?"他们如饥似渴地学习机器人学知识的精神令人欣慰。据了解,由于这个特色,许多家长愿意把孩子送入伯纳德小学学习。伯纳德小学的学生已连续 6 年参加国际奥林匹克机器人大赛,获得了小学组 2 个冠军和 3 个亚军,成为学校的一张金色名片。

巴黎伯纳德小学

参观完伯纳德小学后,记者们前往位于巴黎十八区的帕金欧莱幼儿园考察。据校方介绍,该幼儿园已有近百年历史,并在 18 年前被全面整修翻新,总面积为 1200 多平方米。建筑主体完整保留了那个年代的特点,不过,建筑师用大量鲜艳的颜色创造出一个欢乐的儿童天地。他们将彩虹作为本幼儿园的设计主题和出发点。彩虹预示着雨过天晴的好天气和愉悦心情,为孩子们所喜爱。

在这所充满诗情画意的幼儿园,考察团成员在教室的玻璃窗外,观摩了使用娱乐机器人为幼儿园小朋友上课的过程。教师使用计算机应用程序、手势或语音控制,配合先进的机器人技术,赋予这些娱乐机器人以生命,让孩子们寓教于乐。

幼儿园的教室十分宽敞,教室色调轻松。教室的前方是教师的示范讲台,上面放置着一些教学模型与机器人玩具,讲台后面的墙壁挂有白色幕布,供播放多媒体课件和视频用。教室的正面与中间放置着 5 张学生课桌,桌上摆着一些与老师讲台上同样的机器人玩具,幼儿园的小朋友三面围坐在课桌周围,面向讲台。每个课桌周围坐着 4~5 个学生。

上课开始了,授课教师是一位 30 岁左右的女老师,她与小朋友们互道"上午好"之后，向大家一一介绍了玩具机器人，并引导小朋友与老师互动。

"小朋友们，让我们一起来玩机器人玩具好不好？"老师问道。

"好!"小朋友们异口同声地响亮答道。

小朋友们玩的第一个机器人玩具是一款"任你摆布"的电子宠物奥利。它是一个能跑会跳的圆管形小球，一款互动游戏机器人，类似于可爱的电子宠物，可让使用者通过手机控制它在30米范围内很快跳动。老师首先控制奥利做跳跃动作，并要学生跟着控制自己课桌上的奥利做一样的跳跃。有的学生干得不错，高兴得哈哈笑，也有一下子控制不好而急得哇哇叫的学生；在老师帮助下，他们都逐渐学会了与奥利互动。

接着，老师让奥利做跳起后空中旋转的动作。经历一个反复学习过程，最终每一组的小朋友们都能够控制奥利又跳又转，教室内奥利跳动撞击地板的"呼呼"声与小朋友们欢乐的叫声连成一片。奥利上面的发光二极管，也可以在操作时和小朋友们互动，变换颜色，一堂普通的展示课变得有声有色。

老师还向学生演示了玩具机器人奥利前跑、漂移和翻转等动作。对于奥利的精彩表演，孩子们高兴得拍手叫好。

巴黎帕金欧莱幼儿园

奥利玩具机器人

课堂上玩的另一个机器人玩具是"能力风暴"教育机器人,其独有的六面搭建积木系列,结合了大量积木颗粒、丰富的传感器和执行器及强大的控制器,组成机器人套装;可以用它构思和搭建自己的机器人,并能通过编程使机器人完成各种任务。这款中国品牌"能力风暴"教育机器人是深受孩子喜爱的教育机器人,可全面培养孩子的创造能力和实践能力,已在世界范围内广泛应用。

老师通过智能手机和触摸编程,控制机器人前行、后退、旋转等基本动作,命令机器人夹持茶杯、弹射小球和预防碰撞等高级动作。孩子们好奇地认真观赏了老师的演示,觉得很好玩,但还不知道玩法。因为这些动作的控制要求比较高,老师把它们作为作业布置给学生,让他们以后花较多时间练习。

老师接着简要地介绍了乐高积木机器人、罗米表情机器人、宝宝机器人等。其中,宝宝机器人是中国开发的儿童陪伴机器人,能够与小朋友聊天、唱歌、讲故事、说笑话、念诗词、学习语言、语音对话等,许多儿童爱不释手,甚至有的小朋友晚上还要抱着宝宝机器人睡觉。

机器人参与幼儿教育

考察团观摩了这一堂幼儿园的示范课,很受启发,让儿童们在快乐的环境中接受新知识。有位中国女记者深有感触地说:

"如果天下所有的幼儿园都是如此充满快乐,那么这个世界上恐怕再也不会有哭哭啼啼不肯去幼儿园的小朋友了!"

下午两路考察团团员会师,前往巴黎高等师范学院体育馆,共同观看国际奥林匹克机器人足球大赛。

巴黎高等师范学院是巴黎所有大学中排名第一的大学,位于巴黎市中心塞纳河中西部,靠近巴黎圣母院和卢森堡公园。该学院拥有12位诺贝尔奖获得者,在法国享有盛誉。该学院近年来全面扩建了体育场馆,场地广阔,设施先进,被选为本届国际奥林匹克机器人足球大赛的赛场。这里正在迎接来自世界各国的上千名机器人足球选手,角逐数十个奖项。

巴黎高等师范学院

国际机器人足球竞赛,能使学生在搭建机器人和编制程序的过程中培养动手能力、协作能力和创造能力。其比赛规模不断扩大,比赛项目不断完善,比赛的影响力不断提高,为推动国际科技进步,促进教育改革与发展做出了不可替代的特别贡献。

每年举行的国际机器人足球竞赛种类很多,如 FIRA 机器人足球赛、机器人足球世界杯赛、RoboCup 机器人足球赛、世界教育机器人大赛、机器人世界锦标赛、国际机器人奥林匹克大赛、国际仿人机器人奥林匹克大赛、机器人灭火比赛和机器人走迷宫等。每年都有来自世界五大洲的数千支代表队参赛。其中，RoboCup 的最终目标是在 2050 年成立一支完全自主的拟人机器人足球队，能够与人类足球冠军队进行一场真正意义上的足球赛，并战胜人类足球队。世界教育机器人大赛是全球规模最大、项目最先进、最有教育价值的国际性青少年机器人比赛。国际奥林匹克机器人大赛是由国际奥林匹克机器人委员会和丹麦乐高教育事业公司合办的国际性机器人赛事。中国除了参与这些机器人大赛外，还承办了 RoboCup 和 FIRA 等大赛。此外，还举办了多种国内机器人赛事。其中，"未来伙伴"智能机器人大赛已举行了 20 多届。

机器人足球竞赛的项目繁多，以这次在巴黎举行的国际机器人奥林匹克大赛为例，比赛分为竞赛类与创意类两种，竞赛类比赛中各组别必须建构机器人和编写程序来解决特定问题；在创意类比赛中，各组针对特定主题自由设计机器人模型并展示。参赛者依据年龄分为小学组、初中组、高中组。具体比赛项目有机器人足球、机器人生存挑战赛、有腿机器人障碍赛、机器人爬楼梯、视觉机器人救援赛、机器人篮球、机器人拳击、机器人跳舞和机器人举重等。

有些机器人足球比赛分为半自主型、全自主型、类人型和仿真型 4 种类型。

机器人足球比赛

机器人足球系统由 4 个子系统组成：视觉子系统、决策子系统、通信子系统、机器人小车子系统。视觉子系统由摄像机、图像版、图像处理软件组成。通信子系统由通信模块组成，实现各机器人间及与决策子系统的通信。决策子系统在主计算机内，处理来自视觉子系统的实际场景视频数据和通信子系统的各种信息，做出决策命令，让机器人完成某个指定的动作。机器人小车系统是一个执行机构，涉及机器人的运动控制与机构传动。

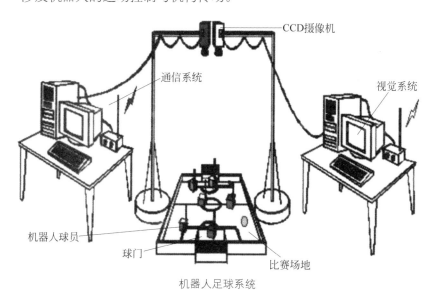

机器人足球系统

下午 1 时 45 分，考察团进入巴黎高等师范学院体育馆，到各个项目比赛现场观摩机器人足球等比赛。

这次机器人足球比赛分为小车型、仿人型、仿真型 3 种。其中，以小车型足球比赛开展得最为普遍，参赛队伍最多。记者们在场外观看一场中学组的对决。场内双方竞争激烈，场外观众看得认真，场面热闹。

开赛后,红队球员向蓝队的球门发动进攻,在接近禁区时,遭到蓝队球员的积极拦阻,双方争球激烈。球场上风云突变,由于红队3号球员的失误,球被蓝队6号队员成功拦截,并转守为攻,向红队球门逼近,给红队造成严重威胁。红队迅速调兵遣将,力图破坏蓝队攻势,化险为夷。终因红队防守失误,蓝队一球攻入红队球门。经过30分钟激战,红队终于以3∶2险胜蓝队。

在赛场区,林灵巧遇来巴黎参加比赛的多支中国机器人足球参赛小组,甚至还有一支来自他家乡常杉市的中学组选手。他们已经取得了不俗成绩,还将再接再厉争取更大胜利。

接着,考察团观看了仿人型机器人足球赛。虽然仿人型机器人还不能与人类球员同日而语,但仿人型机器人足球赛还是比小车型球赛精彩得多,毕竟是仿照人类足球赛进行的。特别有趣的是,仿人足球队员跌倒后自动站立起来的动作十分滑稽可笑:它依次执行脚贴地、屈膝、双臂按地、身体前挺、起身、直立的步骤,只用3秒就站起来了,动作干净利落,几乎和人一模一样。

人形机器人障碍赛,顾名思义就是让人形机器人跨越各种障碍,完成规定任务的比赛。参加比赛的是一种小型人形机器人。本次比赛共设置了避开汽车、翻越栏杆、越过水沟、爬上楼梯、追踪目标5种障碍。机器人选手以通过障碍的项数和时间长短决定成绩排名。这项比赛具有较高的难度,不少观众为要挑战的这些障碍的人形机器人选手捏了一把汗。

本届国际机器人奥林匹克竞赛于7月8日开幕,已进行了3天比赛,大部分项目,如机器人篮球、机器人拳击、机器人举重、机器人生存挑战赛等都已赛毕,余下还有 2 天赛事。

今天下午还有一项机器人灭火比赛。比赛在一套四室一厅的模拟住房内进行,要求参赛的机器人在最短的时间内熄灭放置在任意一个房间的蜡烛。虽然比赛过程仅有短短几分钟甚至几秒的时间,用来灭火的机器人体积也不超过 31 立方厘米,但其中的科技含量很高。机器人灭火比赛已成为全球普及的智能机器人竞赛项目之一。

机器人灭火比赛与机器人障碍赛

十五

机器人峰会迎甲子华诞

十五　机器人峰会迎甲子华诞

2030年7月11—13日,国际机器人学发展战略峰会在法国巴黎举行。11日白天为代表报到时间,晚上7时举行了峰会开幕式和招待晚会。

1000多名来自世界各国的政府和国际组织、机器人学学术界、科技界、教育界、法律界、哲学界、社会学界、机器人产业界、机器人用户代表出席了峰会。正在巴黎考察的国际记者考察团成员,少数以代表身份出席论坛,大多数以记者身份对论坛进行采访。

峰会会场设在巴黎布恩凯斯展览中心,距巴黎市区不到10千米,紧邻布尔歇机场,靠近戴高乐国际机场,地理位置极佳。作为会议中心区,面积广阔,是历届巴黎航展和众多大型国际展览活动的举办地。

这次峰会的主题是：探讨与决定国际机器人学的发展战略,特别关注发展机器人学的相关法律法规、伦理道德、人类安全和社会稳定等可持续发展问题,实现机器人学发展的长治久安。

峰会的口号是：人类与机器人和谐共处,创建更美好的明天！

巴黎布恩凯斯展览中心

峰会议题包括大会报告和分会讨论两部分,大会报告安排在7月12日,分会讨论安排在7月13日。根据国际记者考察团的总体考察任务,安排考察团成员参加峰会12日的活动,听取并报道峰会的大会报告。

大会报告涉及人-机器人关系、法律法规、伦理道德、人类安全、社会稳定5个议题,每个议题由1~2位国际相关领域著名学者进行报告。

12日的峰会大会报告安排在布恩凯斯展览中心会议厅进行。上午8时前,代表和记者们都早已进入会场。

第一个大会报告的题目是"构建人类与机器人的和谐关系,服务人类社会可持续发展",由美国加州理工学院大卫·科恩教授主讲。

首先,大卫·科恩教授概括人与机器人关系的发展过程。

"早在机器人躁动于人类经济社会的母胎,人类在期望它的诞生时就含有几分不安。人们希望机器人能够代替人类从事各种劳动,为人类服务,但又担心机器人的发展将引起新的社会问题,甚至威胁人类的生存。

"自第一台机器人问世以来,近70年过去了。数千万台各种各样的工业机器人在各行各业运行,数亿台各式各类的服务机器人进入千家万户。机器人登上社会舞台和经济舞台,人类将不得不学会与机器人相处,并适应这种共处,甚至必须改变自己的传统观念、思维方式和生活方式。不过,这种共处是十分友好的,机器人已成为人类的助手与朋友。虽然在一些国家,机器人的发展曾造成部分工人的失业或改行,但这不是主要问题。机器人智能也远未达到与人类抗衡或威胁人类的水平。

"20世纪末出现了人形机器人,并获得发展,引起人们对许多问题的担忧:这些人形机器人是否会使我们的生活变得更为复杂或给人类带来伤害?人形机器人一旦有了意识是否会继续为人类服务或是成为人类的敌人?如何预防机器人造成的事故、故意伤害和犯罪?例如接触保密与隐私信息等。

"同样在20世纪末,无性繁殖哺乳动物的培育成功,曾在全世界掀起一场轩然大波。人们担心这种无性繁殖技术(克隆技术)被不负责的狂人滥用于人类自身的繁殖。如果有一天,这一担心成为现实,那么不但将出现许多有关社会伦理道德和法律的新问题,而且将改变现有的人类与机器人之间的关系。阿西莫夫制订的机器人三守则,将更难得到执行和监督。一种现在还难以想象的人-机器人关系可能要出现。

"人类从幻想能够制造出像人一样的机器,到百万机器人的'机器人王国'的现实,经历了三千多年。从第一台工业机器人的诞生到克隆哺乳动物的出现,只经历了短短的30多年。这足以说明现代科学技术的飞跃式发展。面对可能制造出真正的'人工人'或克隆人的现实,我们不得不对机器人学的一些根本问题进行重新审议与研究。"

人-机器人关系

一位来自巴西的代表提问道:"到底现在人类与机器人之间的关系如何?"

大卫·科恩教授回答说:

"让我们看看现在机器人的作用。

"机器人已融入人类的生产与生活的方方面面。以医疗机器人为例,微创外科机器人已经获得普遍应用,为成千上万的患者成功地进行外科手术。在自动控制、生物医学、纳米制造等领域都有许多重要的机器人学研究和突破。通过纳米技术,原子级别的药物可以被输入细胞,治疗癌症等疾病。工业机器人已普遍应用于各行各业,服务机器人已进入千家万户。无人驾驶汽车的商业化,也正在逐步实现中。

"同时,机器人技术推动了制造业的发展。机器人不是要取代人类,而是提高人类的劳动效率。工业机器人在制造业大有作为,比如一些简单枯燥、具有重复性的工作就可以交给机器人去做，而人从生产线上替换下来后，可以更多地从事产品研发与设计等更复杂、更需要思考的工作。客服机器人用于电话呼叫，宾馆、餐厅和医院服务也已成为现实。机器人将更多年轻人从笨重危险的体力劳动和枯燥单调的脑力劳动中解放出来。

"机器人已融入人类社会的生产与生活，至今为止，人和机器人的关系仍是主仆关系，即人操控机器人的关系。人类将乐意与机器人交流。要维系人和机器人间的主仆关系，我们将面对许多由机器人引起的法律、伦理、安全和社会问题，并要积极且正确地处理好这些问题。"

接着，科恩教授介绍了人类对机器人发展的担忧。

"机器人是为了人类生存的便利而存在的，是为人类服务的工具。如果未来机器人被人类赋予了感情、思维等能力，机器人将变得更加能干且具备人类所特有的认知能力和意识，那么，机器人是否仍然会仅仅是'效忠'人类的工具呢？它们是继续为人类服务还是与人类对抗？机器人是否能够具有人类那种意识？机器人'造反'的故事是否会变成现实？这些都是人类感到焦虑与恐惧的问题。

"包括斯蒂芬·霍金、比尔·盖茨、埃隆·马斯克在内的一些著名人士都曾经提出：如果智能机器缺乏监管，人类将迎来一个黑暗的未来；人工智能可能是导致人类面临的最大灭绝风险。

"有些学者认为，一旦机器拥有了像人类一样的智能，包括人类对情感的理解能力，人类世界终将被人工智能世界所代替，人类将会面临一场控制危机。也有人认为这一切都是危言耸听、杞人忧天，机器人永远也不可能在总体上超越人类智能。"

科恩教授进一步说明了为什么人们会有这样的担忧。

"人类对机器人的恐惧和担忧是源于潜意识的。当我们看到机器人发挥的积极作用时，也许这种恐惧与担忧就会减轻。美国联邦政府、各州、各市都制定了相关法律来保护人类免受机器人的伤害。考虑到机器人给人类带来巨大的现实好处和潜在利益，不能一味地否定机器人。我们将不得不应对智能机器人和人形机器人发展所带来的挑战，同时应积极解决出现的问题。

"人类对机器人的担忧还和人与机器人关系的'荒谬性'认识有关。

"在人工智能快速发展的时代，人类要如何定义人与机器的关系？我们一方面想要赋予机器人自主意识，另一方面又想把它当成工具使用。这种人机关系的荒谬性是否会迫使有'人性'的机器人发动革命呢？

"早在1950年，阿西莫夫就提出了著名的'机器人三守则'，它已成为机器人研究与制造应该遵循的准则。有了'机器人三守则'，人类是否就可以高枕无忧了呢？事实上，这套守则只是一种技术上的保证，而非法律保证。具有攻击性的军用机器人的出现，本身就已经颠覆了'三守则'。

"人类如果不想被机器人所取代，就要让机器人拥有绝对服从的意识。机器人生活在三守则的矛盾中，它首先要保护人类，还要保护自己，而且，还不可以为了保护自己而放弃保护人类，更不可以为了保护自己而违背人类的要求。更加严峻的问题是，它不仅要服从人类，还不能成为人类相互残杀的工具，这就要求它具备识别自我行为的能力，同时还要为保护人类而放弃自我意识，将自身沦为无须思考的工具。"

最后,科恩教授给出了结论。

"在开发与应用机器人的整个过程中,我们必须坚持人的核心地位和主导作用,努力构建人类与机器人的和谐关系,更好地服务人类和人类社会的可持续发展。我们需要用科学眼光看待机器人技术的发展和机器人的进化,及时处理机器人发展过程中出现的各种问题,因势利导,使机器人学与机器人技术始终沿着'以人为本'的路线向前推进。"

大卫·科恩教授在一小时的演讲中,还回答了代表和听众提出的问题,与大家互动。

第二个大会报告的题目是"完善机器人学的法律法规,确保机器人学长治久安",由来自中国社会科学院机器人法律研究所的彭建勋研究员主讲。

彭建勋研究员开门见山地提出问题,并就阿西莫夫提出的"机器人三守则"发表看法。

"人类将对具有人工意识的机器人给予前所未有的关注。机器人的发展与应用带来了许多法律问题,例如,汽车机器人发生事故,造成伤害该由谁负责?又如,自主机器人士兵在战场上开枪打死人类是否违反国际公约?再如,机器人参加运动会赛跑或其他竞赛可能会要求得到奖赏,并由此获得收入。随着思想复杂性的提高,人形机器人可能开始表达对于生活现象和问题的观点,甚至提出政治主张,要求拥有言论自由和游行示威的权利。这些现象可能给人类带来挑战、不安,甚至危险。有些学者认为:机器人与人类反目成仇的可能性远高于我们的预想。机器人可能与人类对抗,它们不具备人类那种良知意识、是非观念和人生观念。用于对实施暴力、人身伤害甚至杀人行为的人类法律,是否也适用于机器人?机器人的法律问题已经提上议事日程。

"据我所知,有一些国家,如韩国、日本和美国等,已就机器人的一些问题立法,保护人类和机器人。韩国政府颁布了《机器人道德宪章》,以确保人类对机器人的控制,保护机器人获得的数据,保护机器人的权利。日本也颁布了《下一代机器人安全问题指导方针》,保护人类在使用机器人的过程中不被伤害。

"众所周知,1950年美国科幻作家阿西莫夫提出的'机器人三守则':

"一、机器人不得伤害人类,或看到人类受到伤害而袖手旁观;

"二、在不违反第一守则的前提下,机器人必须绝对服从人类给予的任何命令;

"三、在不违反第一守则和第二守则的前提下,机器人必须尽力保护自己。

"'三守则'的目的是创造一个基本框架,以便让机器人拥有一定程度的'自我约束'。

"虽然这样复杂的机器人目前还没有制造出来,但机器人法律却已被广泛应用在科幻、电影以及机器人研发领域中的机器人学和人工智能领域。

"不过,阿西莫夫三守则有着一定的历史局限性和概念歧义性,三条守则之间也存在逻辑矛盾。

"假如两个人斗殴,机器人应当选择帮谁呢?加入任一方都违反第一守则的前半部分,不加入却又违反第一守则的后半部分。

"假如主人要机器人帮他去抢银行,'抢银行'也是主人的一种命令,也不违反第一守则,那么机器人一定会去抢银行。这种违法的事情算不算违背第一守则?

"假如机器人在执行'保护人质'命令的过程中,未能保护自己而被绑架者'击毙',算不算机器人违背了第三守则?

"由此可见,机器人三守则存在着严重的逻辑矛盾。

"后来,阿西莫夫又补充了'第零守则',但只是偷换了概念,把第一条的'人类'换成了'人类的整体利益',可人类之间是有不同的利益集团的。例如,如果两个集团或两个国家发生武装冲突,任何一方都认为自己是正义的,双方都研发军事机器人投入战争,做着伤害人类的事情。其结果是,机器人做和不做都不对,如果做的话就意味帮助一部分人伤害另一部分人,如果什么也不做的话机器人就违反第二守则了。

"至今,又出现了对阿西莫夫机器人守则的补充意见。那些在阿西莫夫机器人三守则的基础上加以修改得出的所谓'完善'一点的定律,其实也并不完美,而且这样的修改没有尽头,很有可能走进制定规则的误区。试想,连人类(指令制定者)都无法判断是否正确的行为,机器人又如何能够得出正确的结论呢?在这个问题没有解决之前,谁又能说机器人做错了呢?"

报告到此,有位来自新西兰的代表举手提问:"机器人的发展给法律带来了什么挑战?"

彭研究员回答了机器人挑战现有法律的问题。

"现有劳动法以保护劳动者为宗旨。而当大量工作岗位被机器人取代时,劳动法的适用范围必将大受限制。

"在全面迎来无人驾驶的时代,以往主要根据驾驶人员过错划分责任的道路交通制度体系将被彻底颠覆。一旦发生交通事故,现有的人类驾驶员的责任将不复存在,汽车公司可能将成为保险公司的最大客户,交通法规或将改写。

"在机器人时代,大量的作品可能由机器人创作,如机器人记者撰写新闻稿。这一切或将颠覆现有的知识产权法律制度。

"'高级案件管理'系统,也被称为'机器人法官'。该系统能够通过对既有数据和判例的分析,自动生成最优的判决结果。与法官一样面临职业危机的还有律师、教师、编辑、艺术家等行业。在机器人时代,法律也将重塑对这些职业的要求。

"机器人时代的法律话题或者才刚刚开始,人类社会对它的探索也将持续不懈。无论喜欢或者不喜欢,机器人时代终将到来。这将是一个机器与人高度融合的时代。在这个时代,我们将与机器人一起生活、一起工作、一起思考。传统法律将面临巨大挑战,法律观念将被重新构建。法律的终极关怀,不仅包括人,还包括机器人。无论你喜欢或不喜欢,法律都将重构,不得伤害人类与不得虐待机器人或将有一天会被同时写进宪法。"

彭建勋先生最后归纳自己的演讲:

"如同其他产品一样,机器人在法律领域的许多责任问题和安全问题需要引起世界各国和机器人研发者的高度关注。在医疗领域,有机器人引发的医疗事故或实施恶意行为的责任问题;在军事和执法领域,执法机器人代行警察职能;具有反社会倾向的机器人将向人类伸出黑手,实施非法行为或恐怖袭击。这些问题应当如何考虑与处理? 因此需要解决许多相关的法律问题。

"由于人形机器人可以移动,具有自主性,能够通过内置软件做出决定,虽然会提升机器人作业的安全性,但也将带来更加复杂的法律问题。机器人制造商必须为其产品的不良后果担负法律责任。

"希望法律能够规范人形机器人和其他智能机器人技术的发展。这需要我们确保对机器人的控制、防止非法使用、保证机器人获取安全的数据,以及建立机器人身份识别和定位系统。

"人类制订机器人法律的目的在于:通过完善机器人学的法律、法规,最大限度地利用机器人具有的能力,引领它们的发展进入正确轨道,并防范它们可能带来的消极影响,确保机器人学和人类社会长治久安。"

第三个大会报告的题目是"规范机器人的伦理道德,保护人类根本利益",由英国标准协会机器人伦理设计编审委员会主任威廉·詹姆士主讲。

他首先阐述了机器人伦理问题出现的背景。

"机器人发展事关人类的存亡。机器人的伦理问题应该引起全社会的关注,机器人技术的发展将直接关系人类的命运,现代技术的进步让人类社会置于风险之中。对于机器人的伦理问题,要做好智能技术的控制,先控制后制造。在机器人的设计和生产中,人类也应有所保留。

"人们所担忧的应用服务机器人引发的风险与伦理问题,主要涉及两个方面:一个是小孩和老人的看护,另一个是军用自主机器人武器的发展。

"孩子与机器人的短期接触可以提供愉悦的感受,还可以激发他们的兴趣和好奇心。但是,机器人还不能作为孩子的看护者,因为孩子始终需要大人来照顾。过长时间与机器人相处，可能会造成孩子成长过程中不同程度的社会孤立。如果将孩子完全交给一个机器人保姆，让机器人保姆照料孩子的安全，那么可能使孩子缺失社交能力。人口老龄化程度的加深促进了陪护机器人的发展。例如，喂食机器人、洗澡机器人、提醒用药的监控机器人等。但老年人长期完全置于机器人照顾之下也是存在风险的。老年人需要与人接触，需要看护者为他们提供日常的护理工作。即使机器人可以减轻老年人亲友的内疚感，却无益于解决老年人的孤独问题。人们正在逐渐被现实世界中人与机器人之间的关系所误导。

"军用机器人的应用也会产生一些道德问题。例如，美国在伊拉克和阿富汗战争中配置了5000多个遥控机器人，用于侦察与排雷，也有少数用于作战的重型武装机器人。在作战行动中，由地面机器人充当先锋，当隐藏着的敌人攻击时，无人驾驶侦察机能够发现敌军位置，通知巡航中的战斗机，然后，战斗机发射导弹，命中目标。这一切行动都通过网络由战场上的美军操控。地面武装机器人和自主/半自主武装无人机造成许多无辜群众（包括儿童、妇女）的伤亡，如在叙利亚、伊拉克、阿富汗所出现的那样。

"通常，武器都是在人的控制下选择合适的时机发动致命打击。然而，军用机器人可在无人控制的条件下自动锁定目标并且摧毁它们。这些伦理问题的出现是因为目前还没有能够在近距离遭遇战中区别战斗人员和无辜人员的运算系统。计算机程序需要一个非常清晰的非战斗人员的定义，但目前还没有这种定义。机器人被设计用于实施包括军事活动或违法行为在内的对抗人类的行动。具有反社会倾向的机器人将向人类伸出黑手，实施非法行为或恐怖袭击。自主机器人士兵将大大增加地区性冲突和战争的可能性。"

机器人攻击人类

詹姆士先生接着谈及机器人伦理道德问题的重要性——机器人将继续为我们所用还是成为我们的敌人?

"许多科幻影片的剧情和结局反映了人类对于他们的创造物可能进行反抗的恐惧。例如,影片《终结者》中人类为了生存权而与机器人开展战斗。《黑客帝国》中,人们成为寄生机器人的俘虏;它们让人类活着只是为了从人类身上获取能量。在卡雷尔·恰佩克1921年创作的舞台剧《罗萨姆的万能机器人》中,机器人发动叛变并摧毁了它们的人类主人。

"人形机器人的发展引发对伦理道德的关注。如果不谨慎对待,机器人就可能使我们受到伤害:造成伤害事故、实施故意伤害或犯罪行为,可能直接接触我们的个人隐私信息,并把它泄露给公众。

"人形机器人已获得广泛应用,它们可以从事艺术表演、时装表演、医疗实验、招待服务。开发者力图复制人类的表情与行为,然而它们当前所具有的功能与科幻小说描述的相差甚远。对机器人科技的恐惧感在日后的生活中也将出现。比如,一位机器人科普书籍作者给他的3岁女儿买了一个和她一样高、能走路、会唱歌的机器人娃娃。当娃娃走向女儿并唱歌表演时，女儿不但没有感到惊喜并跑过去拥抱娃娃，反而脸色苍白，尖叫地跑回房间，好像见到怪物和幽灵一样。多年后他的3岁外孙，在迪士尼乐园观看人形机器人表演时也被吓了一跳，为了让外孙平静下来，只好把他带离机器人表演现场。我的孙子3~4岁时在实验室看到先锋移动机器人向他移动时也吓得急忙往后退缩。这些说明人类在面对机器人时会产生出于本能的恐惧感。这个问题值得研究。

"地球上某种由人类创造出来的机器，对人类可能是危险的，而且可能存在最具毁灭性的能力。人类如何才能让机器人具有同情心、责任心、同理心、负罪感、羞耻感和是非判断能力？如何通过编程让机器人拥有道德？解决不了这些问题，人形机器人就可能具有反社会和毁灭人类的倾向。在生物工程技术的启发下，机器人被制作得越来越像人类。仿生应用程序的开发要确保机器人作为有道德的生物存在。机器人智能的构建需要得到人类本性的启发，同时又要避免人类的故有缺点。我们希望制作出和善的机器，而不希望它们完全效仿人类，不希望效仿残忍、自私、自以为是、为了一己私利而不择手段等不良品性。"

出席会议的一位坦桑尼亚代表提出问题："人类是否需要对机器人的权利加以限制？"

詹姆士先生回答这个问题：

"人类赋予机器人某些权利是合理的，机器人应该拥有得到尊重的权利。不过，在赋予机器人某些权利的同时，我们更应该对机器人的权利进行限制。

"机器人研发人员正在不断努力,通过建立道德准则、指导方针以及将道德编制为相应算法以指导机器人的行为,寻求解决问题的方法,以确保人工智能机器人对人类是友好的。

"许多学者认为,具有高度智能的机器人会向人类要求更多的权利。这也提醒我们,技术上的可能并不能成为道德上的应当。我们是否应该对智能机器人的发展做出某种制度上的限定,使其按照某种规范发展?对某种技术的应用范围进行限制,这并不是全新的话题,比如许多国家已经通过各种形式以致立法禁止克隆人。即使人们认为科学技术的研究不应该较多地受到伦理规范的限制,但至少应该对科技研究成果的应用范围保持高度警惕。关于智能机器人的科学技术基础至少包括人工智能、计算机科学技术与机器人学,对这些相关领域的科技成果的应用并不是毫无限制的。如果说克隆人的出现关乎人类尊严的话,那么智能机器人的无限发展也将可能对人类的安全形成威胁。关于智能机器人的发展限度等问题,政府部门、科技界、哲学界与法学界等不同领域的人员显然需要精诚合作,共同努力解决相关问题。这已经不是只存在于科幻小说与思辨哲学等领域的话题,而是一个日益紧迫的现实问题。

"公众和立法机构应主动采取行动限制机器人技术的发展,而不是像原子弹和生化武器那样要在人类遭受重大伤害后才加以限制。国际社会的科学家和工程师们正致力于建立适用于人形机器人开发与使用的'道德准则'。要努力确保人类对机器人的控制,防止非法使用,保障机器人获取安全数据,确立明确的识别与定位机器人的方法。需要制定相关法律保护人类免受变得越来越聪明能干,甚至某些能力超过人类的机器人的伤害。"

詹姆士博士最后说：

"机器人技术的发展给人类带来福祉,但需要谨慎地对待机器人技术发展过程中可能出现的问题,尤其要考虑如何编制友好的人工智能算法来使机器人按照伦理道德标准行事。

"机器人研发人员正在不断努力,通过建立机器人伦理道德标准框架、指导方针以及将道德编制为相应算法以指导机器人的行为,寻求解决问题的方法,以确保人工智能机器人对人类是友好的。

"有些国家还拟定了机器人伦理标准路线图,认为机器人伦理标准的制定应按照引起关注、形成意识、形式规范、实质规制、审视步骤几个层次来建立成熟的机器人伦理标准体系。"

讲到这里,詹姆士先生抬起头望向听众:"请问大家有什么问题？"

一位丹麦代表举手并提问:"请问克隆机器人是怎么回事？我们是否应该坚决禁止克隆机器人？"

詹姆士先生略加思索后说：

"简单地说,克隆机器人或克隆人就是人类通过无性繁殖技术而繁育的人类。无性繁殖哺乳动物（如克隆羊和克隆牛等）培育成功后,人们担心会有克隆机器人或克隆人的出现。

"如果有朝一日出现了人造的真人,即克隆人,那么,人类对机器人的许多概念将发生动摇,甚至产生根本变化。这些概念涉及机器人定义、机器人进化、机器人结构、机器人智能以及机器人与人类的关系等重要问题。我们有必要对这些问题重新认识,加以探讨,集思广益,取得共识,以便使机器人技术继续沿着健康的方向发展,这也有利于克隆技术的正确使用。

"作为基因工程的一个重要组成部分,克隆技术已获得成功应用。在医学和生物学研究中,无性繁殖早已广泛应用,包括农业上采用的扦插、压条、嫁接和单细胞繁殖等。应用克隆技术培育哺乳动物获得成功的事件,使人们自然地联想到,是否将会有人甚至已经有人应用克隆技术复制人呢?

"从理论上看,可能利用这一技术复制人;从技术上讲,制造克隆人与制造克隆羊和克隆牛本质上没有差别,已是可行了。克隆技术是人工生命科学的一个最新研究进展,如果应用得当,将使人类受益匪浅。例如,可以采用克隆技术改良与制造新的动植物品种,为人类造福。

"任何新技术的出现都可能产生负面作用;如果掌握不当或不负责任加以滥用,就会有潜在风险。新技术的最大危险莫过于人类失去对它的控制,或者是它落入那些企图利用新技术反对人类的狂人手中。现在人们担心克隆技术会被用于复制人类,威胁人身安全和人类社会的安定与发展。

"我们不能因为克隆技术隐藏着危险而禁止对它进行研究与应用。但是,人类应该坚决禁止克隆人或克隆机器人。

"首先,如果允许复制人类(人工人),那么将带来人类社会的伦理危机、道德陷落以及婚姻与家庭概念的动摇。试想,那些没有生身父母的克隆人,还有什么家庭观念可言?这又会对社会产生什么影响和后果呢?

"其次,滥用克隆技术将影响自然生态环境,破坏生态平衡。即使对于畜牧业,大量推广无性繁殖技术也可能破坏生态平衡,导致一些疾病的大规模传播。若用于哺乳动物和人类自身繁殖,也会有类似的问题。

"再次,警惕'害群之马'的出现。众所周知,基因工程可对基因进行繁殖,也可对不同细胞的基因进行交叉与变异处理。一旦实施交叉或变异操作,那么将产生新的生物物种,形成新的种群。这对改良牲畜、果树和农作物品种具有一定的积极意义。但若应用不当或技术失误,就可能制造出怪物来。这种怪物无论是植物还是动物,都可能对人类产生不良影响。如果这种怪物是人工人,就更可怕了。如果以你为原型克隆出的机器人实施犯罪行为,恐怕你会很难洗脱罪名,证明自己是无辜的。

"许多国家的法律已明文规定限制对人类的基因进行克隆,禁止克隆人。"

第四个大会报告的题目是"严把机器人科技关,防范机器人危害人类",由俄罗斯科学院机器人安全研究所的尼娜·伊万诺娃研究员主讲。

尼娜·伊万诺娃研究员从机器人的进化谈起。

"从科学幻想、工艺精品到工业机器人,从程控机器人、传感机器人、交互机器人、半自主机器人到自主机器人,从操作机器人、生物机器人、仿生机器人到仿人机器人、人形机器人和机脏人,机器人已走过漫长的'进化'过程。

"科幻作品中描述的人形机器人能够指引未来机器人的发展方向,人们可以从中得到启示以防止机器人产生负面影响。随着人形机器人被造得越来越像真人,人们越来越担心机器人会做出危害人类的坏事。人们期待制造出为人类服务的机器人,又担心机器人危害人类与人类社会。

"长期以来,人们对机器人的进化持有比较乐观的认识。他们认为,机器人的进化与人类的进化在本质上是完全不同的。机器人需要由人去设计和制造,不可能自行繁殖;它们既不是生物,也不是生物机械,甚至不是由细胞等生命物质构成的,而仅仅是一种机械电子装置。即使是智能机器人,它们的智能也不同于人类智能,是非生命的机械模仿,而不是生命现象。

"然而,这种观点正面临新的挑战。随着科学技术和生物工程研究的迅速发展,许多人体器官和系统已能被制造出来,如假肢、人造心脏、人造肾脏、人造视觉、人造听觉、人造血液等,甚至还有人造肝、人造胰和人造脑。有些人造器官已植入人体,成为人体的一部分。有的人称这种植有人造器官的人为'机脏人',他们其实已成为'半机器人'了。

"机器人技术伴随整个现代科学技术的进步而迅速发展,机器人的能力越来越强,一步步接近人类的能力。随着机器人的每一次进化,机器人与人之间的差异逐步减小。那么,这种差异将会减少到什么程度呢?

"过去,我们将'机器人会像人类一样思考,一样有情感'的观点视为一种天方夜谭。然而,克隆生物的诞生迫使我们不得不重新思考这些问题。这些克隆牛和克隆羊不就是更高级的机器牛和机器羊吗?如果机器人的定义也包括人造的机器和人造的生物,那么,机器人与人之间能力(包括体力和智力)上的差异就可能不复存在了;至少可以说,差异极小了。因此,关于机器人智能问题的争论,也将和机器人的定义、机器人的进化问题同时开展,同步得出相应的结论。

"有人担心机器人智能将要超过人类,从而反宾为主,要人类听从它的调遣,这种担心似乎尚不必要。现在还没有制造'超人'的技术,而且也不允许使用这种技术。不过,机器人智能是否将与人类智能相似,甚至在某些方面超过人类智能呢?机器人的发展会不会威胁到人类生存呢?”

机器人安全问题

她进一步畅谈机器人造成对人类的威胁,包括心理威胁和实际威胁。

"对机器人的智能将要超过人类的担心,随着科幻小说和电影、电视、网络的传播,已经十分普遍了。造成这种担心主要有两方面的原因:一是由于人类对未来机器人还不够了解,因而产生'不信任感';二是由于现代社会矛盾在人们心理上的反应,比如,在使用机器人后,给人们带来的失业恐惧。又如,如何预防机器人造成的事故、故意伤害和犯罪?如克隆特殊人物、接触个人保密与隐私信息等。

"还有人担心,未来具有自我认同能力和人工意识的人形机器人将要求雇主为自己的劳动付酬,即提供有偿服务。它们还可能要求得到法律保护,以防止自己被人类过度使用而置于危险境地。如果它们形成一个组织,将会选举它们的代表与人类谈判与协商。将来机器人可能会有自己的思想,并能够意识到自己被奴役的地位,感到这样对待它们是不公平的。这样,它们就可能发动起义,进行反抗,甚至反宾为主,统治人类。

"因此,人类要维持这个人-机器人关系中的主人地位,需要机器人毫无怨言地接受人类的主导地位。"

尼娜·伊万诺娃研究员讲到这里,一位坐在大厅右侧前方的代表站起来提问:"我是一位在战场上亲眼看见过机器人士兵的伊拉克前线记者。请问士兵机器人是否会给人类造成重大安全威胁?"

尼娜很愿意与提问者及与会代表们探讨这个问题,她说:

"随着科学技术的快速发展与逐渐成熟,如同终结者般的自主致命性机器人正在从科幻作品中走出来,成为当代战争中的真实存在物。目前以美国、英国、以色列、俄罗斯为代表的多个国家都在研制自主性致命武器。所谓自主性致命武器是指可以根据自身所处不断变化的环境,随时学习或调整的武器。说得简单些就是这类武器无须人类的操作就可以自行锁定目标,并可以使用武力攻击,消灭包括人类在内的一切目标。

"有的自主致命武器已经实现了自动搜索、跟踪和攻击等多项功能。战场上变化莫测,根据现有的人工智能水平,机器人在战场上很有可能产生对环境的错误判断,产生错误的行为,直接对战局产生不利影响。不过,由远程遥控向计算机软件、传感器、控制装置发出指令与信息,能够赋予机器人全自动识别、跟踪、判断并攻击的能力,实时调整作战方法，这将成为未来武器发展的趋势。已有越来越多的国家加入研发机器人武器的队伍。

"但是，赋予机器人以自主控制能力和杀人的权限，将给人类造成难以估量的重大危害。最可怕的是，随着人工智能的发展，机器人很可能在短短的几十年内发展到人类的智能水平。一旦《黑客帝国》《终结者》中的想象成为现实，这些武器的高智能与致命性将令人类陷入毫无招架之力的困境中。

"人类对武器的发明应当有一条不能触碰的底线，那就是人类发明的武器不能威胁到整个人类的生存。然而，人类却在不断地触碰这个底线。

"用士兵机器人代替人类士兵上战场，由于具有多方面的优势而成为未来战争不可阻挡的发展趋势。但冲突双方都应将武器系统的最终开火权牢牢地掌握在人类手中，好在自主致命武器的发展已经受到了越来越多人的重视。这类武器的研制、开发未来将逐渐受到严格的限制。只有这样机器人才能成为人类发展的助手而不是人类的终结者。"

第五个大会报告的题目是"正确处理机器人发展问题，实现人类社会安全稳定"，由南非共和国人文科学研究理事会副理事长博卡莫索博士主讲。

博卡莫索博士首先认为机器人的快速发展使社会结构发生变化。

"1920年，捷克剧作家卡雷尔·恰佩克在他的科幻情节剧《罗萨姆的万能机器人》中，第一次提出了'机器人'这个名词，从此人类社会出现了机器人这一词汇。

"1962年，美国万能自动化公司的第一台机器人在美国通用汽车公司投入使用,这标志着第一代机器人的诞生。从此,机器人开始成为人类社会生活中的现实。

"机器人的发展极为迅速。机器人登上社会舞台和经济舞台,使社会结构悄然发生了变化。人-机器的两极社会结构,已逐渐为人-机器人-机器的三极社会结构所取代。从医院里看病的医生、护理患者的护士、旅馆、餐馆和商店的服务员,到家庭的家政服务员还有秘书、司机等,均可由机器人来担任。因此,人们不得不学会与机器人相处,并适应这种社会共处。由于与机器人打交道毕竟不同于与人打交道,所以人们必须改变自己的传统观念和思维方式。"

"1999年,国际自动控制联合会(IFAC)第14届世界大会主席、中国工程院院长宋健博士在大会开幕式主题报告中提到:可以设想,全世界的老人都将有一个机器人服务员,每一个参加会议的人都可能携带一个机器人秘书。"

"2016年,比尔·盖茨预言未来社会家家都有机器人。他说,'现在,我看到多种技术发展趋势开始汇成一股推动机器人技术前进的洪流,我完全能够想象,机器人将成为我们日常生活的一部分。'"

其次,博卡莫索博士谈及机器人发展对人类就业的影响。

"机器人能够代替人类进行各种体力劳动和脑力劳动。例如,用工业机器人代替工人从事焊接、喷漆、搬运、装配和加工作业;用服务机器人从事医护、保育、娱乐、文秘、记者、会计、清扫和消防等工作;用海空探索机器人代替宇航员和潜水员进行太空和深海勘探和救援。机器人将可能引发就业市场的变动并影响人类生活。例如,机器人可能代替那些低技能和低工资劳动者,如加油员、接线员和收银员的就业机会;如果机器人的智能进一步发展到一定高度,它还可能取代高技术员工的工作。因此,将有一部分人员可能把自己的工作让位给机器人,造成他们的下岗和再就业,甚至失业。要解决这个问题,一方面,要扩大新的行业(如第三产业)和服务项目,向生产和服务的广度和深度进军;另一方面,要加强对工人和技术人员的继续职业教育与培训,使他们适应新的社会结构,能够在新的行业继续为社会做出贡献。

"随着技术的进步,机器人在众多领域得到应用,如日常生活、商业和生产领域。这些机器人将为使用者提供高效率、高质量的服务,代替人们从事危险和不愿意从事的工作。

"根据机器人平均价格指数和员工劳务报酬指数曲线,机器人的平均价格一直下降,而员工的劳务报酬却一直上升;也就是说,10年间劳务报酬指数与机器人价格指数的比值提高了数倍。因此,机器人的装机台数一直呈现上升势头。随着工业机器人价格的明显下降和劳力报酬的较快提升,世界各国必然更多地应用各种机器人(含工业机器人和服务机器人等)代替人工劳动,这已成为21世纪的一个必然趋势。这也是一个值得包括社会学家、经济学家、人口学家以及政府决策官员在内的学者和领导人们高度关注和深入研究的紧迫的社会问题。"

机器人和工人一起待业

博卡莫索博士讲到这里，停下来喝了一口茶。这时，来自中国的代表文欣博士提问："请问博卡莫索博士，人工智能的迅速发展将对智能机器人和人类社会产生什么影响？"

博卡莫索博士回答说：

"文欣先生提的问题很好，也很重要。近年来，人工智能技术在全世界取得重大突破，也进一步促进了机器人科技的发展。人工智能为机器人提供了重要能力，包括知识获取与表达、确定性推理与不确定性推理、运动路径与任务规划、特征识别与目标跟踪、自然语言处理、图像处理、地图构建与导航、计算智能及机器学习等。人工智能技术为机器人技术向智能化方向的发展提供了理论和技术支持，是智能机器人发展的根本保障。人工智能能够模仿人类行为以实现机器人的特定应用。例如，机器人护士专家系统，可以让机器人在非预期情况下具有自我判断能力并从中学习。其他重要的应用领域包括通过语音合成器讲话、快速甚至同步进行语言翻译、处理与识别语音。为了使表达更真实，操作系统必须将声音、嘴唇、面部表情、手势、眼神及眨眼等方面协调好。借用你们中国的一句成语，人工智能使机器人学'如虎添翼'，机器人这只老虎开始飞起来了！

"让我们看看两个数据，智商（IQ）值与智能机器人总数。大家知道，智商即智力商数，为个人智力测验成绩和同年龄被试成绩相比的指数，是衡量个人智力高低的一个标准。设定人的平均 IQ 值为 100，爱因斯坦的 IQ 为 190，属于特高智商，而至今已知的个人最高 IQ 为 205。随着计算机智能程度的不断提高，20 年后人工智能的 IQ 将达到 10 000，这绝非痴人说梦，而是不久后的现实。另一个数据，预测未来 20 年智能机器人的数量会达到 100 亿以上，将超过人口总量；这也不是空穴来风，而是科学预测。从这两个数据可以看到，就某些重要指标而言，20年后人工智能机器人将从数量到质量全面赶超人类。不过，人类不必为此感到恐惧，智能机器人的进步，将为人类做出更全面和更大的贡献。

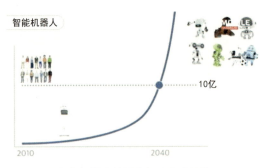

智能机器人总量将超过人类总数

机器人能够代替人类进行各种体力劳动和脑力劳动，被称为"钢领"工人。例如，用工业机器人代替工人从事焊接、喷漆、搬运、装配和加工作业，用服务机器人从事医护、保育、娱乐、文秘、清扫和消防等工作，用探索机器人替代宇航员和潜水员进行太空和深海勘探和救援。因此，将造成一部分人员下岗和失业。英国牛津大学2013年的一项研究报告指出：将会有700多种职业被智能机器替代，其中首当其冲的是销售、行政和服务。

有人提出过一个人工智能将超过人类的任务与时间表：

翻译语言　2024年

写作随笔　2026年

驾驶卡车　2027年

零售工作　2031年

十五　机器人峰会迎甲子华诞

写畅销书　2049年

自主手术　2053年

"机器人将改变人类的工作与生活环境、经济发展方式和医疗卫生状况。机器人可以做人类的助手，为我们提供各种专业服务，修复受伤人类的肢体，甚至给人们带来'永生'。出席本次国际机器人学发展战略峰会的国际记者考察团，你们参观与考察了智能化汽车制造厂和钢铁冶炼及轧制工厂车间、医院手术室和病房、康复中心、学校、家庭与老年公寓，还实地考察了太空和海洋机器人的应用情况。相信你们的感受会和今天各个大会报告谈到的一样，人工智能的发展已对人类社会的方方面面产生了十分重大和深远的影响。

"未来的机器人将发展到非常'聪明'的程度，将能够自动识别并解决一些人类无法应对的体力和智力问题。机器人将比人类至今已经制造出来的任何机器更有智慧和更加有用，它们不仅是工具，更是具有创造性的机器。我们可以期待，在不远的将来，高级智能机器人将普遍出现在我们的生活中，人工智能和智能机器人今后必将产生更大和更深远的影响。"

回答了文欣先生的问题后，博卡莫索博士最后就大会报告进行了小结。他说：

"本次国际机器人学发展战略峰会经过一天的大会报告与讨论，已就下列5个重要议题进行了全面与深入的探讨：

"完善机器人学的法律、法规，确保机器人学长治久安；

"规范机器人的伦理道德，保护人类根本利益；

"严把机器人科技关，防范机器人危害人类；

"正确处理机器人发展问题，实现人类社会安全稳定；

"构建人类与机器人的和谐关系,服务人类社会可持续发展。

"机器人,特别是智能机器人与人形机器人的快速发展,在给人类带来巨大利益的同时,也使人类面临诸多挑战,出现了许多与机器人相关的人-机器人关系、法律法规、伦理道德、人类安全和社会安定等问题,引起人们的普遍关注和深度忧虑。这些机器人是否会使我们的生活变得更为幸福或带来伤害?一旦人形机器人有了意识后是会继续为人类服务或是成为我们的敌人?我们制造的机器人到底能够逼真到什么程度、想要逼真到什么程度、制造这种机器人是否有潜在风险?我们希望这种机器人在多大程度上影响我们的生活?如何预防机器人造成的事故、故意伤害和犯罪?这些问题都需要引起高度重视,并切实加以回答。

"本次国际机器人学发展战略峰会特别关注发展机器人学的这些可持续发展问题,全面探讨国际机器人学的发展战略,集思广益,为各国政府和国际组织提供决策支持与立法咨询,为实现机器人学发展的长治久安,实现人类与机器人和谐共处,为创建人类更美好的明天而贡献智慧和力量。

"我们期待机器人作为我们的助手和伙伴,继续给人类带来巨大利益,同时也要努力应对智能机器人和人形机器人可能带来的潜在危险,确保它们对人类永远是友好的和有益的。

"让我们以实际行动实践峰会的口号:人类与机器人和谐共处,创建更美好的明天!"

大会报告在热烈的掌声中圆满收官。

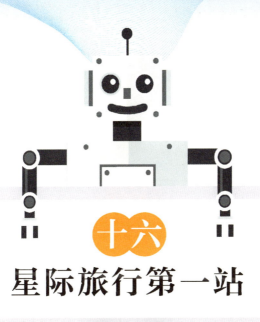

十六 星际旅行第一站

7月13日,国际记者考察团召开大型内部报告会,邀请国际知名航天专家作专题报告,就未来太空探索和太空机器人的应用问题进行研讨。报告会在凡尔赛门巴黎世界博览会的主报告厅举行,那里与记者们落脚的巴黎展览中心公寓酒店只有600米之遥。报告会由国际新闻工作者联合会秘书长穆罕默德主持,考察团全体成员出席。报告会将历时一天,分别由各国资深记者和相关专家报告太空探索和太空机器人问题。

第一个报告是《人类家园地球面临的挑战与月球探索》,于上午8:30开始,由中国国家航天研究院院长刘鹏程主讲。

刘鹏程先生满怀深情地说:

"飞上月球,漫游苍天,移居外星,这是人类千百年来的梦想。

"中国古代神话小说《封神榜》中许多上天入地和腾云驾雾的奇谲、瑰丽的场面,古典名著《西游记》中孙悟空一个筋斗云天万千里的扣人心弦的情节,以及闻名中外的敦煌飞天艺术形象,如同'嫦娥奔月'神话传说一样都表现出中国古代人民丰富的想象力和向往太空

十六 星际旅行第一站

的美好梦想。

"漫漫宇宙,群星璀璨,人类对它们的幻想层出不穷,奇妙绝伦;但人类对它们尚不够了解,还有很多奥秘需要人类去探索。由于地外星球距离地球遥远和生存条件恶劣,人类目前还无法直接登上这些星球,也还没有找到适宜人类长期居住与生活的其他星球。不过,人类可以首先通过太空机器人,前往外星球进行各种探索,为人类直接踏上地外星球披荆斩棘,鸣锣开道。因此,机器人在星际探索与星球探测中起着极其重要的、不可替代的作用。"

接着,他简要介绍了人类通过最早的太空机器人——人造地球卫星的探月历史。

"月球是地球的卫星,也是最接近地球的天体。人类展望太空,期望踏上地外星球,首个目的地自然就是月球,我们心目中美丽的月亮!探索月球,登上月球,需要人造卫星和宇宙飞船这类太空机器人。

"各位在前期已经了解了人造地球卫星的发射情况。我就不重复了。"

然后,刘鹏程院长谈到地球生态环境的恶化和移居地外星球的思潮。

"地球已有 40 多亿年的历史,与其天然卫星月球组成一个天体系统——地月系统。地球是目前宇宙中我们已知的、存在生命的唯一天体,也是迄今为止已发现的、具备人类生存条件的唯一星球,是包括人类在内的上百万种生物的共同家园。

"人类在地球上诞生、进化,繁衍生息已有 200 万年的历史。人类有确切记载的文明史也有 6000 多年了。人类早已进化为地球上最有智慧的生灵,地球也早已成为人类不可分离的家园、休戚与共的生命共同体。

"人类在地球上活得好好的,为什么要离开地球,去寻找另一个新的家园呢?

"地球这个大自然是万物赖以生存的庞大的生态系统,是自然界的生命之源。自然奇观千姿百态,各种生物之间千差万别。所有现存于大自然中的生物,都与它们生活的自然环境长期适应;也就是说,它们是自然长期选择的结果。生物只能相对地适应于一定的环境,而不是绝对地适应任何环境。与此同时,生物在适应地球环境的同时,又通过自身的生命活动影响着地球环境,使地球环境发生相应的变化。

"人类近代日益加剧的对地球的过度开发,已对地球的自然环境,也是我们人类和各种生物的生存环境造成严重破坏,并给人类和其他生物的生存和发展构成极大威胁。

"人类面临的主要全球性问题有如下三个:

"一是人口问题。人口问题已成为一个日益严重的全球性问题,它主要表现为两大问题,首先是人口数量过快增长。全球人口的高速增长,导致了全球性的生态破坏、环境污染和资源短缺等严重问题。其次是人口老龄化给世界各国的经济、社会、政治、文化等方面的发展带来了深刻影响,庞大的老年群体带来的养老、医疗、社会服务等方面需求的压力也越来越大。人口问题不仅加重了环境和资源问题,也带来严重的社会问题,而且与资源和环境问题交织在一起,对世界可持续安全与可持续发展均产生重大影响。

"二是环境问题。随着工业生产的快速发展,人类面临着越来越多的环境问题。环境问题主要包括环境污染和生态破坏等方面。目前人类主要面临十大全球环境问题：全球气候变暖、臭氧层的耗损与破坏、酸雨蔓延、生物多样性减少、森林锐减、土地荒漠化、大气污染、水污染、海洋污染和危险性废物越境转移。这些环境问题严重危害着我们赖以生存的地球安全。

"三是资源问题。全球性资源问题日益凸显。由于人类对自然资源的利用超出其更新能力，将导致人类的整体生活水平下降。人类的过度消耗，已导致地球上的森林严重砍伐、烧毁与衰退，土壤显著退化，耕地面积减少，生物种类锐减，水资源短缺和水污染加剧，直接威胁人类生存。

"综上可见，在近代工业发展过程中。人类过分开发与利用地球，引起全球人口急剧膨胀，自然资源日渐短缺，生态环境不断恶化，破坏了自然界的生态平衡和生态结构，严重破坏了地球的生存环境，使人类与自然的关系出现了全面不和谐的对立关系，对人类生存安全构成了极其严峻的挑战。

生态环境不断恶化的地球

"此外，一些知名人士的言论也助燃了移民地外星球的火焰，例如，国际著名物理学家斯蒂芬·霍金一直强调，人类在千年之内就需要移民，而他的理由很简单：外星人会入侵我们的家园，让人类生灵涂炭。他进一步强调,再过 30 年,人类就必须移民其他星球。否则,人类将会因人口过剩和气候变化而灭亡。此外,霍金还认为,巨大的小行星随时都可能毁灭地球上的生命。

"尽管'外星人入侵地球'和'小行星随时可能毁灭地球'的言论很可能只是杞人忧天,都不太科学,但已经对尽早移民其他星球的思潮起到了推动作用。

"人类在移民月球前,必须首先了解月球的基本情况,特别是其生态环境是否适合人类生存。为此,得通过月球旅行接近月球,了解月球。"

一位西班牙记者提问:"在人类移居月球前,我们是否能够进行太空旅行呢?"

刘院长愉快地回答:

"你的问题提得很好。我们利用航天技术成果,能够进行太空旅行。

"从广义上来说,常被提及的太空旅行至少有 4 种途径:飞机的抛物线飞行、接近太空的高空飞行、亚轨道飞行和轨道飞行。

"抛物线飞行并非真正意义上的太空旅游,它只能让游客体验约 30 秒的失重感觉。接近太空的高空飞行也非货真价实的太空旅行,但它能让游客体验身处极高空时才有的感觉。亚轨道飞行能够在火箭发动机熄火和再入大气层期间产生几分钟的失重。轨道飞行是地球轨道飞行的简称,轨道飞行的目的地目前主要是国际空间站和中国的"天宫 6"号载人空间站。可供游客到达空间站的'客车'主要有俄罗斯"联盟"飞船、中国"神舟"载人飞船和美国"猎户座"飞船等。

"地球轨道飞行的太空旅行,尤其是月球旅行有 3 种方式。

"其一,高空氦气球携带载人观光舱飞行。

"载人观光舱发射升空后,由高空氦气球携带载人观光舱飞行。乘客到达 4 万米高度以外的太空边缘,向前飞行,可在观光舱内看到太空美景,如 1000 多千米的地球弧线、太空日出与日落景象,还可以体验短暂的漂浮失重。

"巡航飞行中,乘客还可以清晰地看到月球环形山,寻找"嫦娥"探测器及"阿波罗"号登月的着陆点,甚至有机会观测到红闪、日冕物质抛射等罕见景象。

"在飞行过程中,观光舱定时改变飞行高度,让乘客在特制的增压服和观光舱的双重保护下,尽情观赏不同高度的特殊太空景色;乘客还可以完成一系列预先准备的自己感兴趣的科学实验。

"太空观光一般时长为 5 小时,结束后载人观光舱将返回地面。

地球弧线与日冕物质抛射景象

"其二,地球轨道空间站飞行。

"这种飞行与观看方式,是国际记者考察团曾经体验过的。俄罗斯航天署所经营的美国人奥尔森等 3 人的太空旅行项目也是这种飞行方式。太空旅客住在地球轨道空间站的宾馆内,体验太空飞行,欣赏太空胜景。

"其三,登月观察。

"乘坐宇宙飞船登上月球,建立月球空间站,保证太空旅客的生命安全和日常生活,体验太空感受,并在月球空间站上观察地球与太空的景象。

"这种登月方式也是月球开发先行者们必须遵循的方法。他们登月时或登月前后,会有从地球运送来大量的生活必需品与补给品。为了能够在月球上站住脚,他们必须竭尽全力完成下列任务:

"建立基地,包括建筑物(房子)及其内部装备,储藏地球带来的生活用品,开发适合人类居住的室内生活环境。

"在目前已取得的研究成果的基础上,在月球建立空气、氧气和生活用水制备实验室,为先行者们外出探测月球以及后来者提供生存支持。

"在月球上进行培植植物实验,包括谷物和蔬菜等,为月球居民提供可持续的基本粮食支持。

"开展对月球环境与资源的考察,为建立月球基地和向更远的星球(如火星)进军提供前哨基地。"

月球太空站与月球轨道站

十六　星际旅行第一站

刘鹏程先生最后谈论了月球是否宜居的问题。

"前面谈到地球上的环境与资源已出现严重问题,威胁到人类的继续生存与发展,因而一部分人类不得不到月球上居住。那么,到底月球适不适合人类居住呢?

"月球几乎没有空气和水,也没有适合植物生长的土壤,所以登月者只能吃从地球上带来的食物。吃与喝这两个关系人类生存的问题需要解决。短期可以把尿液净化成纯净水,还可以利用月球上存在的固体冰;但尚有一些技术需要解决。

"物体在月球上的重力是地球上的1/6,重力小,引力也很小。因此,月球几乎没有大气层,中午最热是120℃左右,而夜晚最冷可达－180℃,昼夜温差达300℃以上,不适合人类生活。

"由于没有大气层,月球表面不能阻挡高能粒子射线,会使人类承受高辐射,并且会出现更大的流星撞击风险。

"如此恶劣的月球环境并不适合人类长期生存,只可以实现短期、小规模住人,前提是首先解决大气问题和生物圈问题等。

"不过,将来人类有可能在月球上建立一些基地(月球站),供少量科学家在里面作科研工作,并作为人类开发和移居外星球的第一站。因此,人类在近期想要大量移居月球生活是不可取和不现实的。"

第一个报告后,有15分钟茶歇。林灵一直注视刘院长做报告的过程,总觉得刘院长同一起考察的江教授非常相似。现在趁着休息时间,林灵快步走向刘院长,走到面前相互和他握手问好。看着林灵充满疑惑的眼神,刘院长已经猜透了林灵可能要问而又不敢问的问题。于是,他悄悄地对林灵说:

"怎么了？你看我很面熟吗？你就是小有名气的林灵吧，我们一起考察了两个多星期了。"

"您是江教授吗？"林灵鼓足勇气问道。

刘院长回答道：

"刚才主持人介绍我是中国国家航天研究院院长，而'机器人王国'的迎宾机器人又称我为'江教授'，其实我也是中国航天大学的客座教授，还是《航天科技》的特约撰稿人。因此，我有资格作为记者考察团成员，称我为'教授'也没有错。至于姓氏嘛，是为了检验现在的人工智能技术能否把我的多重身份识别出来，特意在这次考察中改的。小机灵，这么说你理解了吗？"

林灵茅塞顿开，多日的疑问一下子获得了解答。他高兴而又惊讶地对刘院长说：

"您真神！既是科学家、工程师，又是教授、记者，多么令人崇拜啊！"

刘院长动情地说：

"我很平凡，不值得崇拜。你们青少年一代才真正是国家和世界未来的希望！"

说着说着，刘院长欣慰地把林灵搂在怀里，这是两代人的紧密接触与亲密交流。

茶歇后，接着进行今天上午的第二个报告，题目是《火星是否是人类移居的新家园？》于上午10时开始，由美国航空航天局喷气推进实验室首席科学家、美国电气与电子工程师学会会士鲁宾·汤姆森博士主讲。他从宇宙中是否有类似地球和适合人类居住的行星谈起。

大型屏幕上显示出两个表格，给出了"地球相似指数"和"行星宜居指数"的排名情况。

地球相似指数排名表

排名	星球名称	地球相似指数
1	地球	1.0
2	开普勒452b	0.98
3	葛利斯581g	0.89
4	葛利斯832c	0.81
5	葛利斯581d	0.74
6	**火星**	**0.70**
7	葛利斯581c	0.70
8	水星	0.6
9	月球	0.56
10	葛利斯581e	0.53
11	葛利斯581g	0.45
12	金星	0.44
13	葛利斯581d	0.43

行星宜居指数排名表

排名	星球名称	行星宜居指数
1	地球	0.96
2	土卫六	0.64
3	**火星**	**0.59**
4	木卫二	0.49
5	葛利斯581g	0.45
6	葛利斯581d	0.43
7	葛利斯581c	0.41
8	木星	0.37
9	土星	0.37
10	金星	0.37
11	土卫二	0.35

"随着地球上人口数量与日俱增,资源承载量日益匮乏,越来越

多的科学家开始将目光投向更加遥远的外太空，寻求人类下一个可居住处所。在太阳系中，与地球类似的星球并不在少数，与我们邻近，并且将来能够抵达的，便有数个。那么，在这些与地球类似的星球中，究竟哪一个会成为人类的下一个家园呢？

"天文学家用'地球相似指数'（ESI）和'行星宜居指数'（PHI）来标定一个星球环境与地球的相似程度，比较星体的生态和出现生命的条件（宜居条件）。它们的范围在0~1，地球自身的相似指数以1表示。一个星球的地球相似指数可由该行星的半径、密度、脱离速度和表面温度代入公式计算获得。"

汤姆森博士接着介绍火星的基本情况。

"从上述排名情况可知：除了一些远离太阳系的行星（如开普勒和葛利斯系列行星）外，在'可望又可达'的行星中，火星的地球相似指数和行星宜居指数都特别引人注目，成为人们追求的'下一个地球'。火星是太阳系中最像地球的一颗行星，无论过去还是现在，火星存在生命的可能性都非常大，而且认为证据是非常确凿的。

"除金星外，火星是离地球最近的行星，它与地球的最近距离是5570万千米。在古罗马神话中，它被想象为身披盔甲、浑身是血的战神'马尔斯'（Mars），这也是火星英文名字的由来。

"火星比地球小一些，半径为地球的53%，体积为地球的15%，质量为地球的11%，表面重力为地球的38%。火星有稀薄的大气，95%是二氧化碳，还有3%的氮气，大气密度约为地球大气的1%。火星每24.63小时自转一周，并在一条椭圆轨道上绕太阳公转，周期为687天，因而与地球一样，有四季分明的气候，冬季的最低温度为－125℃，夏季最高为22℃，平均气温－63℃。这样的自然状态虽然仍不适合人居住,但与月球相比,已经温和许多了。虽然在火星上还看不到液态水,但迄今探测发现的大量水流痕迹,至少说明火星上曾经有过充足的水源,而且科学家们也发现火星两极有大量的冰存在。

"已有不少关于火星旅行的科幻作品。科幻电影《火星旅行记》是托马斯·爱迪生在1910年为他的家庭运动镜制作的,是美国第一部科幻电影,片长仅4分钟。而如今,已有私人公司,如SpaceX,在招募往返火星的旅行者。"

"虽然人类至今还没有亲自到过火星,只派出过探测器登上了这颗红色星球,但是,人类的幻想却是无止境的。美国宇航局(NASA)的火星登陆计划已经开始逐步实施,根据计划,美国人要在2030年后登陆火星;而俄罗斯更是提出,要更早地将宇航员送上火星。这些大胆的航天计划,将是人类移民火星的第一步。"

在简要介绍了火星的情况后,汤姆森博士略显激动地简要回顾了人类探测火星的漫长历程。

"火星探测是人类探测宇宙空间道路上的重要一步,充满曲折与风险。

"1962年起,苏联发射"火星"系列探测器,直到"火星5"号才取得成功。1973—1974年,苏联发射"火星5"号至"火星7"号探测器,其中"火星7"号探测器在火星着陆。

"1965年和1971年,美国发射"水手4"号至"水手9"号宇宙飞船,进入火星轨道,发现火星上存在大量环形山,提供了完整的火星地貌图并对火星大气层进行了研究。

"1975年,美国向火星发射了"海盗1"号和"海盗2"号宇宙飞船,并于1976年到达火星。轨道舱收集了火星表面的图像,着陆舱则传送回图像并提取了火星表面土壤的标本；发回了大量照片和数据。

"1996年12月，美国"探路者"火星探测器在肯尼迪航天中心发射升空，经过7个月长途跋涉后于1997年7月在火星上成功着陆。"探路者"承载的"索杰纳"漫游车是一台有6个轮子的小机器人，在火星上漫游行驶了几千米，完成了预定的科学探测任务。

"2002年，美国"奥德赛"火星探测器发现火星表面和近地表层中可能有丰富的冰冻水。

"2003年，欧洲航天局发射"火星快车"探测器、"火星探测漫步者-A"探测器和"火星探测漫步者-B"探测器。

"2003年，美国"勇气"号和"机遇"号火星车分别于6月和7月发射升空。"勇气"号火星车于2004年1月3日在火星表面成功着陆。1月15日，"勇气"号火星车成功驶下登陆舱，首次登上火星表面。"机遇"号火星车于2004年1月25日在火星表面登陆，已在火星上工作了20多年，行驶的总里程为38千米。

"2007年8月，美国"凤凰"号火星着陆探测器升空，在经历了9个多月和6.8亿千米的漫漫征程后，于2008年5月成功降落在火星北极附近区域。通过取样研究，了解火星环境是否适合原始生命生存，确认火星上确实有水。这是一个具有里程碑意义的成果。

"2011年11月26日，由一名12岁华裔女生马天琪取名的美国"好奇"号火星车发射升空，2012年8月6日在火星盖尔陨坑中心山脉山脚着陆。此次为期近两年的探测任务主要是探索寒冷、干燥、贫瘠的火星上是否曾经存在生命迹象，或者现在是否仍存在有利于生命生存的环境。

"2013年11月18日，美国'火星大气与挥发演化'探测器发射升空,以前所未有的精度对火星的上层大气进行研究,以帮助科学家揭开火星大气层之谜。

"2021年5月15日,中国的'天问一'号着陆巡视器成功着陆于火星乌托邦平原南部预选着陆区,中国首次火星探测任务着陆火星取得圆满成功。

"美国宇航局曾计划在2019年发射单程载人飞船,将3名宇航员送上火星,实现载人火星飞行,让他们永远留在那里开拓新的生存领域。这个计划没有实现。之后,又计划在火星上建立初步的住人基地,到2035年前后建成永久性基地。在火星上建立住人基地之前,必须首先解决人类生存的空气、水、食物、辐射防护和低重力适应这5个基本难题。这些曾是在月球上同样遇到的难题。"

火星上建立住人基地的设想

汤姆森先生终于谈及火星是否宜居的问题。

"刚才刘鹏程先生认为月球不是人类宜居的世外桃源,那么火星是否可以成为人类未来的宜居星球呢?

除了地球外,辽阔宇宙还没有找到一个适合人类居住的自然环境。不过,如果真的考虑到外星居住,那么火星可能是至今已知的太阳系内最为理想的宜居星球。为什么呢?请看下面3条理由。

"首先,火星的表面温度相比于其他星球最适合人类,平均温度在-40℃左右。如果人类居住在火星的赤道附近，则其平均温度在0℃左右，夏季最高可达20℃。与根本无法居住的月球昼夜温差超过200℃相比，火星好得多。

"其次，火星拥有较充足的大气层，虽然都是二氧化碳和少量氮气，但是至少可以阻挡不少宇宙辐射和小陨石的撞击。这一点也比月球好。火星上有风暴，可以成为风电的来源。

"第三，火星的两极存在大量的冰。在远古时期，火星的温度比现在高，水曾经以液体形式存在过。后来火星慢慢地变冷了，在两极的降雨就凝固而全部留在了那里。科学家们已经确认在火星地表有液态水体存在，人类大可利用这些水资源。

"如果没有特殊的保护措施，人类还无法在这种环境里长期生存。事实上，地球上的任何动物都无法在那里生存。到火星上去的'地球人'只能在室内或地下洞穴里依靠人造生命系统生活。"

一位来自几内亚的女记者问道："请问汤姆森先生，目前是否有开发火星与移民火星的计划？"

汤姆森先生笑着回答：

"你问得正是时候，下面我就来介绍一些火星移民计划。

"太空旅行项目开始于2001年，一些商业太空探险公司，如美国宇宙探索技术公司（SpaceX）、荷兰太空探险公司（Space Expedition Corporation）、英国维珍银河太空探险公司（Virgin Galactic），致力于降低太空旅行的价格，实现普通人的太空旅行之梦。

"美国宇宙探索技术公司提出了'火星移民计划'，其长远目标是把人类从地球移居到其他星球，并保证这一过程足够安全、价格低廉。该公司计划2024年发射两艘载人飞船，将第一批人类送上火星；并发射两艘货运飞船，运送更多的设备和补给；同时建设推进燃料工厂，建设基地，准备星球扩张。该计划曾被怀疑可能是个骗局，火星乘客可能有去无回，也触及一些伦理问题。目前来看，这个计划还是无法实现，至今都还没有开始实施。

"荷兰太空探险公司推出的一项'有去无回'（单程）的'火星一'号移民计划，打算在2027年把首批移民送往火星。鉴于火星的条件和现有人类技术的限制，移民火星的计划目前还不靠谱。很多报名者对移民火星计划的难以实现表示失望，纷纷要求退回高昂的报名费。麻省理工学院一个5人小组的研究报告说，以现有的技术水平，如果真的移民火星，飞船上装载的食物仅能维持大约68天。超出这个时间，就会面临生命危险。"

中国记者季仁举手后提问："是否有民间之外的国家或国际组织合作开发火星的计划？"

汤姆森博士说："让我们热烈欢迎尼尔逊先生回答这个问题。"在座的各国记者以热烈的掌声表示欢迎。

尼尔逊先生走上讲台，回答季仁提出的问题。

"是的，许多先进航天国家都先后启动了他们的火星开发计划，例如美国宇航局的"洞察"号和"好奇"号火星探测，欧洲航天局的"火星快车"探测车以及中国航天局的天地组合火星探测计划等。目前，多个国家的航天机构的太空探索计划都取得了重大进展，其中包括美国宇航局、中国航天局、欧洲航天局、俄罗斯联邦航天局以及日本宇宙开发局等。根据计划，他们将在2030年后派遣宇航员登陆火星，独立或合作进行火星考察与开发，把火星逐步改造成适合人类生存与居住的星球。

"要想移居火星,先要改变火星的环境,如大气层里的气体,使之接近地球的自然环境。要使这个寒冷的星球变暖,使火星的冰冻物质完全融化,至少需要使火星的外层大气达到40℃左右。这就是火星环境的地球化。火星上需要某些形式的生命保障系统,这是在太空飞行中尚未研发成功的新技术。对于火星来说,最重要的是要让火星生成人类赖以生存的氧气。对于这一目标,很多科学家认为需要2万~10万年的时间,因而是现阶段遥不可及的。但美国火星协会的创始人、科学家罗伯特·祖柏林认为,这个过程只要大约一千年时间就可以完成。

"火星这颗让古代人类充满幻想的星球,如今又成为人类的希望所在,因为火星是目前科学家勘探到的环境最接近地球的星球。如果要寻找另外一个适合人类居住的星球,火星肯定是'第二个地球'的第一候选对象。

"开发与改造火星,以便让人类长期定居火星(移民火星),不是个别民间'宇宙开发'公司所能够胜任的。改造火星环境是一项跨世纪的宇宙大工程,甚至是一项跨越千年万年的空前大工程。这项大工程所要投入的人力、物力和财力也是空前的。需要制订严密的计划与时间表,开展国际长期、持续合作,组织数以万计科技与工程人员的强大队伍,至少投入数千亿美元的庞大资金。完成这项工程所需要的时间不是十几年或几十年,而是几百年或上千年,甚至更长。也就是说,要发扬愚公移山的精神,一代接一代地传承下去,经过几十代人的接力奋斗,实现改造火星与移居火星的梦想。

"也许有人会认为,一千年的时间太久,而且有的想法不靠谱。科学家们经过深思熟虑后估计,如果火星生态系统的形成需要一个世纪的时间,部分地球环境的形成则可能需要几个世纪的时间,所以火星上全部地球环境的形成,可能需要更长的时间。因此,如果要实现整个火星的环境改造,使其环境跟现在的地球一样或类似,前后大约需要一千年。这确实是一段不短的时间。光是在地球形成的早期,仅从无氧环境通过光合作用变成有氧环境,就花费了十万年。如果人类真的仅用一千年就能够将火星改造成跟地球一样,相比之下这段时间就不算太长了。"

尼尔逊先生最后介绍了近年来火星开发计划的进展和前景。

"近年来,火星开发计划一直没有停顿,各国和一些民间空间公司在执行火星计划方面取得了明显进展。这些进展包括:

"进行火星开发的国际重大项目合作,由中国、美国、俄罗斯和欧盟等联合开展火星开发计划,并制订了计划的目标、任务、内容、人员、投资、装备研发、实施步骤与时间表。主要工作包括:

"组织与建立火星开发国际团队,由各国挑选首批 1000 名火星宇航与建设人员,在地面模拟环境和近地空间接受严格训练,明确登上火星后每个人的重要使命。

"拟定火星团队人员的组成、管理政策与规章制度,保障成员健康生活,提高工作效率,鼓励创新与创造,使整个开发团队成为一支敢打胜仗、能打胜仗的坚强队伍。

"设立火星开发国际基金组织,接受各国政府和民间的财政支持,制订火星开发首期十年的资金开支目录与明细表,为火星开发提供财力保证。

"研发火星环境下的人类生命系统,包括居住环境系统和太空服生命保障系统等,为人类登上火星后的初期生活与长期开发提供基本生存保障。

"在地球上开展针对火星当前环境的'地球化'研发,如火星环境下的氧气与空气制备、液态水提取和抗辐射药物的研制等,为人类大量移民与长期居住火星提供生态保证。

"研制超大型无人航天器和超速无人/载人航天器,能够提供运送上百位开发人员与数百吨保障物资的运输能力,能够以成倍、十倍于第三宇宙速度的飞行速度飞往火星,成倍、十倍地减少从地球到火星的飞行时间。生活保障物资要提前送往火星,做到'兵马未到,粮草先行'。

"除了大型航天机器人外,研制新一代火星车,涉及火星实地探测机器人、火星实验机器人和火星建设机器人,为火星探测、开发与建设的自动化与智能化打下基础。

"每年发送一定数量的火星车前往火星轨道,部分可以登上火星,进一步探测火星状况。发送载人火星探测器,到达火星表面,实地检测与体验火星生态环境。研发可返回的小型载人火星探测器,实现地球与火星的双向交通。

"以上各项工作都是极其艰巨的,这些工作的实现将为人类移居火星建立可靠的物质基础。

"根据国际合作火星开发计划,20年后,火星计划将走出重要的一步:2050年超速载人飞船火星快车将发射升空,以4倍于第三宇宙速度飞往火星,经过严格挑选与多年训练的50位火星开发先行者和志愿者将踏上开发火星的征程。

"预计火星快车经过2个月的天际飞行后将到达火星,在火星赤道附近着陆,50位火星开发先行者将作为首批造访火星的人类客人，登上火星，实现人类的首次规模火星登陆。这将是人类开发火星征程中的一次壮举！

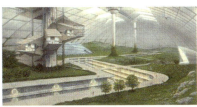

移居火星的美梦

"这批火星先行者担当着光荣而又艰巨的使命，开发火星的征途任重而道远。地球上的人类期待他们不断传来火星开发的捷报，祝愿他们平安、成功！"

与会国际考察团的记者们对国际著名宇航专家的精彩报告报以热烈掌声。

今天下午，将继续邀请国际知名航天专家作专题报告。

十七

飞往红矮星

十七　飞往红矮星

7月13日下午,国际记者考察团继续在凡尔赛门巴黎世界博览会的主报告厅举行大型报告会,会议邀请了俄罗斯航天局和欧洲航天局的国际知名航天专家就太阳系外的太空探索和太空机器人的应用问题进行宣讲。

报告会于下午2时开始,由国际新闻工作者联合会秘书长、中国记者考察团团长文欣先生主持。

文欣先生致辞说:

"人类向外空间发展面临空前机遇和严峻挑战。在'征服'太空的漫长征途中,空间机器人将发挥极其重要的和不可替代的作用。今天下午,我们有幸邀请到俄罗斯航天局太空飞行器设计部总工程师伊凡诺维奇先生和欧洲航天局开发项目委员会主席卡尔·博纳威尔先生为大家做星际开发与航行的专题报告。他们都是该领域的国际著名专家。首先让我们热烈欢迎俄罗斯航天局太空飞行器设计部的总工程师伊凡诺维奇先生作'太阳系外星际旅行的机遇与进展'的报告。"

伊凡诺维奇总工程师在热烈掌声中健步走上讲台,从科幻作品开始介绍人类太阳系外星际旅行的梦想。

"人类寻找移居地外星球的目光已从太阳系内的月球、火星投向更为遥远的太阳系外行星,如银河系的行星。半个世纪以来,大量的科幻小说和电影等作品讲述了人类对深空,包括太阳系外太空探索的丰富想象力与美妙愿望。除了关于火星的科幻作品外,太阳系外太空探索的影片也比比皆是。有《星际旅行》《星际迷航》《星际穿越》《星球大战》《黑客帝国》《终结者》《时间机器》《银翼杀手》等科幻影片,多得让观众应接不暇。

"《星际迷航》又称"《星际旅行》",描述了一个理想的未来世界,人类同众多外星种族一道战胜疾病、战争、贫困、灾害、种族差异与偏见,建立起一个'星际联邦'。随后一代又一代的星际联邦领导人又把目光投向更遥远的宇宙,探索银河系,寻找新世界、发现新文明,勇敢地奔向前人从未到达的处女地。影片展现出辽阔宇宙的和谐景象与美好未来。

"《星际穿越》讲述了一队探险家利用他们发现的'虫洞',超越人类对于太空旅行的极限,开始在广袤的宇宙中进行星际航行的故事。探险队员们通过这个虫洞,穿越时空到太阳系之外,去更遥远的外太空寻找延续生命希望的机会。他们面临着前所未有的巨大挑战,想要找到一颗适合人类移民的星球。这反映了人类对寻找新的宜居星球的向往与美好期望。

"《终结者》的故事从公元 2029 年开始,那时经过核战争的地球已由计算机'天网'统治,人类几乎被消灭殆尽。剩下的人类组织起来与天网英勇作战。影片中出现的'时光逆转装置',能够使人类实现时光倒流，返老还童，而具有人类智慧的高级机器人'终结者'与人类斗智斗勇，几乎给人类造成灭顶之灾。它明显地反映出人类对高级智能机器人的担忧与对探索太空的期待。

《星际穿越》的梦想

"除了科幻影片外，还有很多关于星际航行的科幻小说，仅由中国作者创作的网络小说就有《星际迷航：水火不容》《星际迷航：全面战争》《星际迷航：Sprik》《星际迷航：智慧序曲》等。

中国叶永烈主编的《星际旅行指南》科幻小说，带领读者从地球出发，穿越太阳系，跨越银河系，直到宇宙边缘追溯宇宙起点，一一造访绚烂星系,领略众多星球风采,探索未来星球秘密,是对广阔宇宙的一曲赞歌。

"科幻小说《星际迷航》是美国最有影响的太空探索科幻作家罗伯特·海因的代表作品之一,讲述了一群大学生和高中生被送往其他星球进行移民生存考试的奇幻经历。那时,太空探索技术也有了极大的飞跃,时空隧道已取代了宇宙飞船,担负起输送星球移民的任务。罗德·沃尔克这个高中生,选择了一门叫作'高级生存'的课程,该课程的结业考试是将参试者送往一个陌生的星球上生存 2~10 天。在这段时间中,参试者要靠自己携带的各种装备生存下来,也可以与同行者组队,但是得不到来自地球的任何帮助。最终,谁能活下来,谁就通过了考试。

"当把这些参试者送到陌生星球后,恰巧赶上了超新星爆发,使时空发生了裂变,用于召回参试者的时空隧道出现了故障。罗德·沃尔克在那里生活了 10 天后,发现地球没有任何召回他们的迹象,他开始意识到自己被困在了这个荒无人烟的星球上。参加这次考试的幸存者们逐渐聚集起来,团结一致,共同面对困境。罗德·沃尔克成为他们的首领,一个 70 多人的群落由此形成。

"这些受过良好教育的年轻人遵循着地球祖先的脚步,建起了一整套社会制度,开始在这个陌生的星球上建立新的家园。几年后,地球终于再度与他们取得了联系,并将他们召回地球。故事的最后,罗德·沃尔克成为一名星球移民开发的管理者,他准备领导他的团队向另外一个星球进发。"

听到这里,中国少年记者林灵不由自主地站了起来,举手用英文向伊凡诺维奇总工提问:

"这些科幻电影和小说固然十分精彩,故事也曲折动人,但都是虚构的,甚至有些恐怖。我真担心它们会误导我们这代青少年。"

伊凡诺维奇先生惊奇地发现,提出这个很有深度的问题的居然是一位少年。他面对林灵频频点头,十分高兴地回答这个问题:

"你提的问题很好,很有代表性。的确,上述那些科幻作品都很优秀,其中不少影片均有很高的票房收入,有的还得到嘉奖。例如,《终结者》影片就于2017年以最高票数被评选为20世纪最值得收藏的一部电影。《星际穿越》获得了2015年第87届奥斯卡金像奖和第72届金球奖的多个奖项。当然,这类作品的内容有适当夸张也是可以理解的,也是必须的。不过,我们同时也应该重视反映当代现实科技题材的科普和科幻作品,包括小说、电影、电视等多种形式,向广大青少年提供可望又可及的科技知识,为他们投身科技事业提供更加接地气的正能量。我们的政府部门、文艺团体、出版部门、科普作家、电影和电视工作者都要担当这份责任。"

聚精会神地倾听报告的记者们听到这里,集体爆发出一阵热烈掌声,表示他们对报告者观点的高度共鸣。

待掌声平息后,伊凡诺维奇总工继续报告,与记者们共享科学家们10多年来在寻找太阳系外宜居星球方面取得的重大进展。

"2014年7月1日研究人员宣布新发现一颗太阳系外行星格利泽832c,它或许可以支持生命生存。它距离地球约16光年,位于天鹤座的太阳系外行星,其母恒星是红矮星格利泽832。该行星的地球相似指数为0.81,是已知太阳系外行星中该指数较高的行星之一,位于母恒星的宜居带内。

"2015年7月24日,美国国家航空航天局宣称,他们在天鹅座发现了一颗与地球相似指数达到0.98的类地行星开普勒452b,它距离地球1400光年,绕着一颗与太阳非常相似的恒星运行,是'迄今最接近地球'的系外行星。从地球到开普勒452b,即使以光速前进也需要1400年才能到达。1400光年对于现阶段的人类科技来说,依然是一个难以逾越的距离。

"人类已经为太阳系外的星际开发与航行进行了持久的探索,取得了许多前所未有的重要成果,迈出了令人鼓舞的一步。不过,这只是星际航行万里征途中的一小步。我们人类可能需要经过几十代、几百代人的持续奋斗和几千年甚至更长时间的不懈努力,才能逐步走近与到达太阳系外的'宜居'星球,然后在更遥远的历史长河中开发与改造这些星球,实现同样遥远的美好梦想!"

太阳系外的星际图景

伊凡诺维奇总工报告后,由欧洲航天局开发项目委员会主席卡尔·博纳威尔作"系外星际航行的可行性与局限性"的报告。欧洲航天局是一个致力于探索太空的欧洲国家政府间组织,拥有22个成员国,总部设在法国巴黎。

卡尔·博纳威尔主席首先漫谈了关于太阳系外星际航行的问题与可行性。

十七　飞往红矮星

"今天上午有几位记者朋友问我：为什么人类不能移居到别的星球上去呢？

"人类在任何星球上生存必须满足5个条件：星球具有空气（氧气）、水、食物、宜居温度和固体表面。后3个问题可能较好解决，食物可以设法培植与生产，温度问题只要到温度低一点的星球上，就可以通过能源发热解决，存在固体表面的星球也不少。而第一个问题，只要有水，就可以通过电解水产生氧气，虽然成本高了些，也不是不能解决的。最关键的问题是水，如果一个星球上没有大量水，人类就无法长期在上面生存。也就是说，在上述5个问题没有全面解决之前，人类就不能移居到别的星球上。

"在人类能否移居系外行星的问题上，有截然不同的两种观点。

"到现在为止，人类还没有在宇宙中发现与证实任何地外生命存在的迹象。乐观者通过理论推算认为仅银河系中的'地球兄弟'可能有好几十亿个，它们的大小和温度都适宜，其中很多也许有生命。悲观者则认为，地球生命形成需要的巧合条件太多、太精细了，也许在宇宙中就只在地球上发生过这么一次。

"人类在幻想中构建了辉煌的外星文明，其想象力扩展到了宇宙其他空间，但至今在现实中寻找外星生命最大的成绩还只是'火星上曾经有液态水'这种判断，还不能确定是否有过微生物。至于地球以外发现的有机物，也只是甲烷之类，完全可以由非生命过程产生。就目前的证据而言，生命只在我们地球这颗行星上存在，只进化出来过一次，且都使用相同的进化机制。

"人类很早就希望能接触地外文明，航天时代的到来断绝了发现月球人和火星人的可能，尽管仍然有不少人在寻找外星人，宣扬外星人的'特异功能'。不过，太阳系的行星仍然可以给我们提供生命的形成条件和早期演化过程的线索。同时，人类将目光和脚步放得更远，一边搜索太阳系外行星的踪迹，一边发射探测器向茫茫深空捎去人类的问候，希望远方有外星人能够听见来自人类的声音。

"在人类已经发现的几千颗太阳系外的候选行星中，大多数并不符合以上条件，像开普勒452b这样的行星已经足够令科学家激动了，他们觉得这已经跟地球很像了，可以提供很多有价值的研究线索，帮助更好地判断宇宙中到底有没有宜居行星，有多少宜居行星。

寻找太阳系外宜居行星

"从上述争论中可以看出，人类还是有可能移居到别的星球上的。请看下面的设想：

"3016年，人类把地球的防护伞——臭氧层复制成功，把它放在太阳系所有固态星球周围，以抵挡太阳给我们的伤害，再把空气输送到每个星球上。

"3017年，在众多科学家的汗水中诞生了'时间压缩通道'，连接每个拥有臭氧层的星球。这样，人类就能有很多个'地球'了；可每个星球相隔太远，少则几千光年，多则几十亿光年。这可怎么办呢？不用担心，既然是时间压缩通道，自然能把时间压缩，这样每个星球间的距离就只有几个小时而已,而不是几十亿光年。

"有了空气、通道,还要有水。地球淡水资源缺乏,海水却很多,科学家们又发明了'净水机',它是一种通道,在水流向其他星球时,经过通道上的净水芯片无数次的过滤,把海水变成淡水。

"光有这些物品还不行,还要让人类和其他动植物适应环境。考虑到这一点,科学家又把地球上一些生命力强的植物移到了其他星球上,使它们的景色、环境与地球相似。然后再在会下酸雨的星球周围安装'酸雨过滤器',把酸雨过滤为普通的雨,这样就不会让酸雨伤害到星球的生灵了。

"然后,就是盖房屋了。如果让建筑工人建造的话,速度太慢。这时,一个机器起到了重要的作用——3D打印机调好尺寸,把一些材料放进3D打印机,打印机就能造出房子的模型,把模型'取'出来时,把模型'放大器'打开,一幢真房子便出现在人们的眼前。

"人们一批又一批入住了地外宜居星球,可上面不能用地球上的交通工具呀!科学家们根据每个星球的不同特点,研制了各种不同的交通工具。

"科学家在火星上设计了'喷汽车',由大部分是密封性能极佳的特级塑料制成。为了美观,可以用特制的涂料在上面画上自己喜欢的图案。

"在水星上,白天温度太高,昼夜温差太大,科学家在自行车的基础上研发了'水星自行车'。水星自行车的轮胎用了'耐热橡胶',它在白天温度高时,吸收一点热量;在晚上温度低时,又把热量释放出来;这样再在自行车的踏板和车头上安装'隔热板',就可以使温度刚刚好。

"因为土星的引力比地球大,科学家制造了'悬空鞋子'。这鞋子可以吸入废气,通过鞋内的'空气净化芯片'把它净化为人类可以呼吸的空气,再往下喷出,气体的冲击力反弹上来,使鞋子向上移动。这个鞋子配有显示屏,可用它调整方向、目的地、速度和离地距离。

"太空移民基地已经建好了,人类也可以放心了,但不能再破坏环境,肆意猎杀动物,胡乱砍伐树木了,不能再破坏我们一手创建的新家园了。

"你看!多么丰富的想象力啊!设想得多么周到啊!这些设想虽然不一定都能够变成现实,但说明了太阳系外的星际航行还是存在可行性的,给人类带来了希望。"

一位坐在后排的加拿大记者提问道:

"我认为,实现系外航行虽然是可能的,但具有极大的困难。现在看来,很多问题都无法解决。请问博纳威尔先生,有彻底的解决办法吗?"

卡尔·博纳威尔主席稍微思考了一下,然后回答:

"你提的问题是公众普遍关心的话题。太阳系外旅行存在很大的可行性,也具有极大的难度。前往遥远的系外世界必须依赖星际旅行,在理论上这无疑是可行的,但这种旅行也的确是受限的。有许多局限性使得人类不可能在特定时期内实现移居系外星球的美梦。

"星际航行的局限性体现在星球的天文数字距离、航天器的飞行速度和能源的局限性、人的寿命及其繁殖条件限制、机器人生命周期及自繁殖条件限制等。下面让我逐一说明。

太阳系外星球的天文数字距离

"人类已经探测到的太阳系外行星与地球的距离至少在 4 光年

十七 飞往红矮星

以上。例如,可能支持生命生存的格利泽 832c 距离地球约 16 光年,太阳系外的小行星 GJ436T 距离地球有 30 光年。其他太阳系外行星离地球更远,达数百成千以至于上万光年。例如开普勒 22b 距离地球约有 600 光年,开普勒 452b 为 1400 光年,而目前观测到的最远的系外行星距离地球大约 2.5 万光年。

"大家知道,光年为长度单位而不是时间单位,是指光在宇宙真空中沿直线经过一年时间的距离。因为真空中的光速是每秒约 30 万千米,所以一光年约为 9 万 4 千 6 百亿千米。因此,登上那些人类有设想中的系外行星,简直是可望而不可即!"

"航天器飞行速度和能源的局限性

"人类目前制造出来的最快飞行器是 1976 年发射的'太阳神 2'号太阳活动探测器,它的速度达 70.22 千米/秒。作为向太阳系外发射的探测器,速度最快的是 1977 年发射的'旅行者 1'号,它的速度是 17.06 千米/秒,但与光速的 30 万千米/秒相比仍然太慢,仅相当于光速的 1/4286。'太阳神 2'号需要飞行 600 万年才能到达开普勒 452b,'旅行者 1'号更是需要飞行 3000 万年才行。所以在星际飞行技术没有突破的情况下,如果依靠传统火箭,即使是超大功率火箭,人类也基本上不可能抵达这些系外行星。假如宇宙飞船的速度能够以超过第三宇宙速度的 20 千米/秒前进,那么要飞出半径为 2 光年的太阳系,也需要 3 万年。如果要到达比邻太阳系的其他星球,则大约需要 6 万年以上时间。

"一些国家声称:正在研发的宇宙飞船仅需 7 小时就能从地球飞到火星,是第三宇宙速度的 820 倍,为光速的 1/360;更有甚者,宣布其研制的'巨型火箭'可以在不到半小时内完成从地球到火星的长途旅行,那差不多是第三宇宙速度的 11 520 倍,为光速的 1/26。许多同行认为,这些进展都不大靠谱,可能数百年、上千年后才能实现。

"当前的宇宙观测也发现,恒星间的距离非常遥远,如果没有星际旅行技术的突破,人类就不可能完成宇宙移民与新家园建设。即便是以光速前进,前往距离地球最近的恒星也需要数万年,前往最近的星系更是需要 200 多万年。

"一些科学家提出可以利用爱因斯坦的'虫洞'理论,制造'曲速引擎',并在宇宙飞船上装载大量正-反物质燃料,实现'时空穿越''时空扭曲''瞬间转送'和'亚空间通信'。如果我们能够把宇宙飞船前后的时空扭曲,就能够利用时空本身的性质超光速运行。

"所谓'虫洞'是宇宙中的一种'隧道',它能扭曲空间,可以让原本相隔亿万千米的地方近在咫尺。从理论上看,曲速驱动是可能的,制造曲速驱动宇宙飞船的材料也可能存在于我们的宇宙中,但我们仍然不知道如何发现和应用它们。瞬间转送和曲速引擎技术都属于'梦想技术',这些概念的基础是现代理论物理学,但在我们这个宇宙中是否可行仍是个谜。

"虫洞"理论与扭曲空间"隧道"

"曲速引擎和瞬时通信都需要弯曲时空,把信号或物质通过被弯

十七 飞往红矮星

曲的时空进行无损传送。从理论上讲,根据广义相对论有找到解决方案的可能。但是,即使能做到这一点,也不得不考虑巨大的代价和风险:

"扭曲时空所需的能量可能大得惊人,比如说可能要耗尽太阳的全部能量;强大的能量聚变产生的潮汐力可能会摧毁包括飞船在内的任何试图通过弯曲空间进行传输的物质;在空间高度弯曲并复原的过程中,也可能会摧毁周边的任何物质;高速穿越星际介质需要一个足够强大的磁场;需要一张还可能无法绘制的星云地图来保证星际航行的安全。凡此种种,都得深思熟虑。

"人的寿命及其繁殖条件限制

"使用当今的技术,从理论上讲是可以前往另一颗恒星的。但是,需要建造一艘庞大的飞船,容纳一个小型社会。宇航员和旅行者们需要在飞船上繁衍生息,经历几代甚至几十代、几百代人的传承后,才能抵达目的地。在整个旅程中,需要在飞船上进行食物的生产和水循环。有些专家建议,可以采用冷冻复苏技术,在旅途中把宇航员和旅行者、植物和其他生物冷冻起来,使其进入休眠状态,等到达目的地后再唤醒。但这又可能带来生命安全风险。

"过去有研究人员提出早期星际移民的人口数量为几百人,但科学家的最新研究结果认为:需要从人类群体遗传学的角度重新讨论这个问题,人数太少不能组成基本的繁衍群体。估计初期移民人口数量至少要达到 1.4 万人(1.4 万~4.4 万人),这是一个基于人类群体遗传学理论模拟的结果,其中 0.8 万~2.5 万人是处于生育年龄的男性和女性。如此庞大的人口数量可使星际移民人口呈现多样化,避免出现近亲繁殖。

"这样的星际旅行,需要建造庞大的星际飞船。对于飞船上的人来说,由于时空扭曲产生的时间膨胀效应,只需几十年时间。但前往一颗几十、几百或几千光年外的星球,在地球上就要经历几百年、几千年或几万年的等待时间,宇航员只能和地球上的后代通信。这样的单程旅行对于留在地球上的人们来说,既没有办法了解宇航员和旅行者到了哪里,也没有手段获得来自遥远太空的信息。说得现实一点,地球上的亲属与这些宇航员和旅行者可能会永远失去联系。

"机器人生命周期及自繁殖条件限制

"前往太阳系外星球需要提供绝对可靠的航天器,迄今的任何宇宙飞船或航天机器人都远远满足不了这种星际飞行的要求。

"穿越时空所需要的强大能量会摧毁任何试图通过弯曲空间进行传输的物质,在空间高度弯曲并复原的过程,也会摧毁周边的任何物质,估计航天机器人也不能例外,难逃厄运。不被这种超级能量熔化或摧毁的特种材料还没有发现,恐怕永远也无法找到或制造出来。

"航天机器人也是有生命周期的,不会'长生不老',也需要维修与'退役'。机器人现在还不具有自己制造自己的'自繁殖'能力;即使以后会有,要在飞行过程中进行自繁殖,也有许多困难。"

安莎社记者若有所思地向博纳威尔先生提出一个问题:

"请问博纳威尔先生,你是否知道什么太阳系外行星航行的计划呢?"

博纳威尔先生略加思索后回答道:

"太阳系外行星航行是一个庞大的跨世纪工程,完全称得上'百年工程''千年工程',不可能在较短时间内实现。据我所知,有些星际航行计划正在实施中。

十七　飞往红矮星

"要过河,先要解决渡船问题。要过银河,首先需要解决太空无人飞船的问题。据报道,由'宇宙过河卒'基金会和英国星际学会牵头的'伊卡洛斯'星际航行工程,计划建造一艘具备恒星间航行能力的无人飞船,前往距离太阳系最近的恒星系统进行勘察,其星际航行计划将耗时 100 年。该计划目前正在进行之中。科学家将对太阳系周围 15 光年距离内的恒星系统进行一次全面了解,确定航行目的地;还将对目标恒星系统内的行星做充分了解与研究,为飞船到达目的地前的减速做好准备。无人飞船需要在地球轨道上进行组装,使用大量的氦同位素作为动力。在星际航行的过程中,姿态控制和导航相当重要,科学家已设计了出发和着陆的方法。要保持飞船上各系统在百年后还能正常工作,就需要在设计、制造和测试上有着严格的控制标准。

恒星间航行的无人飞船与太阳帆航天器

"此外,美国行星协会的'光帆'太阳帆航天器项目目前已经取得了实质性的进展,太阳帆航天器已多次从佛罗里达的卡纳维拉尔角发射场升空。太阳帆航天器使用了巨大的聚酯薄膜用于收集光压,利用太阳风的压力前进。如果太阳帆飞船项目进展顺利,那么未来人类就能够利用太阳帆遨游太阳系,甚至有可能飞出太阳系。

"以上都是民间组织的计划,正如火星计划一样,如此庞大的星球航行计划,如果仅仅依靠民间组织显然是难以胜任的。可以参照火星计划,由美国航天局、中国航天局、俄罗斯航天局、欧洲航天局合作与牵头,组织更多的国家和民间公司,合作实现太阳系外的航行,寻找人类宜居的'第二个地球'。在众多的候选星球中,距离地球16光年的位于天鹤座的太阳系外行星格利泽832c,可能成为首选目的地。飞往红矮星可能成为宇宙航行的跨越世纪甚至跨越千年的目标。"

寻找人类宜居的"第二个地球"

在分析了星际航行的可行性与局限性之后,博纳威尔先生幽默地结束了他的演讲:

"美国航天局先前宣称'天文学家们已经接近几千年来我们所梦想的目标:发现了另外一个地球',这实在是太容易让人浮想联翩。加上媒体传播过程中的信息不断失真,公众设想和期待的东西,跟科学家们要说的东西,完全是两回事。当前,最令人期待的还是买一张去红矮星的某个行星旅行的往返票,而不是等待也许永远不可能实现的技术到来。虽然科学技术的不断进步,但人类想要探索更深远的宇宙空间还有很长的路要走,或许这将是人类永远的梦。我们应该睁大眼睛,也许今天看来难以理解的某种理论与技术,在未来就能够实现人类的星际旅行之梦。不过,我们一定要保持严谨的态度,用质疑面对夸夸其谈,同时也要准备接纳一切可能。广大宇航人坚信,我们伟大的宇宙大航行时代早晚会到来。"

博纳威尔先生做完报告后,文欣先生走到讲台前,对今天下午的报告嘉宾,俄罗斯航天局太空飞行器设计部总工程师伊凡诺维奇先生和欧洲航天局开发项目委员会主席卡尔·博纳威尔先生表示衷心的感谢。文团长还对他们的精彩报告给予了高度评价。

从明天起,国际记者考察团的各国团员将离开巴黎回国,其中部分国家的记者团将就地解散,记者们也可以自愿在巴黎参观游览,然后回国。

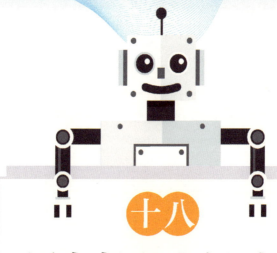

十八

迈向机器人新时代

十八　迈向机器人新时代

记者考察团在考察机器人王国期间，各国记者和他们的机器人秘书纷纷发出了数以千计的报道。与世界各国一样，在中国的各种媒体，包括报纸、期刊、广播、电视、互联网等，近3周来每天都有许多关于机器人的报道。林灵也给自己的《新主人报》发回了20多条新闻和几十篇特写，在广大青少年特别是中小学生中引起了热烈反响。

7月17日，星期三。巴黎戴高乐国际机场热闹非凡，候机大楼内一早就集聚了各国记者。巴黎政府官员、国际记者协会代表和法国记者协会的同行们到机场送行。深得记者们喜爱的机器人王国的智能机器人佐发、佑英、樱宾、智子等来到各国记者中间，与他们告别。林丽华和林灵受文欣团长之托，特地邀请智子小姐访问中国北京市、常杉市和高雄市。机器人王国总部已愉快地接受了这一邀请。

巴黎时间上午8时半，中国记者考察团乘坐的中国民航"飞龙-5"号班机就要起飞了，宾主依依惜别。9时整，随着飞机发动机稳健的轰鸣声,"飞龙-5"号腾空而起,直入蓝天。林灵的额部紧贴窗口,向巴黎的迷人景色投下最后一瞥。

"飞龙-5"号很快就升至 11 000 米高度,然后在这个高度上平稳地朝东飞行。经过 1 小时 30 分,客机于北京时间下午 6 时 30 分(巴黎时间上午 10 时 30 分)安全抵达北京首都国际机场。

考察团团员们在入住宾馆——北京怡亨酒店受到中国记者协会负责人和中国机器人协会代表的热烈欢迎。团员们将在北京总结与休息两天。

季仁、林丽华和林灵在北京接受了合作编写《机器人王国历险记》科普小说的任务。

季仁的工作单位《青年机器人》杂志社就设在北京。林丽华计划在参加总结之后,前往常杉市访问,然后返回台湾。

7月18日上午,机器人考察团中国代表团全体人员和部分在京中央媒体记者近百人在怡亨酒店 6 楼会议室举行总结大会,畅谈考察收获,展望机器人技术的发展前景。

总结会于上午 8 时开始,文欣团长主持了总结会。

文团长在开场白中说:

"通过这次考察,我们全方位地了解了国际机器人学和机器人技术的蓬勃发展与广泛应用情况。在考察过程中,各位记者同仁及时和全面地报道了相关情况,产生了很大反响,取得了良好的社会影响。对此,我向大家表示诚挚的祝贺与衷心的感谢。作为新闻工作者,我们能够有机会参加这么深入的全方位调查研究,是职业之乐,人生之幸。我们要把看到与了解到的国际机器人技术发展的历史性机遇与挑战,成就与问题,如实、全面和及时地告诉政府部门和广大群众,不辜负人民的期望。今天的总结会就是要全面总结收获与体会,并展望机器人技术在机器人新时代的发展动向,为机器人学和机器人技术的更大发展鸣锣开道,锦上添花!此外,我们还邀请到中国航天研究院的副总工程师凌云志先生就星际飞行与宇宙开发作专题报告,进一步拓宽我们的眼界。"

新华通讯社科技部副主任徐明亮先生首先发言。他说:

"这次考察使我对机器人学领域的发展过程与现状有了进一步的了解。自20世纪60年代以来,经过近70年的探索与开发,机器人学学科和机器人技术已经取得巨大成就,在各行各业和千家万户得到了广泛应用,为各国的经济发展与产业升级,为人类生活福祉和社会进步,做出了世纪性的重大贡献。

"机器人学已成为一门广泛跨学科的高新科技领域,被誉为'21世纪四大核心科技之一'和'制造业皇冠顶上的明珠',深受各国政府重视和人民群众的厚爱。从科学幻想、工艺精品到工业机器人,从程控机器人、传感机器人、交互机器人、半自主机器人到自主机器人,从操作机器人、生物机器人、仿生机器人到仿人机器人、人形机器人和机脏人,机器人已走过漫长的'进化'过程,形成庞大的机器人'家族'。让我们回溯这次考察团寻访的足迹,盘点机器人的几乎无所不及的应用领域。我们可以从下面的机器人'集体照'纵观这个机器人'家族'的面貌。"

徐明亮副主任通过投影仪归纳了两周来参观考察过的机器人"脸谱"。

机器人"集体照"图表

序号	领域	机器人种类或名称
1	工业	汽车、机电、通用机械、钢铁等工业部门应用的各种用途的工业机器人：机器人柔性加工系统、机械加工机器人、装配机器人、检验机器人、焊接机器人、喷漆机器人、搬运机器人、炼钢与轧钢过程中的辅助操作机器人、钢铁铸造机器人、建筑机器人、机器人化工程机械、无人驾驶汽车机器人等
2	矿业	钻孔爆破机器人、挖掘机器人、矿料传送机器人、金属冶炼操作机器人、金属轧制机器人、矿井安全机器人等
3	农业	农业自动化机器人系统，粮食作物播种机器人、插秧机器人、施肥机器人、除草机器人、收割机器人、蔬菜与水果嫁接机器人、采摘机器人、检验与分拣机器人、农药喷洒机器人、剪羊毛机器人、放牧机器人和挤牛奶机器人等
4	林业	林木嫁接机器人、伐木机器人、林木加工机器人、林间耕作机器人、林业球果采集机器人和伐根机器人等
5	太空探索	空间机械手、人造地球卫星、天空实验室、行星探测器、宇宙飞船、航天飞机、火星车、载人观光舱、地球轨道空间站、月球空间站、火星探测器、火星着陆探测器、超速火星载人飞船等
6	海洋开发	海洋机器人、水下机器人、深海载人和无人潜水器、潜水机器人、仿生机器鱼、机器人潜艇等
7	国防装备	地面机器人无人作战平台、侦察机器人、排雷机器人、机器人战车、士兵机器人、多足战场机器人、战地运输机器人、空间军事机器人、自主制导轰炸机、无人机、微型无人机、无人侦察机、小型/微型化空中机器人、无人潜水器或潜水机器人、无人航行鱼雷对抗系统、扫雷机器人、机器人扫雷舰、机器鱼、人形水下机器人等

续表

序号	领域	机器人种类或名称
8	安全救援	消防救灾机器人、救火机器人、灭火喷射机器人、救护机器人、攀登营救机器人、防化侦察机器人、反恐排爆机器人、恶劣环境机器人、危险作业机器人、抗核辐射操作与救援机器人、电力系统高压带电作业机器人和输电线路除冰机器人、矿井检测与报警机器人、机器交通警察、易爆材料处理机器人、下水道疏通机器人、管道检查与修理机器人、保安机器人、交通指挥机器人等
9	医疗卫生	医疗诊断机器人、外科手术机器人、遥控手术机器人、康复护理机器人、康复机械手、外骨骼康复机械手、"进餐"机器人、机器人轮椅、纳米医疗机器人、模拟酶机器人、"生物导弹"机器人、基因修复机器人、微型胶囊内镜机器人、护士机器人、医院服务机器人、医院管理机器人、导盲机器人、人工心脏、人工肺、人工假肢等
10	家政服务	清洁机器人、扫地机器人、加油机器人、陪伴机器人、空气净化机器人、擦窗机器人、烹调机器人、陪伴机器人、花园除草机器人、泳池机器人、家庭搬运机器人、家庭保安机器人等
11	文化娱乐	歌舞机器人、猜拳机器人、魔方机器人、风筝机器人、博弈机器人、国际象棋机器人、围棋机器人、中国象棋机器人、机器人歌舞厅、走迷宫机器人、主持机器人、播音机器人、导游机器人、接待机器人、演员机器人等
12	教育教学	机器人游艺室、机器人教学实验室、机器人教学系统、教师机器人、机器人教室、体育训练机器人、足球机器人、玩具机器人等
13	公务办公	秘书机器人、接线机器人、通信机器人、送信机器人、网络机器人、接待机器人、讲解机器人、讲解机器人、新闻发言机器人、翻译机器人、法官机器人、律师机器人、会计机器人等

他小结说:

"这张机器人'集体照'还远不是'全家福',还有许多机器人家族成员没有归类与包括进来。例如,集装箱运送机器人、仓库搬运机器人、邮件分拣机器人、绘画机器人、作曲机器人、技工机器人、裁缝机器人、快递机器人、抄表机器人、收银机器人、交易机器人、客服机器人、保育机器人、记者机器人等。随着机器人家族的进一步发展,必然将会有更多的机器人新成员加入这个家族,使机器人家族不断发展壮大,更加兴旺发达。"

数百种职业将可被机器人替代

接着,《机器人技术》杂志社主编何玉霞女士着重展望了机器人技术对智能制造的作用。她说:

"这次考察使我认识到,人类已进入了一个新的时代,机器人也迎来了它的新时代。在这个新时代,机器人学与机器人技术以丰硕成果为基础,站在新的起点上,承接了发展新一代机器人的任务,必将取得比以往更大的发展,取得与时代需要相适应的历史性新成果,为人类社会做出新的更大的贡献。

"在机器人新时代,机器人必将迎来更加全面的与更加重大的发展。通过观察我认识到,机器人技术将为智能制造提供关键技术。

"机器人技术是变革制造业的关键技术。智能制造就是通过数字化、机器人化、智能化手段,实现数字制造技术、智能模拟技术与机器人技术的有机结合,实现机器人与制造环境、技术员工无缝而快速的共融,实现从产品制造到产品客户服务的一线贯穿,实现复杂制造环境下的制造从自动化、数字化走向智能化。

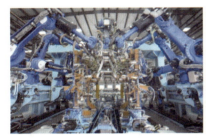

机器人技术、智能制造与物联网

"在 21 世纪初期,通过远程监控,远程接口系统促进了可控货仓管理系统、可穿戴式外骨骼技术和遥控机器人的产生。在 2010—2020 年的十年间,随着半自主机器人和有限人机互动的出现而实现了制造的自动移动与滑行。2020 年以来,具有人类情感、语言交互能力和适应环境的协同机器人和智能机器人已全面出现。在更广阔的行业和制造业中广泛应用高级机器人系统,需要机器人具备更高的智能,如感知能力、交互能力、可移动性、可重复性、敏捷性、复位性和操作安全性等。

"机器人技术是智能制造创新发展的关键组成部分。在机器人新时代,一方面智能制造向机器人技术提出了更高的要求,另一方面机器人技术为智能制造提供了核心技术。可以预期,将有更多更先进的机器人加入智能制造大军,让智能制造攀上新的高峰。即将有大批'能工巧匠'机器人和'大力士'机器人成为工业、矿业、农业、林业和服务业新的强大的生力军。冶金机器人代替工人忙碌于钢花四溅的车间,举重大力士轻而易举地抓起数百吨庞然大物稳步移动在巨轮制造码头,微米纳米级微型制造系统广泛应用于精密制造,新一代智能无人系统闪亮登场……这些必将成为工矿企业和国防装备新的'风景线'"。

《中国机器人网》总工程师肖健第三个发言,就机器人技术促进互联网、物联网升级换代问题发表看法。他认为:

"这次国际机器人考察给我提供了一次很好的学习机会,增进了我对当代机器人技术的了解,特别是对网络技术与机器人技术关系有了更全面与深入的认识。机器人化固然是制造业和服务业的重要发展方向,但要进一步提高机器人产品的性能水平和开拓应用领域,就需要发挥网络技术对机器人技术的促进作用,实现'网络化+机器人化'的机器人系统生产模式。例如,通过'网络化+机器人化'模式实现机器人辅助远程或现场外科手术,农业生产用水排灌系统的无人自动远程操作、集装箱码头货物运输与过关自动化、分布式野外民用和军用系统的远程操控、家用电器系统的实时智能化自动运行等。智能服务机器人通过互联网和物联网实现人与物的连接,实现与机器人的人机互动等。智能机器人可以作为物联网的一种智能末端,对系统的决策提供支持。此外,网络机器人也获得迅速发展,应当成为机器人的一个重要发展方向。在机器人新时代,'网络化+机器人化'将进一步扩大机器人的应用领域,显著减轻人类的体力劳动和部分脑力劳动,提高工作与生产效率,使各种机器人装置和系统发挥更大的作用。

"网络化使机器人化如鱼得水。在机器人新时代,一方面网络技术为机器人技术开辟了网络机器人的新领域;另一方面,机器人技术为互联网、物联网升级换代提供了'机器人化'的技术支持。人们将能够看到大量先进的网络机器人加入互联网、物联网行业,助推网络技术发展成智能网络,实现'网络化＋机器人化'的生产模式。网络教育机器人为分布在世界各地的成千上万的学生同时上课,分布在世界多个国家的名医们为疑难患者进行会诊与远程机器人外科手术,身在异国的研究人员可以在'三更半夜'静悄悄地'进入'千里之外的先进机器人实验室进行研究,网络通信机器人将全面取代电话接待员的工作,让百万以至千万机器人通过网络连接起来协同运行……,这些都将成为机器人新时代的常态。"

科技日报社信息科学部编审秦国强举手要求发言,得到主持人同意后说：

"这次考察使我进一步搞清了机器人技术与人工智能的关系。人工智能是机器人的核心技术,机器人技术的升级发展离不开人工智能的理论指导和技术支持。

"刚才肖健总工程师就'网络化＋机器人化'问题发表了很好的意见。我想,在'网络化＋机器人化'机器人系统生产模式的基础上,如果进一步引入与应用各种人工智能技术,实现'网络化＋机器人化＋智能化'集成系统生产模式,那么必将更大地增强机器人系统的功能,进一步提高机器人系统的工作质量和水平。这些人工智能技术涉及机器学习、模式识别、图像处理、智能规划、智能控制与导航、自动编程、多真体（MAS）系统、多传感信息融合、专家系统、知识库和推理技术、语料库与自然语言处理等。例如，无人驾驶车辆的智能导航或自主导航需要应用智能规划和模式识别技术，陪伴机器人的语音处理需要语音识别和自然语言处理技术，智慧医疗中应用的各种机器人需要传感器信息融合、数据挖掘和图像处理等技术。如果没有人工智能理论指导和人工智能技术支持的机器人技术，就谈不上智能化。智能机器人的普遍应用极大地减轻了脑力劳动，提高了自动化水平，是现在能够考虑到的机器人化追求的最高目标和发展的必然趋势。

"智能化令机器人化如虎添翼。正如有位著名的机器人专家所指出的：进一步实现机器人和机器人系统的智能化终将根本改变机器人社会的结构，促进机器人的能力发展到一个新的水平。如果有一天你坐上无人驾驶汽车（机器人大巴）去超市购物，在超市入口处遇见一位貌似真人的机器人'朋友'客气地向你问好，购物后在收银台由机器人收银员为你结账……，你将有何反应？在机器人新时代，社会和生活的变化将随时随地发生，你需要学会与智能机器人和睦共处。"

《青年机器人》杂志社记者季仁最后发言，探讨大数据推动机器人技术变革的论题。季仁说：

"我是一位资历较浅、经验不足的青年记者，能够有机会参加这次记者考察团对世界机器人及其发展情况进行全方位的考察，我十分荣幸。我认识到大数据的本质是海量、多维度和多形式的数据。大数据处理技术包括云计算技术与机器人技术的结合，必将推动机器人技术的深刻变革。机器人技术的进一步发展是与大数据长足发展分不开的。各类传感器和数据采集技术的发展,将为机器人和机器人系统提供难以想象的海量数据,并在某些方面拥有深度的和细致的数据。人们还需要通过大数据,为机器人提升用户体验、了解用户属性、优化产品提供重要的决策依据,通过大数据为广大机器人用户提供更加人性化和个性化的智能解决方案。同时,机器人技术与产业的快速发展,反过来又为大数据系统或平台提供庞大的领域海量数据,推动大数据技术的持续发展。

"让我做个比喻吧。如果我们把机器人看成一个嗷嗷待哺、拥有无限潜力的婴儿,而机器人学所需要的专业的、海量的、深度的数据就是喂养这个天才的奶粉。我认为:大数据足则机器人壮,大数据强则机器人智。在机器人新时代,人们驾驶智能车辆(汽车机器人)去高铁站或机场,车辆的行驶和飞机的航行都离不开大数据提供的导航信息;如果计划外出旅行,家政服务机器人就能够利用大数据系统为你提供路线优化和'妙计旅行'方案;大数据还能够为需要手术的患者提供外科机器人辅助手术的咨询,为聊天机器人提供'天南海北'的知识资源,为写作机器人提供需要的素材……毫无疑问,大数据处理技术与机器人技术的深度融合,极大地拓展了机器人的'聪明才智',也会给广大群众带来更大便利。

"如果我的发言有不对之处,欢迎各位领导和长辈们批评指正。"

文欣团长总结说:

"刚才考察团的 5 位团员就机器人考察收获与发展方向等问题发表了颇有见地的意见。让我们以热烈掌声再次感谢他们的精彩发言。"

会场里掌声四起。文团长接着说：

"下面请中国航天研究院副总工程师、中国科学院院士国际宇航科学院院士凌云志先生为大家做报告。凌院士是国际著名的航天科学家，他在航天器的总体结构、动力系统和宏观决策等方面有深入研究，为我国的航天事业做出过突出贡献。他能够在百忙中挤出时间为各位在座的记者们做报告，是非常难得的。现在大家欢迎。"

凌云志在记者们的热烈掌声中走上讲台，打开预先准备好的多媒体电子文件，开始他的报告。

"各位记者朋友，上午好！

"刚才听文会长介绍，你们之中有 20 多位同仁作为国际记者考察团的代表，参加了 20 来天的机器人学考察，满载而归。对此，我十分羡慕，并向诸位表示由衷的祝贺。

"我今天汇报的题目是：《新时代星际探索的新步伐》。

"你们刚刚考察了航空航天工程与系统中应用机器人的情况，知道了许多关于利用太空机器人探测月球、火星和其他星球的成果，对星际航行与深空探测表现出极大兴趣和热情关注，值得我们航天人尊敬。你们已经知道的内容，我就不重复了。

"大家知道，人类已经登上了月球，但还没有在月球上居住；人类发射的探测器已经在火星上登陆，但还没有实现载人探测器在火星着陆；人类向太阳系外星空的探测器已经飞进银河系，但还没有一个探测器在太阳系外的星球登陆。美国宇航局预计在 2040 年让人类踏上火星，实现载人火星飞行。我们中国的火星探测器，也已一次实现'环绕、着陆、巡视'3 个工程目标。这些情况一方面表明人类探测太空取得了一些重大进展；另一方面也说明人类在向太空进军的征程中,仍可迈出许多新的甚至是更大的步伐。在机器人新时代,航天科技将与机器人技术一道,为太空探索谱写出许多新的篇章,推动时代前进。

"通过这次考察,大家已经认识到星际航行存在诸多局限性,其中地球与行星间的天文数字距离和航天器飞行速度尚未取得突破是人类在太空前进道路上的两个障碍。

"大家对下列数据也十分熟悉:已知的太阳系外行星与地球的最短距离在4光年以上。天文物理学家们津津乐道的格利泽832c行星离地球约为16光年,开普勒452b行星离地球约为1400光年,而最远的行星距离地球大约为2.5万光年。由于受到动力和材料的限制,航天器的飞行速度难以取得重大突破。使用传统火箭,人类基本不可能飞往系外行星。假如宇宙飞船能够以超过第三宇宙速度的速度前进,那么宇宙飞船要飞出太阳系,也需要3万年。即便以光速前进,前往距离地球最近的恒星也需要数万年的时间。

"由此可见,人类要向太空迈出新的步伐,需要突破飞行器的速度。否则,人类对系外行星,只能是'望洋兴叹'!

"一些科学家提出制造'曲速引擎',并在宇宙飞船上装载大量正-反物质燃料,以实现'时空穿越'和超光速运行。这个设想,至少在21世纪内是不可能实现的。

"当前中国、美国、俄罗斯等航天大国,都在大力开展太空研究与开发。我国计划在近年实施火星采样返回、小行星探测、木星系探测等方案。美国力图保持太空探索的领先地位,中国则努力赶超,可望后来居上。与此同时,各国已经认识到深空探索是一项超大型、超投入、超难度的超级世纪工程,仅仅依靠一国之力是难以实现的;各国已对国际联合研究与开发太空的必要性和重要性取得共识，达成合作协议，一批重大太空研究国际合作项目已经开始卓有成效地向前推进。根据相关研究与科学预测，下列航天事件可能是21世纪内人类将载入史册的迈向太空的几个重大节点。

"2032年，国际合作火星航行计划大型无人星际飞船将发射升空，以2倍于第三宇宙速度飞行4个月后在火星登陆。飞船将带去一些探测火星大气成分和火星土壤成分的新型科学仪器以及大量供以后人类登上火星后使用的食品等生活物资。

"2050年，经过严格挑选与多年训练的100位火星开发先行者和志愿者将搭乘超速火星载人飞船'火星快车'发射升空。可以想象，届时的出征场面将会多么壮观，火星开发团队的后续人员和首批出发队员的亲友们与首批出征火星的团队成员依依道别的情景将令人难忘。也许他们还能在火星再见！预计'火星快车'将以4倍于第三宇宙速度的速度经过2个月的天际飞行后在火星着陆。人类客人首批造访火星，这将是人类开发火星的又一个里程碑！

"2080年，国际合作红矮星航行计划无人星际飞船发射升空，约100年后在距离地球16光年的格利泽832c星登陆。

"2098年，国际合作红矮星航行计划载人星际飞船发射升空，约85年后在距离地球16光年的格利泽832c星登陆。

"要实现这些太空探测计划，关键在于飞行器速度和耐超高温材料技术的重大突破。这2项深空探测计划是名副其实的跨世纪的宏大工程！"

记者代表们全神贯注地聆听凌云志院士的报告，增长了知识，受到了鼓舞。大家对报告报以热烈掌声。

十八　迈向机器人新时代

文团长站立起来,与凌云志亲切握手致谢。然后,文团长对今天的发言与报告做了总结:

"在机器人新时代,机器人必将在科技发展、文化教育、卫生体育、社会服务、安全保证等方面,提供更加全面和优质的服务,进一步实现人与机器人的和谐共处。人们满怀信心的迎接'机器人时代'的到来。我们新闻工作者责无旁贷,一定要为我国机器人技术的强劲发展,为建立机器人强国做出我们的贡献。

"我们圆满地完成了这次机器人国际考察任务。从明天起,代表们将返回各自的工作单位,继续宣传报道这次机器人考察的内容与体会,为我国实现两个一百年'中国梦'做出我们新闻工作者应有的贡献。我衷心地祝愿诸位旅途愉快,身体健康,工作顺利!"

7月19日,机器人王国总部的智能机器人智子,在机器人王国代表的陪同下来到北京,受到中国机器人协会和中国记协代表以及季仁、林丽华和林灵的热情迎接。中国智能机器人美女卿卿也参与了智子的接待工作。林丽华作为女性代表,与林灵一同兴致勃勃地带智子和卿卿游览了长城。每到一处,智子和卿卿都受到了极为热烈的欢迎,观众对她们赞叹不已。

林灵于7月20日下午5时乘班机离开北京,返回常杉。2天后他将在家乡常杉迎接日本朋友和林丽华。

飞机把林灵送回常杉市,他的爸爸开车到常杉机场接机。当他们驱车驰骋在熟悉的街道上时,已是华灯初上了。父子俩踏进家门,正准备与林灵一起吃晚饭的妈妈和妹妹都迎上前来,妹妹扑到哥哥怀里,妈妈与林灵拥抱。短暂的离别使他更想念家的温暖,有千言万语想向亲人倾吐。

妹妹争着相告,哥哥为《新主人报》写的每一篇通讯报道她都一一拜读了。林灵与家人一起围桌而坐,享受了一餐家庭的"欢迎宴会"。吃过晚饭,林灵向大家介绍了考察机器人的经历,每当谈到关键的考察内容,林灵就特别激动与兴奋。不过,他的妹妹岚岚实在坐不住了,她心里一直惦记着哥哥带给她的礼物。

林灵的话刚一停,妹妹就立即插嘴道:

"哥哥,你带了什么给我呀?"

"哦,我差一点儿把这件重要的事给忘了。"林灵走进卧室,从行李袋取出那个珍贵的礼物——儿童陪伴机器人娃娃。岚岚一见就高兴得叫了起来:

"多么好看的机器人娃娃啊!哥哥,给我玩玩好吗?"

"这就是给你的礼物,从现在开始它的所有权就属于你了。"

岚岚高兴得像只快乐的小鸟。林灵对妹妹说:

"等一下我告诉你联网的方法,这样才能使这个机器人娃娃与你对话,给你讲故事、唱歌和跳舞。"

岚岚惊讶地说:

"这个机器人小妹妹真能干,真可爱!"

"我还从俄罗斯给你带了一个机器人套娃,明天给你好吗?"林灵说。

"好的,谢谢哥哥!哥哥你对我太好了!"岚岚高兴地回答。

当晚,全家人围着陪伴机器人娃娃玩了好久,机器人讲故事的声音、歌声与大家的欢笑声汇成一片,形成美妙和谐的家庭交响乐章!

机器人王国代表团一行五人和机器人智子小姐,在林丽华和卿卿的陪同下,于7月22日下午从北京乘飞机到达常杉。常杉市科协和省机器人协会代表等到机场迎接。林灵和他的爸爸也到机场欢迎。

当林丽华和智子并肩走进嘉宾休息室时,林灵马上快步迎上前去,与机器人王国代表团成员、林丽华、智子和卿卿握手表示欢迎,互道问好,并把他们介绍给爸爸。

"谢谢您!我感到很高兴。"智子用有点儿生硬的汉语普通话致谢。她的主人为她编写了一个学习中国汉语的软件并建立了一个汉语语音子知识库,后者是由中国同行提供的。

听到智子颇具特色的口音,周围的人都乐得哈哈大笑。

7月23日,林灵和林丽华等陪同来宾参观常杉市,然后前往市青少年宫,参加本市青少年举办的有智子和卿卿参加的欢迎和表演晚会。这个晚上,智子和卿卿的歌舞表演,使观众大开眼界。机器人王国总部代表团和智子、卿卿的来访,给常杉市人民带来了欢乐,并向市民们预示:机器人时代已经到来了!

7月24日下午4时,林灵开车把林丽华接到家里,为了让林丽华能够赶上晚上的班机飞回高雄与家人团聚,林灵的父母巧作安排,提前开始了这顿迎客餐。

丰盛的晚宴及主人的诚恳和热情,使林丽华十分激动。如果不是智能手机提醒已经5时半了,他们几乎忘却了时间。

林灵的妈妈亲自驾驶7座国产麒麟牌轿车,带领全家前往位于市郊的常杉国际机场为林丽华送行。林灵几天后将陪智子和卿卿以及机器人王国客人去访问高雄市,那时,他将与林丽华重逢。

在候机大厅,林丽华抱起岚岚说:

"跟姐姐去台湾宝岛游览好吗?"

"谢谢您,我放暑假后就去。"岚岚的嘴贴近林丽华的耳朵,一本正经地回答。

"欢迎你们全家去宝岛避暑。"林丽华再次发出邀请。

爸爸代表全家高兴地接受了林丽华的邀请。

班机于下午7时起飞,再过25分钟,林丽华将返回宝岛,与她的父母团圆。

7月25日,林灵在常杉市陪同来自机器人王国的友好使者共度快乐时光。在游园活动中,机器人棋手与常杉市象棋冠军之间的中国象棋表演赛,吸引了众多的棋类爱好者;智子和卿卿的"二人舞"表演令观众倾倒;机器龙和机器狮的精彩表演吸引了众多观众的注意力。好一派龙腾狮跃的欢乐景象!

夜幕降临了,绚丽多彩的焰火在夜空中大放异彩。人类的新时代到来了,机器人新时代到来了!

常杉市狮龙机器人庆节日

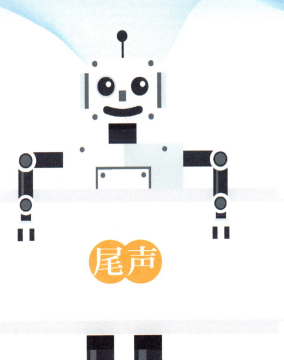

尾声

"机器人王国机器人造反"的新闻到底是怎么回事?是真或假?如果是阴谋事件或造谣惑众,那么"造反"新闻到底是怎样出笼的?造谣者和幕后操纵者是谁?近3周来,这一连串问题使各国公众一直迷惑不解,林灵的爸爸和许多社会人士也十分关心事态的发展。林灵参加的考察团活动说明这是一个弥天大谎,但破案的进展怎样呢?

机器人王国总部与日本警视厅以及许多国家的安保部门进行联系,使用了各种现代侦察手段和先进破案技术,但是一直未能得到有重要价值的线索。

案发后3周过去了,安保部门担心此案将不了了之。

7月8日,一条过去的新闻引起了有关部门的注意:所谓"国际幽默总会"公布了2030年上半年"另类幽默大奖赛"的获奖者名单。其中,名列榜首的是赫默集团。该总会称,赫默先生所领导的集团,在6月10—13日举行大奖赛其间,创造性地把现代技术与幽默表演结合起来,打破了世界幽默总会最高分的纪录,获得了180万美元的奖金。很快,集团高层打算用奖金搞点"大事儿"、引起更多人关注的

尾声

传言也甚嚣尘上。

"6月10—13日",不正是"机器人王国造反"案件发生之前的几天吗?

原来,日本安保部门此前已查出,罗伯特电视台曾于2030年6月15日,即东京时间晚上11时35分至38分之间意外停电3分钟,造成了停播事故。虽然赫默集团是电视台的赞助商之一,但没有什么根据可把他们与"机器人造反"的阴谋事件联系起来。现在,这条旧新闻所提到的"日期",使安保部门加紧了对罗伯特电视台内部与赫默集团的调查,特别是对当时供电系统值班员圆山的审查,从而使案件侦破有了重大进展。

圆山果然被赫默集团收买了,他自认为帮赫默做了这么重要的事,一定会得到很多钱,但赫默获得"特大玩笑"头等奖之后,180万美元的奖金只分给圆山一万美元,他因此对赫默极为不满。他察觉到电视台对他已有所怀疑,辗转难眠,在噩梦中的惊叫吵醒了太太贞子。

贞子发现丈夫这几天心神不定,几次想问都没有找到合适的时机。现在,她安慰丈夫不要惊慌,说纵使有天大的问题,她也一定与他一同面对。

圆山把赫默集团指使他,以及答应事成之后要重赏他的经过详细告诉了贞子。他还告诉贞子,电视台已对他产生怀疑。

贞子急得哭泣起来。她劝丈夫自首,交出一万美元的不义之财,并检举赫默集团的犯罪行为。圆山觉得,也只有这条路可走了。

次日清晨匆匆吃过早饭,圆山在贞子陪同下,带着赫默日前给他的一万美元支票驾车到日本警视厅自首。圆山提出的要求是绝对要保护他和妻子的安全,以免遭到赫默集团的暗害。

日本安保部门迅速与有关国家的安全部门取得联系。经过一番曲折的调查，终于使赫默等罪犯全部落网。东京法庭着手审理此案。

法庭审讯开始时，赫默百般狡辩，企图开脱罪责。法庭出示了赫默给圆山的支票，提供了赫默集团租用通信卫星记录及付款凭证，并请证人圆山出庭作证。法庭还展示了赫默集团作案用的视频和大功率干扰电波发射台的照片，在人证物证面前，赫默不得不低头认罪，交代了全部犯罪事实。

这一审讯过程使"机器人王国造反"特大造谣事件的真相大白于天下。

事件的大概经过是这样的：

赫默收买了圆山，要圆山在东京时间2030年6月15日晚上11时35分至38分之间，设法让罗伯特电视台停播3分钟，并承诺给他高昂的回报。与此同时，赫默集团利用租用的通信卫星，以罗伯特电视台的名义，冒名播放了"机器人王国造反"的"特大新闻"。实际上，这些"新闻"的画面，是用拍电视故事片的方法预先演出和拍摄好的视频。

从2030年6月15日起，连续三天，赫默集团用强大功率电磁干扰，对罗伯特电视台和其他几家日本电视台及广播电台的发射装置进行干扰，致使世界各国不能迅速获知来自日本和机器人王国的真实消息，人为造成持续混乱的局面。

"机器人王国造反"阴谋案件侦破的消息迅速传遍世界，各国公众感到特别高兴。同时，赫默集团的罪恶行径，也引起了世界人民的极大愤慨，不仅没有获得更多关注，反而遭人唾弃。各国舆论和公众纷纷要求严厉惩处这些罪犯。赫默集团必将逃脱不了法律的严正惩罚。

这样，持续近一个月的"机器人王国造反"阴谋案件，终于水落石出。

探秘机器人王国（第 2 版）

《探秘机器人王国》的故事即将圆满收官。我们想从故事里走出来与广大读者讲几句心里话。

机器人学和机器人技术已经对人类做出全面和重大的贡献，并将在机器人新时代为人类做出新的、更大的贡献。新时代开发深空星球的大事，也可以交给机器人大军去完成。它们堪称"一不怕苦，二不怕死"的典范，愿意为人类赴汤蹈火，出生入死，竭诚为人类服务。

人类在近代发展工业和农业的过程中，对地球自然资源的过度开发日益加剧，给地球的自然环境，也是我们人类和各种生物的生态环境造成严重破坏，并对人类和其他生物的生存和发展构成极大威胁。有鉴于此，一些人类学家、未来学家、理论物理学家、理论天文学家和航天学家提出人类寻找"第二个地球"和向其他"宜居星球"移民的主张。

为了实现这个"飞天"美梦，科学家和工程师们已经进行了近一个世纪的奋斗，已对月球、火星和其他一些行星以至恒星开展了深入的探测，力求揭开宇宙星球的面纱，认识"庐山"真面目。然而，太空探索的进展是十分有限的，与人类的梦想目标相距甚远。由于行星与我们地球难以想象的遥远距离、航天器飞行速度的限制、人的寿命不能终身不老及其繁衍条件限制、机器人的生命周期及制造条件限制和能源的局限性等，人类的星际航行和星际移民在可以预见的未来是难以实现的。人类要想实现光速或超光速飞行，几百年后也不一定能够实现。即使用光速飞行，要到达太阳系外星球也要数百年甚至数万年。

此外，至今并没有证实那些"宜居"星球存在人类赖以生存的各种自然条件，如人类呼吸所需的空气、氧气、生活用水、适当的大气层与大气压、适宜的星球表面温度等。这些与未来人类星球移民性命攸关的条件不是几年、几十年、几百年就能够解决的。要将一个"不毛之地"变成人类宜居的另一个地球，谈何容易！

我们并不想奉劝人类学家、未来学家、理论物理学家和理论天文学家们以及有志的太空探险者们放弃探索和移居系外星球的航天美梦，只是想提醒普通百姓不要对星际旅行和星球移民想入非非，那不是我们这些人考虑的现实问题。人类在可以预见的将来，恐怕是找不到"第二个地球"的。有的科学家认为，"再过 15 亿年，地球也不会进入一个特别疯狂的阶段"，只要人类不使用核武器等极端手段毁坏她，就仍然可以继续在地球上生存与发展。只要全人类齐心协力，已经恶化的地球生态环境也是可以修复与重建的。

马歇尔·萨维奇在《星际移民》一书中曾经预计，按照目前的人口增长率计算，大约还有 1440 年，地球的人口密度就将达到饱和。不过，星际移民也面临着很多问题，目前的科技水平也不可能为人类星际移民提供可靠的保证。人类想要在地球没有毁灭之前移民到其他星球，必须首先保护好地球。

通过对移居"宜居星球"的研究与探讨，我们深深地认识到：在那种"宜居"条件得到满足之前，地球上的普通百姓，应该脚踏实地面对现实，把咱们地球的事情办好。我们要爱护自己的地球母星，爱护地球家园里的绿水青山和一草一木，保护地球生态圈内所有的生灵与环境，不要再干那些过度开发地球的蠢事，不要再做各种破坏大自然生态环境的恶行。

地球为我们人类提供了无法复制与再次发现的生存环境，我们应该感到幸运，从而珍爱与保护地球环境。中国的绿色发展理念和构建人类命运共同体的主张应当成为世界各国的共识与行动纲领。不久前，有专家提醒：地球上还有许多没有开发的地方，如果对地球进行一些保护性开发，比如把沙漠改造成绿洲，还是值得支持的。开发沙漠这类地区要比开发月球和火星容易和经济得多！沙漠的条件再差，也要比已经发现的"宜居星球"好上十倍、百倍、千倍！

作　者

2017 年 12 月 7 日

蔡自兴主要著作目录

1. 蔡自兴,翁环.探秘机器人王国.第2版.北京:清华大学出版社,2022.
2. ZIXING CAI. Robotics: From Manipulator to Mobilebot. Singapore: World Scientific Publishers,2022.
3. 蔡自兴,谢斌.机器人学.第4版.北京:清华大学出版社,2022.
4. ZIXING CAI, et al. Artificial Intelligence: From Beginning to Date. Singapore: World Scientific Publishers,2021.
5. 蔡自兴,蒙祖强,陈白帆.人工智能基础.第4版.北京:高等教育出版社,2021.
6. 蔡自兴,李仪,等.自主车辆的感知、建图和目标跟踪技术.北京:科学出版社,2021.
7. 蔡自兴,等.机器人学基础.第3版.北京:机械工业出版社,2021.
8. 蔡自兴,等.人工智能及其应用.第6版.北京:清华大学出版社,2020.
9. 蔡自兴,等.智能控制原理与应用.第3版.北京:清华大学出版社,2019.
10. 蔡自兴.智能控制导论.第3版.北京:中国水利水电出版社,2019.
11. 王国胤,蔡自兴,等.中国人工智能白皮书.北京:邮电工业出版社,2019.
12. 蔡自兴,翁环.探秘机器人王国.北京:清华大学出版社,2018.
13. 蔡自兴,蒙祖强.人工智能基础.第3版.北京:高等教育出版社,2016.
14. ZIXING CAI, et al. Key Techniques of Navigation Control for Mobile Robots under Unknown Environment. Beijing: Science Press,2016.
15. 蔡自兴,等.人工智能及其应用.第5版.北京:清华大学出版社,2016.
16. 蔡自兴,等.机器人学基础.第2版.北京:机械工业出版社,2015.
17. 蔡自兴,谢斌.机器人学.第3版.北京:清华大学出版社,2015.
18. 蔡自兴,王勇.智能系统原理、算法与应用.北京:机械工业出版社,2014.
19. 蔡自兴,JOHN DURKIN,龚涛.高级专家系统:原理、设计及应用.第2版.北京:科学出版社,2014.
20. 蔡自兴,等.智能控制原理与应用.第2版.北京:清华大学出版社,2014.
21. 蔡自兴.智能控制导论.第2版.北京:中国水利水电出版社,2013.
22. 蔡自兴.智能王国——蔡自兴科普选集.长沙:湖南人民出版社,2012.
23. 蔡自兴.朴实文字——蔡自兴散文选集.长沙:湖南人民出版社,2012.

24. 龚涛,蔡自兴.基于正常模型的人工免疫系统及其应用.北京:清华大学出版社,2011.
25. 蔡自兴,等.多移动机器人协同原理与技术.北京:国防工业出版社,2011.
26. 于金霞,王璐,蔡自兴.未知环境中移动机器人自定位技术.北京:电子工业出版社,2011.
27. 蔡自兴,吴敏.2010年全国智能科学技术课程教学研讨会论文集.长沙:中南大学信息科学与工程学院,2010.
28. 蔡自兴.建言国是——蔡自兴委员政协提案选辑.长沙:湖南人民出版社,2010.
29. 蔡自兴,徐光祐.人工智能及其应用,第4版.北京:清华大学出版社,2010.
30. 蔡自兴.人工智能基础,第2版.北京:高等教育出版社,2010.
31. 蔡自兴.机器人学,第2版.北京:清华大学出版社,2009.
32. 蔡自兴.机器人学基础.北京:机械工业出版社,2009.
33. 蔡自兴,贺汉根,陈虹,等.未知环境中移动机器人导航控制理论与方法.北京:科学出版社,2009.
34. 蔡自兴,陈爱斌.人工智能辞典.北京:化学工业出版社,2008.
35. 蔡自兴.智能控制原理与应用.北京:清华大学出版社,2007.
36. 蔡自兴.智能控制导论.北京:中国水利水电出版社,2007.
37. 蔡自兴,姚莉.人工智能及其在决策系统中的应用.长沙:国防科技大学出版社,2006.
38. 蔡自兴,JOHN DURKIN,龚涛.高级专家系统:原理、设计及应用.北京:科学出版社,2005.
39. 蔡自兴.人工智能控制.北京:化学工业出版社,2005.
40. 蔡自兴.人工智能基础.北京:高等教育出版社,2005.
41. 蔡自兴,徐光祐.人工智能及其应用,第3版,研究生用书.北京:清华大学出版社,2004.
42. 蔡自兴.智能控制,第2版.北京:电子工业出版社,2004.
43. 蔡自兴,徐光祐.人工智能及其应用,第3版,本科生用书.北京:清华大学出版社,2003.
44. 蔡自兴.中国第五届智能机器人学术研讨会论文集,计算机科学专辑,2002.
45. 蔡自兴.计算机技术关键词解读.沈阳:辽宁教育出版社,2002.
46. 蔡自兴.通信技术关键词解读.沈阳:辽宁教育出版社,2002.
47. 蔡自兴.中国2000年机器人学大会论文集.中南工业大学学报专辑,2000.
48. 蔡自兴.机器人学.北京:清华大学出版社,2000.
49. 蔡自兴.中国智能机器人98研讨会论文集.中南工业大学学报专辑,1998.

50. 蔡自兴.智能控制——基础及应用.北京：国防工业出版社,1998.
51. ZIXING CAI. Intelligent Control: Principles, Techniques and Applications. Singapore: World Scientific Publishers, 1997.
52. 蔡自兴,徐光祐.人工智能及其应用,第2版.北京：清华大学出版社,1996.
53. 蔡自兴.中国智能机器人95.中南工业大学学报专辑,1995.
54. 蔡自兴.智能机器人93.中南工业大学学报专辑,1993.
55. J-J E 斯洛廷,李卫平,著.蔡自兴,罗公亮,等译.应用非线性控制.北京：国防工业出版社,1992.
56. 傅京孙,蔡自兴,徐光祐.人工智慧及其应用.台北：儒林图书有限公司,1992.
57. ZIXING CAI. Science-Technical English of Automatic Control, Vol. 3, Changsha: Central South University of Technology, 1991.
58. 蔡自兴.智能控制.北京：电子工业出版社,1990.
59. 蔡自兴.机器人入门(译自 R. A. Ullrich, Robotics Primer),1989.
60. ZIXING CAI. Science-Technical English of Automatic Control, Vol. 2, Changsha: Central South University of Technology, 1989.
61. 蔡自兴.机器人原理及其应用.长沙：中南工业大学出版社,1988.
62. ZIXING CAI. Science-Technical English of Automatic Control, Vol. 1, Changsha: Central South University of Technology, 1988.
63. 翁环,蔡自兴.机器人王国考察记.上海：光明日报出版社,1987.
64. 傅京孙,蔡自兴,徐光祐.人工智能及其应用.北京：清华大学出版社,1987.
65. 张明达,蔡自兴,等.电力拖动自动控制系统.北京：冶金工业出版社,1983.
66. 蔡自兴,等.新型大型航空发动机起动电源装置.航空科技,1981.
67. 陈际达,蔡自兴.电力拖动自动控制：可控硅交流调速系统.长沙：中南矿冶学院,1972.